Encontros Íntimos

As Crônicas dos Krinars: Volume I

Anna Zaires

♠Mozaika Publications ♠

Publicado pela Mozaika Publications, impressão da Mozaika LLC.
www.mozaikallc.com

Tradução de Christiane Jost, revisão de Karine Lima e Ayrton Jost.

Capa de Najla Qamber Designs
najlaqamberdesigns.com

e-ISBN: 978-1-63142-062-7
ISBN: 978-1-63142-063-4

PRÓLOGO

Cinco anos antes

— Sr. Presidente, estão todos esperando.

O presidente dos Estados Unidos da América lançou-lhe um olhar cansado e fechou a pasta que estava sobre a mesa. Ele dormira mal na semana anterior, com a mente ocupada com a situação em deterioração no Oriente Médio e a fraqueza continuada da economia. Apesar de não ser fácil para nenhum presidente, parecia que aquele mandato fora marcado por uma tarefa impossível após outra e o estresse diário começava a afetar-lhe a saúde. Ele fez uma anotação mental para ir ao médico antes do fim da semana. O país não precisava de um presidente doente e exausto, além de todos os outros problemas que já tinha.

Levantando-se, o presidente saiu do Gabinete Oval e encaminhou-se para a Sala de Situação. Ele fora informado mais cedo que a NASA detectara alguma coisa incomum. Ele esperava que não fosse nada além de um satélite perdido, mas não parecia ser o caso, considerando a urgência com que o assessor de segurança nacional solicitara a presença dele.

Entrando na sala, ele cumprimentou os assessores e sentou-se, esperando para ouvir o que exigira aquela reunião.

O secretário de defesa falou primeiro. — Sr. presidente, descobrimos uma coisa na órbita da Terra que não pertence a ela. Não sabemos o que é, mas temos motivos para acreditar que possa ser uma ameaça. — Ele acenou em direção às imagens exibidas em uma das seis telas planas que cobriam as paredes da sala. — Como pode ver, o objeto é grande, maior do que qualquer um dos nossos satélites, mas parece ter saído do nada. Não vimos nada sendo lançado de ponto algum do planeta e não detectamos nada aproximando-se da Terra. É como se o objeto tivesse simplesmente aparecido lá há algumas horas.

A tela mostrava várias imagens de uma mancha escura contra um fundo escuro e cheio de estrelas.

— O que a NASA acha que é? — perguntou o presidente calmamente, tentando analisar as possibilidades. Se os chineses tivessem inventado algum tipo de nova tecnologia de satélite, eles já teriam ficado sabendo, e o programa espacial russo não era mais o que costumava ser. A presença do objeto simplesmente não fazia o menor sentido.

— Eles não sabem — disse o assessor de segurança nacional. — Não se parece com nada que tenham visto antes.

— A NASA não podia nem mesmo arriscar um palpite?

— Eles sabem que não é nenhum tipo de corpo astronômico.

Então tinha que ser algo feito pelo homem. Confuso, o presidente olhou para as imagens, recusando-se até mesmo a contemplar a ideia bizarra em que acabara de pensar. Virando-se para o assessor, ele perguntou: — Já perguntamos para os chineses? Eles sabem de alguma coisa sobre isso?

O assessor abriu a boca, prestes a responder, quando houve um súbito clarão de luz. Momentaneamente cego, o presidente piscou para limpar a visão — e ficou imóvel em choque.

Em frente à tela para a qual o presidente estivera olhando, agora havia um homem. Alto e musculoso, tinha cabelos pretos e olhos escuros, e a pele cor de oliva contrastava com a cor branca da roupa. Ele estava parado calmamente, relaxado, como se não tivesse acabado de invadir o santuário interno do governo dos Estados Unidos.

Os agentes do serviço secreto reagiram primeiro, gritando e atirando em pânico no intruso. Antes que o presidente conseguisse pensar, viu-se empurrado contra a parede, com dois agentes formando um escudo humano à frente dele.

— Não há necessidade disso — disse o intruso com a voz profunda e sonora. — Não pretendo machucar o seu presidente. E, se quisesse, não haveria nada que pudessem fazer para me impedir. — Ele falou em inglês perfeito, sem nenhum traço de sotaque. Apesar dos tiros que tinham acabado de ser disparados nele, parecia totalmente incólume, e o presidente viu as balas caídas no chão em frente ao homem.

Somente anos cuidando de uma crise atrás de outra possibilitaram que o presidente fizesse o que fez a seguir. — Quem é você? — perguntou ele com voz firme, ignorando os efeitos do terror e da adrenalina que corriam pelas veias.

O intruso sorriu. — Meu nome é Arus. Decidimos que chegou a hora de nossas espécies se conhecerem.

CAPÍTULO 1

O ar estava fresco e claro enquanto Mia andava rapidamente por um caminho sinuoso no Central Park. Os sinais da primavera estavam por toda parte, de minúsculos brotos em árvores ainda nuas à proliferação de babás que aproveitavam o primeiro dia quente com crianças barulhentas.

Era estranho como tudo mudara nos últimos anos e, mesmo assim, como muito permanecera inalterado. Se alguém perguntasse a Mia dez anos antes como pensaria que a vida seria depois de uma invasão alienígena, isso não passaria nem perto do que imaginaria. *Independence Day, A Guerra dos Mundos* — nada disso chegava nem perto da realidade de encontrar uma civilização mais avançada. Não houvera lutas, nenhuma resistência de nenhum tipo no nível dos governos — porque *eles* não o tinham permitido. Pensando bem, estava claro como aqueles filmes eram bobos. Armas nucleares, satélites, jatos — eram pouco mais do que pedras e pedaços de pau para uma civilização antiga que podia cruzar o universo com velocidade superior à da luz.

Ao notar um banco vazio perto do lago, Mia andou na direção dele, com os ombros sentindo o peso da mochila onde estavam o *notebook* grande, de doze anos de idade, e vários livros antigos de papel. Aos vinte e um anos de idade, às vezes ela se sentia velha, fora de sincronia com aquele novo mundo de ritmo rápido, de *tablets* finos e celulares embutidos em relógios de pulso. O ritmo do progresso tecnológico não diminuíra desde o Dia K. No máximo, muitos dos novos dispositivos tinham sido influenciados pelo que os krinars tinham. Não que os Ks tivessem compartilhado alguma da tecnologia preciosa deles. No que dizia respeito a eles, o pequeno experimento tinha que continuar sem interrupções.

Abrindo a mochila, Mia retirou o velho Mac. A coisa era pesada e lenta, mas funcionava. E, como universitária pobre, ela não podia comprar nada melhor. Fez login, abriu um documento do Word em branco e preparou-se para o processo doloroso de escrever o trabalho de sociologia.

Dez minutos e exatamente zero palavras depois, ela parou. A quem estava enganando? Se realmente quisesse escrever a maldita coisa, nunca teria ido ao parque. Apesar de ser tentador fingir que conseguia desfrutar do ar fresco e ser produtiva ao mesmo tempo, na experiência dela, aquelas duas coisas não eram compatíveis. Uma biblioteca velha e bolorenta era um local muito melhor para qualquer coisa que exigisse aquele tipo de esforço cerebral.

Xingando-se mentalmente pela própria preguiça, Mia soltou um suspiro e começou a olhar em volta. Observar as pessoas em Nova Iorque sempre fora uma atividade divertida.

A paisagem era familiar, com a pessoa sem-teto obrigatória ocupando um banco próximo — ainda bem que não era o banco mais perto dela, pois ele parecia não ter um cheiro muito agradável — e duas babás conversando em espanhol enquanto empurravam carrinhos de bebê preguiçosamente. Uma garota corria em um caminho um pouco adiante, com os Reeboks cor-de-rosa claros contrastando com a calça azul. O olhar de Mia a seguiu à medida que ela fazia uma curva, invejando a boa forma dela. O horário irregular de Mia deixava pouco tempo para exercícios e ela duvidava que conseguisse acompanhar a garota até mesmo por um quilômetro.

À direita, ela viu a ponte Bow sobre o lago. Um homem estava encostado no corrimão, olhando para a água. O rosto dele estava virado para o outro lado e Mia só conseguia ver parte do perfil. Mesmo assim, alguma coisa nele chamou a atenção dela.

Ela não sabia ao certo o que era. Ele era alto e parecia estar em boa forma sob o casaco de aparência cara que usava, mas aquilo era apenas parte do motivo. Homens altos e bonitos eram comuns na cidade de Nova Iorque, que era infestada de modelos. Não, era alguma outra coisa. Talvez a postura dele, muito quieto e sem nenhum movimento extra. Os cabelos eram escuros e brilhantes sob o sol claro da tarde, longos o suficiente na frente para se moverem de leve sob a brisa morna da primavera.

Ele também estava sozinho.

É isso, percebeu Mia. A ponte normalmente popular e pitoresca estava completamente deserta, exceto pelo homem parado sobre ela. Por algum motivo desconhecido, todos pareciam se manter à distância. Na realidade, exceto por ela mesma e o vizinho sem-teto possivelmente fedorento, toda a fileira de bancos no local altamente desejado à beira do rio estava vazia.

Como se sentisse o olhar dela sobre ele, o objeto da atenção de Mia virou lentamente a cabeça e olhou diretamente para ela. Antes mesmo que o cérebro consciente conseguisse fazer a conexão, ela sentiu o sangue congelando, deixando-a paralisada no lugar e incapaz de fazer qualquer coisa além de olhar para o predador que, agora, parecia examiná-la com interesse.

* * *

Respire, Mia, respire. Em algum lugar na parte de trás da mente, uma voz racional fraca continuava repetindo aquelas palavras. Aquela mesma parte estranhamente objetiva dela notou a estrutura simétrica do rosto dele, com a pele dourada esticada sobre as bochechas altas e o maxilar firme. As fotografias e os vídeos dos Ks que ela vira não lhes faziam justiça. Parado a não mais de dez metros de distância, a criatura era simplesmente deslumbrante.

Enquanto ela continuava a encará-lo, ainda congelada no lugar, ele endireitou o corpo e começou a andar na direção dela. Na verdade, ele lentamente a perseguia, pensou ela tolamente, pois cada movimento dele lembrava o de um felino da selva aproximando-se de uma gazela. Durante o tempo todo, os olhos dele não se afastaram dos dela. Ao se aproximar, ela notou pontos amarelos individuais nos olhos dourados claros dele e os longos cílios grossos que os envolviam.

Ela olhou com descrença horrorizada quando ele se sentou no banco dela, a menos de sessenta centímetros de distância, e sorriu, mostrando dentes brancos perfeitos. Nada de presas, notou ela com uma parte funcional do cérebro. Nem mesmo traços de presas. Aquele era outro mito sobre eles, como a suposta aversão pelo sol.

— Qual é o seu nome? — a criatura praticamente ronronou a pergunta. A voz dele era baixa e suave, completamente sem sotaque. As narinas dele tremeram ligeiramente, como se estivesse inalando o perfume de Mia.

— Ahm... — Mia engoliu nervosamente. — M-Mia.

— Mia — repetiu ele lentamente, parecendo saborear o nome. — Mia de quê?

— Mia Stalis. — Ah, droga, por que ele queria saber o nome dela? Por que estava lá, conversando com ela? De forma geral, o que ele estava fazendo no Central Park, tão longe de todos os centros dos Ks? *Respire, Mia, respire.*

— Relaxe, Mia Stalis. — O sorriso dele aumentou, expondo uma covinha na bochecha esquerda. Uma covinha? Ks tinham covinhas? — Você nunca encontrou um de nós antes?

— Não, nunca. — Mia soltou o ar rapidamente, percebendo que prendera a respiração. Ela ficou orgulhosa pela voz não ter soado tão tremula quanto se sentia. Deveria perguntar? Queria saber?

Ela tomou coragem. — O quê, ahm... — Ela engoliu em seco novamente. — O que quer de mim?

— Por enquanto, conversar. — Ele parecia que estava prestes a rir dela, com os olhos dourados cintilando ligeiramente nos cantos.

Estranhamente, aquilo a deixou furiosa o suficiente para acabar com o medo. Se havia uma coisa que Mia odiava, era que rissem dela. Com a estatura baixa e magra e uma falta geral de habilidades sociais que vinha de uma adolescência desconfortável envolvendo o pesadelo de todas as garotas — aparelho, cabelos crespos e óculos —, Mia tivera experiência bastante como alvo.

Ela ergueu o queixo beligerantemente. — Ok, e qual é o *seu* nome?

— É Korum.

— Só Korum?

— Nós não temos sobrenomes, não da mesma forma que vocês. Meu nome completo é muito mais comprido, mas, se eu lhe dissesse qual é, você não conseguiria pronunciá-lo.

Bem, aquilo era interessante. Ela se lembrou de ter lido algo parecido no *The New York Times*. Tudo certo até o momento. As pernas já tinham quase parado de tremer e a respiração voltava ao normal. Talvez, apenas talvez, ela conseguisse sair dali com vida. Aquele negócio de conversar parecia seguro, apesar de a forma como ele a encarava, com aqueles olhos amarelados que não piscavam, ser enervante. Ela decidiu mantê-lo falando.

— O que está fazendo aqui, Korum?

— Acabei de falar, estou conversando com você, Mia. — A voz dele, novamente, tinha uma ponta de riso.

Frustrada, Mia soltou um suspiro. — Eu quis dizer, o que está fazendo aqui, no Central Park? Na cidade de Nova Iorque em geral?

Ele sorriu novamente, inclinando a cabeça ligeiramente para o lado. — Talvez estivesse torcendo para encontrar uma garota bonita com cabelos cacheados.

Aquilo foi a gota d'água. Ele estava claramente brincando com ela. Agora que conseguia pensar um pouco novamente, percebeu que estavam no meio do Central Park, à vista de uma infinidade de espectadores. Sorrateiramente, ela olhou em torno para confirmar aquilo. Sim, com certeza. Apesar de as pessoas estarem obviamente passando ao largo do banco onde ela e o outro ocupante de outro mundo, havia várias almas corajosas mais adiante no caminho olhando para lá. Um casal estava até mesmo filmando os dois, cuidadosamente, com a câmera do relógio de pulso. Se o K tentasse fazer qualquer coisa com ela, em um piscar de olhos estaria no YouTube e ele sabia disso. É claro que ele podia ou não se importar.

Ainda assim, partindo do princípio que ela nunca vira nenhum vídeo de ataques de Ks a garotas universitárias no meio do Central Park, estava relativamente segura.

Com cuidado, ela pegou o *notebook* e ergueu-o para colocá-lo de volta na mochila.

— Deixe-me ajudá-la com isso, Mia...

E, antes que conseguisse sequer piscar, ela o sentiu pegar o *notebook* pesado dos dedos subitamente moles, encostando gentilmente neles. Uma sensação parecida com um choque elétrico percorreu Mia quando ele a tocou, deixando as extremidades nervosas formigando.

Pegando a mochila, ele cuidadosamente guardou o *notebook* em um movimento suave e sinuoso. — Pronto, muito melhor agora.

Ah, meu Deus, ele tocara nela. Talvez a teoria de Mia sobre segurança em locais públicos fosse falsa. Ela sentiu a respiração acelerar novamente e, àquela altura, a pulsação estava bem além da zona anaeróbica.

— Eu tenho que ir agora... Adeus!

Ela nunca saberia como conseguiu dizer aquelas palavras sem hiperventilar. Agarrando a tira da mochila que ele acabara de soltar, ela se levantou depressa, notando em algum lugar no fundo da mente que a paralisia anterior parecia ter desaparecido.

— Adeus, Mia. Vejo você outra hora. — A voz suavemente zombeteira dele flutuou no ar fresco da primavera quando ela saiu, quase correndo com a pressa de se afastar.

CAPÍTULO 2

— Puta merda! Não acredito! É sério? Diga-me o que aconteceu e não deixe nenhum detalhe de fora! — A colega de quarto dela estava praticamente pulando de empolgação.

— Eu acabei de dizer... encontrei um K no parque. — Mia esfregou as têmporas, sentindo a onda de tensão em torno da cabeça depois da *overdose* de adrenalina que tivera mais cedo. — Ele se sentou no banco perto de mim e conversou comigo por alguns minutos. Depois, eu disse que tinha que ir embora e saí.

— Desse jeito? E o que ele queria?

— Eu não sei. Perguntei isso a ele, que só disse que queria conversar.

— É, certo, e porcos conseguem voar. — Jessie descartou aquela possibilidade tanto quanto Mia o fizera. — Não, sério, ele não tentou beber o seu sangue nem nada parecido?

— Não, ele não fez nada. — *Exceto tocar levemente na mão dela.* — Só perguntou o meu nome e disse o dele.

Os olhos de Jessie agora se pareciam com enormes pires castanhos. — Ele disse o nome dele? E qual é?

— Korum.

— É claro, Korum, o K. Faz todo sentido. — O senso de humor de Jessie se manifestava nos momentos mais estranhos. As duas riram do ridículo da frase.

— Você soube imediatamente que ele era um K? Qual era a aparência dele? — Recuperando-se, Jessie continuou com as perguntas.

— Sim, soube. — Mia pensou novamente naquele primeiro momento em que o vira. Como sabia? Foram os olhos dele? Ou algo instintivo nela que sabia reconhecer um predador quando o via? — Acho que foi alguma coisa no jeito como ele se movia. É difícil descrever. Decididamente, não era humano. Ele se parecia muito com os Ks que se vê na TV: era alto, bonito daquela forma particular que eles têm e tinha olhos com aparência estranha, quase amarelos.

— Uau, não acredito nisso. — Jessie andava em círculos pelo quarto. — Como ele falou com você? Como era a voz dele?

Mia soltou um suspiro. — Na próxima vez que eu for emboscada no parque por um extraterrestre, lembrarei de ter um gravador à mão.

— Ora, vamos, até parece que não estaria curiosa se estivesse no meu lugar.

É verdade, Jessie tinha razão. Suspirando novamente, Mia contou o encontro inteiro para a colega de quarto com todos os detalhes, deixando de fora apenas o breve momento em que a mão dele encostara na dela. Por algum motivo estranho, aquele toque, e a reação dela, pareciam algo particular.

— Então, você disse "tchau" e ele disse que veria você outra hora? Ah, meu Deus, você sabe o que isso significa? — Longe de satisfazer Jessie, a história detalhada pareceu deixá-la ainda mais empolgada. Ela estava quase batendo contra as paredes.

— Não, o quê? — Mia se sentia cansada e esgotada. Era algo parecido com a sensação depois de uma entrevista ou uma prova, quando tudo o que queria era dar ao pobre cérebro sobrecarregado uma chance de espairecer. Talvez só devesse ter contado a Jessie sobre o encontro no dia seguinte, depois de ter a oportunidade de relaxar um pouco.

— Ele quer se encontrar com você de novo!

— O quê? Por quê? — O cansaço de Mia subitamente desapareceu quando uma onda de adrenalina percorreu-lhe o corpo. — É só uma figura de linguagem! Tenho certeza de que ele não quis dizer nada com isso. Inglês nem é o idioma nativo dele! Por que ele ia querer me encontrar novamente?

— Bem, você mesma disse que ele a achou bonita...

— Não. Eu disse que *ele* disse que estava lá para encontrar uma garota bonita de cabelos cacheados. Só estava brincando comigo. Tenho certeza de que foi só um jeito de brincar comigo... Provavelmente estava entediado de ficar parado lá e decidiu se aproximar e conversar comigo. Por que um K estaria interessado em mim? —

Mia lançou um olhar depreciativo para o espelho, estudando as botas Uggs de dois anos de idade, calças *jeans* e o blusão grande demais que comprara em uma liquidação na Century 21.

— Mia, eu já lhe disse, você está constantemente subestimando a sua aparência. — Jessie soou ansiosa, como sempre acontecia quando tentava melhorar a autoconfiança de Mia. — Você é muito bonita com essa massa enorme de cabelos cacheados. Além do mais, tem olhos muito bonitos. É muito incomum ter olhos azuis com os cabelos tão escuros como os seus...

— Ora, por favor, Jessie. — Mia revirou os olhos. — Tenho certeza de que *bonita* não é suficiente quando você é um K deslumbrante. Além do mais, você é minha amiga e precisa dizer coisas legais para mim.

Para Mia, a pessoa bonita naquele aposento era Jessie. Com a compleição atlética cheia de curvas, cabelos pretos longos e uma pele dourada macia, Jessie era a fantasia de todo homem, particularmente se gostassem de garotas asiáticas. Jessie, ex-líder de torcida no ensino médio, era colega de quarto de Mia havia três anos, e tinha a personalidade esfuziante que combinava com a aparência. Seria sempre um mistério para Mia o motivo de elas terem se tornado tão amigas, pois as habilidades sociais dela aos dezoito anos eram praticamente inexistentes.

Pensando no passado, Mia se lembrou de como se sentira perdida e desorientada ao chegar na cidade grande depois de passar a vida inteira em uma pequena cidade na Flórida. A universidade de Nova Iorque fora a melhor faculdade em que fora aceita e o pacote de auxílio financeiro acabara sendo generoso, deixando os pais dela muito contentes. No entanto, Mia não se sentira nem um pouco empolgada com a ideia de ir para a universidade de uma cidade grande sem um campus de verdade. Ao entrar no processo competitivo para entrar na universidade, ela se candidatara à maioria das quinze melhores, recebendo várias rejeições e ofertas inadequadas de auxílio financeiro. No geral, a universidade de Nova Iorque parecera a melhor opção. As universidades locais da Flórida nem mesmo foram consideradas pelos pais de Mia na época, pois diziam que talvez os Ks criassem um Centro na Flórida e eles a queriam bem longe de lá, caso isso acontecesse. E não acontecera, pois Arizona e o Novo México acabaram sendo os locais preferenciais dos Ks nos Estados Unidos. Mas fora tarde demais. Mia começara o segundo semestre na universidade de Nova Iorque, conhecera Jessie e lentamente começara a se apaixonar pela cidade e por tudo o que ela tinha a oferecer.

Era engraçado como as coisas acabaram acontecendo. Apenas cinco anos antes, a maioria das pessoas pensava que eram os únicos seres inteligentes no universo. Claro, sempre houvera malucos alegando que viram OVNIs e houvera até mesmo coisas como o SETI, esforços sérios custeados pelo governo para explorar a possibilidade de vida extraterrestre. Mas as pessoas não tinham como saber se algum tipo de vida, mesmo organismos unicelulares, realmente existiam em outros planetas. Como resultado, a maioria acreditava que os humanos eram especiais e únicos, que o *homo sapiens* estava no pináculo do desenvolvimento evolucionário. Agora aquilo tudo parecia bobo, como quando as pessoas na Idade Média achavam que a Terra era plana e que a lua e as estrelas giravam em torno dela. Quando os krinars chegaram no início da segunda década do século XXI, jogaram por terra tudo o que os cientistas achavam que sabiam sobre a vida e a origem dela.

— Estou dizendo, Mia, acho que talvez ele tenha gostado de você! — A voz insistente de Jessie interrompeu os pensamentos dela.

Suspirando, Mia voltou a atenção para a colega de quarto. — Eu duvido muito. Além do mais, mesmo se for verdade, o que ele poderia querer de mim? Somos de espécies diferentes. A ideia de ele gostar de mim é completamente assustadora... O que ele poderia querer, meu sangue?

— Bem, não sabemos disso com certeza. São apenas rumores. Oficialmente, nunca foi anunciado que os Ks bebem sangue. — Jessie soava esperançosa por algum motivo estranho. Talvez a vida social de Mia fosse tão ruim no ponto de vista da colega de quarto que Jessie estava ansiosa para que ela namorasse alguém. Qualquer pessoa. Ser da mesma espécie era opcional.

— É um rumor em que muitas pessoas acreditam. Tenho certeza de que há um motivo para isso. Eles são vampiros, Jessie. Talvez não igual ao Drácula das lendas, mas todos sabem que são predadores. É por isso que criaram os Centros em áreas isoladas... para que possam fazer o que quiserem com os desavisados.

— Está bem, está bem. — Com a empolgação diminuindo, Jessie se sentou na cama. — Você tem razão, seria muito assustador se ele realmente quisesse encontrá-la novamente. Mas é divertido fingir, às vezes, que eles são simplesmente humanos maravilhosos do espaço, e não uma espécie misteriosa completamente diferente.

— Eu sei. Ele era incrivelmente bonito. — As duas garotas se entreolharam. — Se pelo menos ele fosse humano...

— Você é muito exigente, Mia. Eu sempre lhe disse isso. — Balançando a cabeça em uma reprimenda sarcástica, Jessie usou o tom mais sério que conseguiu. Mia olhou para ela com incredulidade e as duas caíram na gargalhada.

* * *

Naquela noite, Mia teve um sono inquieto, com a mente repassando o encontro sem parar. Assim que pegava no sono, via aqueles olhos cor de âmbar alegres e sentia o toque eletrizante na pele. Para o próprio constrangimento, a mente inconsciente levava as coisas mais além e Mia sonhou que ele tocava na mão dela. No sonho, o toque dele fazia com que o corpo inteiro dela estremecesse, aquecendo-a por dentro. Em seguida, ele deslizava a mão pelo braço dela, segurando-a pelo ombro e puxando-a na direção dele, hipnotizando-a com o olhar ao se aproximar para beijá-la. Com o coração disparado, Mia fechava os olhos e inclinava-se na direção dele, sentindo os lábios macios tocando os dela, lançando ondas de sensações quentes por todo o corpo.

Acordando subitamente, Mia sentiu o coração batendo com força no peito e o calor lentamente acumulando-se entre as pernas. Eram cinco horas da manhã e ela mal dormira nas últimas horas. Droga, por que um encontro breve com um alienígena tinha tal efeito nela? Talvez Jessie tivesse razão e ela precisava sair mais, encontrar outros homens. Nos três anos anteriores, sob a tutela de Jessie, Mia conseguira se livrar de boa parte da timidez e da falta de jeito. Ao terminar o ensino médio, os pais a levaram para uma cirurgia a *laser* nos olhos e o sorriso depois de tirar o aparelho era bonito e alinhado. Ela agora se sentia confortável para ir a uma festa onde conhecesse pelo menos algumas pessoas e, depois de beber um número suficiente de doses, conseguia até mesmo dançar. Mas, por algum motivo, o mundo do namoro ainda a assustava. Os poucos encontros que tivera em meses recentes foram desapontadores e ela não conseguia se lembrar da última vez em que beijara um garoto. Talvez fosse aquele rapaz simpático da turma de biologia do ano anterior? Por algum motivo, ela nunca se sentira atraída por nenhum dos homens com quem saíra e estava tornando-se constrangedor admitir que ainda era virgem aos vinte e um anos de idade.

Por sorte, ela e Jessie não dividiam mais um quarto. Tinham encontrado um apartamento de um quarto que podia ser convertido em um apartamento de dois quartos pela tarifa razoável, pelos padrões de Nova Iorque, de apenas US$ 2.380,00. Ter o próprio quarto significava um grau de liberdade e privacidade que era muito bom em situações como aquela.

Ligando o abajur ao lado da cama, Mia olhou em torno do quarto, certificando-se de que a porta estava totalmente fechada. Ela colocou a mão dentro da gaveta do criado-mudo e pegou um pequeno pacote, que normalmente ficava escondido bem no fundo, atrás do creme facial, da loção para as mãos e do frasco de analgésicos. Desembrulhando cuidadosamente o pacote, ela pegou o vibrador com minúsculas orelhas de coelho, um presente de brincadeira da irmã mais velha. Marisa lhe dera o vibrador como presente de formatura do ensino médio, com o conselho jocoso de usá-lo sempre que "sentisse aquela vontade" e "para ficar longe daqueles garotos tarados da cidade grande". Mia corara e rira na época, mas a coisa realmente se provara útil. Em certos momentos, na escuridão da noite, quando a solidão se tornava mais forte, Mia brincava com o aparelho, gradualmente explorando o corpo e aprendendo como era um orgasmo de verdade.

Pressionando o pequeno objeto no recesso sensível entre as pernas, Mia fechou os olhos e aliviou as sensações que o sonho causara. Gradualmente aumentando a velocidade da vibração, ela deixou a imaginação voar, visualizando as mãos do K em seu corpo e os lábios dele beijando-a, acariciando-a, tocando-a em locais sensíveis e proibidos, até que a tensão profunda dentro dela ficou ainda maior e explodiu, enviando ondas de calor até a ponta dos dedos dos pés.

* * *

Quando Mia acordou na manhã seguinte, o céu estava cinzento e nublado. Ao pegar o telefone para verificar a previsão do tempo, ela soltou um gemido. Noventa por cento de chance de chover com temperatura abaixo de dez graus. Era tudo de que ela precisava com o trabalho de sociologia à espera. Que droga. Talvez conseguisse chegar na biblioteca antes que começasse a chover.

Saltando da cama, ela colocou o *moleton* mais confortável que tinha, uma camiseta de mangas compridas e um suéter largo com capuz que comprara em uma viagem da escola à Europa. Era o traje de estudo e parecia tão feio naquele dia quanto na primeira vez em que o usara para estudar para um teste de álgebra no ensino médio. As roupas ainda cabiam nela, pois parecia que desenvolvera uma incapacidade desagradável de aumentar a medida da cintura ou a altura desde os catorze anos de idade.

Rapidamente, Mia escovou os dentes, lavou o rosto e olhou criticamente para o espelho. Um rosto pálido e com algumas sardas a encarou de volta. Os olhos eram provavelmente o que tinha de mais bonito, um tom incomum de azul acinzentado que fazia um contraste bonito com os cabelos escuros. Por outro lado, os cabelos eram uma fera totalmente diferente. Se ela passasse uma hora secando-os cuidadosamente, talvez conseguisse fazer com que os cachos rebeldes ficassem parecendo um pouco civilizados. Mas a rotina normal de dormir com os cabelos molhados não levava a nada além da confusão crespa que tinha sobre a cabeça naquele momento. Soltando um longo suspiro, ela o prendeu sem dó em um rabo de cavalo grosso. Algum dia, quando conseguisse um emprego de verdade, talvez fosse a um daqueles salões caros e tentasse fazer um alisamento. Por enquanto, como não tinha uma hora todas as manhãs a perder com os cabelos, tinha que aguentá-los como eram.

Era hora de ir à biblioteca. Mia pegou a mochila e o *notebook*, calçou as Uggs e saiu do apartamento. Cinco andares de escadas depois, saiu do prédio, prestando pouca atenção à tinta descascada nas paredes e às baratas que gostavam de morar perto da calha de lixo. Essa era a vida de estudante em Nova Iorque e Mia era uma das poucas que tinha a sorte de ter um apartamento com preço razoável tão perto do *campus*.

Os preços de imóveis em Manhattan estavam mais altos do que nunca. Nos primeiros anos depois da invasão, os preços de apartamentos em Nova Iorque tinham caído, bem como em todas as grandes cidades do mundo inteiro. Com os filmes de invasões ainda presentes na imaginação do público, a maioria das pessoas achou que as cidades não seriam seguras e as que puderam partiram para áreas rurais. Famílias com crianças, que já eram raras em Manhattan, deixaram a cidade aos montes, partindo para as áreas mais remotas que conseguiram encontrar. Os Ks tinham encorajado a migração, pois aliviava grande parte da poluição nas áreas urbanas e em volta delas. É claro, logo as pessoas perceberam a tolice, pois os Ks não queriam nada com as grandes cidades dos humanos. Em vez disso, decidiram construir os Centros em áreas quentes e pouco populadas em torno do planeta. Os preços de Manhattan subiram novamente, com algumas poucas pessoas de sorte ganhando fortunas em barganhas de imóveis que tinham comprado durante a queda. Agora, mais de cinco anos depois do Dia K — como o primeiro dia da invasão dos krinars passou a ser chamado — os aluguéis na cidade de Nova Iorque estavam novamente perto de preços recordes.

Que sorte a minha, pensou Mia com uma leve irritação. Se fosse uns dois anos mais velha, poderia ter alugado aquele apartamento por menos da metade do preço. É claro, também tinha vantagem de se formar no ano seguinte, em vez de nas profundezas do Grande Pânico — os meses sombrios depois que a Terra enfrentou os invasores.

Parando na padaria local, Mia pediu um pão levemente torrado (integral, claro, o único tipo disponível) com uma pasta de abacate e tomate em cima. Suspirando, ela se lembrou dos omeletes deliciosos que a mãe costumava fazer, com bacon frito, cogumelos e queijo. Agora, os cogumelos eram o único ingrediente naquela lista que podia ser comprado com o orçamento de um estudante. Carne, peixe, ovos e laticínios eram produtos premium, disponíveis apenas como luxo esporádico, como *foie gras* e caviar eram no passado. Aquela era uma das mudanças principais que os krinars tinham implementado. Depois de decidirem que a dieta típica de mundo desenvolvido do início do século XXI era prejudicial para os humanos e para o meio ambiente, eles fecharam as grandes fazendas industriais, forçando os produtores de carne e laticínios a mudarem para a produção de frutas e legumes. Apenas pequenos fazendeiros foram deixados em paz e tinham permissão para criar alguns animais para ocasiões especiais. Organizações ambientais e de direitos dos animais ficaram extáticas e as taxas de obesidade nos Estados Unidos se aproximavam rapidamente das do Vietnã. É claro, as repercussões foram enormes, com inúmeras empresas indo à falência e escassez de alimentos durante o Grande Pânico. E, mais tarde, quando as tendências vampíricas dos krinars foram descobertas (apesar de não serem oficialmente comprovadas), os ativistas de extrema direita alegaram que o verdadeiro motivo para a mudança forçada na dieta era para deixar o sangue humano mais doce para os Ks. De qualquer forma, a maioria dos alimentos disponíveis e com preço acessível no momento era desagradavelmente saudável.

— Guarda-chuva, guarda-chuva, guarda-chuva! — Um homem de aparência suja estava parado na esquina, anunciando os produtos com um sotaque forte do Oriente Médio. — Guarda-chuva de cinco dólares!

É claro, menos de um minuto depois, uma chuva leve começou a cair. Pela enésima vez, Mia ficou imaginando se os vendedores de guarda-chuva de rua tinham algum tipo de sexto sentido sobre a chuva. Parecia que eles sempre surgiam logo antes de cair a primeira gota, mesmo que a previsão dissesse que não choveria. Apesar de ser tentador comprar um guarda-chuva para se manter seca, Mia só precisava andar mais alguns quarteirões e a chuva estava muito fraca para justificar o gasto desnecessário de cinco dólares. Ela poderia ter levado o guarda-chuva velho que tinha em casa, mas carregar um objeto extra nunca entrava na lista de prioridades dela.

Caminhando o mais depressa que conseguia com a mochila pesada, Mia virou a esquina na West 4th Street, já vendo a Biblioteca Bobst, quando a chuva começou a cair com força. Droga, deveria ter comprado aquele guarda-chuva! Xingando-se mentalmente, Mia começou a correr com dificuldade, por causa do peso da mochila, enquanto as gotas de chuva batiam-lhe no rosto com a força de balas de água. De algum jeito, os cabelos se soltaram do rabo de cavalo e caíram sobre o rosto dela, bloqueando a visão. Várias pessoas passaram correndo por ela, apressando-se para sair da chuva, e Mia foi empurrada algumas vezes por pedestres cegos pela combinação da chuva pesada e dos guarda-chuvas que algumas almas sortudas carregavam. Em momentos como aquele, ter um metro e sessenta e ser magra eram grandes desvantagens. Um homem grande esbarrou nela ao passar, com o cotovelo batendo no ombro dela, e Mia tropeçou quando o pé ficou preso em uma rachadura na calçada. Caindo para a frente, ela conseguiu se apoiar com as mãos na calçada molhada, escorregando alguns centímetros na superfície áspera.

Subitamente, mãos fortes a ergueram do chão, como se ela não pesasse nada, colocando-a de pé sob um guarda-chuva grande que o homem segurava sobre a cabeça.

Sentindo-se como um rato afogado e sujo, Mia tentou retirar os cabelos encharcados do rosto com as costas da mão arranhada, piscando para tirar a água dos olhos. O nariz decidiu aumentar a humilhação dela, escolhendo aquele momento particular para espirrar incontrolavelmente sobre o homem que a resgatara.

— Ah, meu Deus, eu sinto muito! — Mia se desculpou freneticamente, completamente mortificada. Com a visão ainda borrada por causa da água que corria pelo rosto, ela tentou desesperadamente limpar o nariz com a manga molhada para evitar outro espirro. — Desculpe-me, eu não queria espirrar em você daquele jeito!

— Não precisa se desculpar, Mia. Obviamente, você está molhada e com frio. E machucada. Deixe-me ver as suas mãos.

Aquilo não podia estar acontecendo. Com o desconforto esquecido, tudo o que Mia conseguiu fazer foi olhar incrédula enquanto Korum levantava cuidadosamente as mãos delas, com a palma para cima, e examinava os arranhões. As mãos grandes dele eram incrivelmente gentis sobre a pele, mesmo segurando-a com tanta força que ela nunca conseguiria escapar. Apesar de estar completamente encharcada no frio de abril, Mia se sentiu como se estivesse prestes a pegar fogo, com o toque dele enviando ondas de calor pelo corpo inteiro dela.

— Você precisa tratar essas feridas imediatamente. Elas poderão deixar cicatrizes se não tiver cuidado. Venha comigo, vamos cuidar delas. — Soltando os pulsos dela, Korum colocou um braço decidido em volta da cintura dela e começou a conduzi-la de volta em direção à Broadway.

— Espere, o que... — Mia tentou recobrar o controle. — O que você está fazendo aqui? Para onde está me levando? — Ela acabara de perceber o perigo da situação e começou a tremer devido a uma combinação de frio e medo.

— Você está obviamente congelando. Vou tirá-la dessa chuva e depois conversaremos. — O tom dele não admitia que discordasse.

Olhando desesperadamente em volta, tudo o que Mia viu foram pessoas correndo para sair da chuva, sem prestar atenção aos arredores. Em um clima como aquele, um assassinato no meio da rua provavelmente não seria notado, muito menos a luta de uma pequena garota. O braço de Korum parecia uma faixa de aço em volta da cintura dela, completamente impossível de retirar, e Mia se viu acompanhando-o na direção em que ele a levava.

— Espere, por favor. Eu realmente não posso ir com você — protestou Mia trêmula. Agarrando-se em motivos banais, ela disse: — Tenho que fazer um trabalho da faculdade!

— É mesmo? E como pretende escrever nessas condições? — O tom dele estava repleto de sarcasmo e Korum a estudou de cima abaixo, parando o olhar ligeiramente nos cabelos encharcados e nas mãos arranhadas. — Você está machucada e provavelmente pegará uma pneumonia, com esse sistema imunológico fraco que tem.

Como antes, ele de alguma forma conseguiu deixá-la furiosa. Como ousava chamá-la de fraca! Mia enxergou tudo vermelho. — Com licença, meu sistema imunológico está muito bem! Ninguém pega pneumonia hoje em dia só por ficar na chuva! Além do mais, por que isso é da sua conta? O que está fazendo aqui, está me seguindo?

— É isso mesmo. — A resposta dele foi suave e totalmente indiferente.

Com o ataque de fúria desaparecendo imediatamente, Mia sentiu tentáculos de medo percorrendo-lhe o corpo novamente. Engolindo para umedecer a garganta subitamente seca, ela só conseguiu dizer duas palavras em voz rouca. — Por quê?

— Ah, aqui estamos. — Uma limusine preta estava estacionada na esquina da West 4th com a Broadway. Ao se aproximarem, as portas automáticas se abriram, revelando o interior felpudo cor de creme. O coração de Mia saltou para a garganta. De jeito nenhum ela entraria em um carro estranho com um K que admitira que a estava seguindo.

Ela ficou parada e preparou-se para gritar.

— Mia. Entre. No. Carro. — As palavras dele a atingiram como um chicote. Ele parecia bravo, com os olhos ficando mais amarelos a cada segundo. A boca com aparência normalmente sensual pareceu subitamente cruel, apertada em uma linha fina. — NÃO faça com que eu precise repetir isso.

Tremendo como uma folha, Mia obedeceu. Ah, Deus, ela só queria sobreviver àquilo que o K tinha para ela.

Todas as histórias de horror que já ouvira sobre os invasores surgiram subitamente na mente dela, todas as imagens das lutas terríveis durante o Grande Pânico. Ela engoliu o choro, observando Korum entrar na limusine e fechar o guarda-chuva. As portas do carro se fecharam.

Korum apertou o botão do interfone. — Roger, por favor, leve-nos para a minha casa. — Ele parecia muito mais calmo e os olhos tinham voltado à cor dourada original.

— Sim, senhor. — A resposta do motorista saiu de trás da divisória que o bloqueava totalmente de vista.

Roger? Aquele era um nome humano, pensou Mia desesperada. Talvez ele pudesse ajudá-la, chamar a polícia para ela ou algo parecido. Por outro lado, o que a polícia poderia fazer? É claro que eles não prenderiam um K. Até onde Mia sabia, eles estavam acima do alcance das leis humanas. Ele poderia fazer o que quisesse com ela e ninguém o impediria. Mia sentiu as lágrimas escorrendo pelo rosto molhado de chuva ao pensar na tristeza dos pais quando descobrissem que a filha desaparecera.

— O que foi? Você está chorando? — A voz de Korum tinha um traço de incredulidade. — Quantos anos você tem, cinco? — Ele estendeu as mãos, colocando os dedos em volta dos braços dela, e puxou-a para perto, olhando-a no rosto. Com o toque dele, Mia começou a tremer ainda mais, tentando reprimir os soluços que saíam da garganta.

— Calma, calma. Não precisa fazer isso. Shhh... — Mia subitamente se viu totalmente envolta nos braços dele com o rosto pressionado contra o peito largo. Ainda soluçando, ela vagamente registrou um aroma agradável de roupas recém-lavadas e da pele masculina quente, enquanto a mão dele se movia em círculos nas costas dela. Ele realmente a estava tratando como uma garotinha de cinco anos de idade chorando por nada, pensou ela meio histérica. Estranhamente, o tratamento estava dando certo. Mia sentiu o medo diminuindo enquanto ele a segurava gentilmente nos braços poderosos, sendo substituído por um crescente sentimento de consciência e de uma sensação quente em algum lugar profundo dentro de si. A adrenalina amplificou a atração, percebeu ela com uma desconexão peculiar, lembrando-se de um estudo sobre o assunto em uma das aulas de psicologia.

Ainda envolta nos braços dele, ela conseguiu se afastar o suficiente para olhar no rosto dele. De perto, a aparência dele era ainda mais incrível. A pele, com um tom dourado ligeiramente mais escuro que a da colega de quarto dela, era impecável e parecia brilhar com saúde perfeita. Cílios pretos grossos envolviam aqueles olhos claros inacreditáveis, com sobrancelhas pretas retas perfeitas.

— Você vai me machucar? — A pergunta escapou antes que ela conseguisse pensar melhor.

O sequestrador dela soltou um suspiro surpreendentemente parecido com o de um humano, soando exasperado. — Mia, escute bem. Não vou fazer mal nenhum a você. Ok? — Ele a encarou diretamente nos olhos e Mia não conseguiu desviar o olhar, hipnotizada pelos pontos amarelos na íris. — A única coisa que eu queria fazer era tirá-la da chuva e cuidar dos seus ferimentos. Vou levá-la à minha casa porque ela fica aqui perto e posso dar a você assistência médica e uma muda de roupas. Eu realmente não queria assustá-la, muito menos deixá-la desse jeito.

— Mas você disse... você disse que estava me seguindo! — Mia olhou para ele confusa.

— Sim. Porque, quando a conheci no parque, eu a achei interessante e queria vê-la novamente. Não porque eu queira machucá-la. — Ele agora acariciava os braços dela com um movimento gentil para cima e para baixo, como se estivesse tentando acalmar um cavalo arisco.

Com a confissão dele, uma onda de calor percorreu o corpo de Mia. Aquilo queria dizer que estava atraído por ela? O coração dela começou a bater mais depressa novamente, mas por um motivo diferente.

Havia mais uma coisa que ela precisava entender. — Você me forçou a entrar no carro...

— Só porque você estava sendo teimosa e recusando-se a dar ouvidos a uma coisa sensata. Estava molhada e com frio. Eu não queria perder tempo discutindo na chuva quando um carro quente estava parado bem ao lado. — Dito daquela forma, as ações dele soaram completamente humanitárias.

— Tome. — Pegando um lenço de algum lugar, ele cuidadosamente limpou as lágrimas remanescentes do rosto dela e deu-lhe outro lenço para assoar o nariz. Ele a observou com olhar divertido enquanto ela tentava assoar o mais delicadamente possível. — Está se sentindo melhor agora?

Estranhamente, ela estava. Ele poderia estar mentindo, mas de que adiantaria? De qualquer forma, poderia fazer o que quisesse com ela, portanto, por que perderia tempo tentando acalmá-la? Com o terror anterior desaparecido, Mia subitamente se sentiu exausta com os altos e baixos emocionais. Como se entendesse o que ela sentia, Korum a puxou mais para perto, pressionando o rosto dela contra o peito dele novamente. Mia não objetou. De alguma forma, sentada no colo dele, inalando o aroma quente e sentindo o calor do corpo dele envolvendo-a, Mia se sentia melhor do que se sentira em muito tempo.

CAPÍTULO 3

— Aqui estamos. Bem-vinda à minha humilde casa.

Mia olhou em torno deslumbrada, passeando o olhar pelas janelas de parede inteira com vista para o Hudson, pelo piso de madeira brilhante e pelas mobílias luxuosas cor de creme. Algumas peças de arte moderna nas paredes e plantas vistosas perto das janelas davam toques elegantes de cor. Era o apartamento mais lindo que já vira. E parecia completamente humano.

— Você mora aqui? — perguntou ela atônita.

— Só quando venho para Nova Iorque.

Korum pendurou o casaco no armário perto da porta. Era uma ação tão simples e mundana, mas, de alguma maneira, os movimentos dele eram fluidos demais para serem totalmente humanos. Ele vestia uma camiseta azul e calças *jeans*. As roupas caíam sobre o corpo magro e poderoso com perfeição. Mia engoliu em seco, percebendo que o ambiente inacreditável à volta dela parecia pálido perto da criatura deslumbrante que o ocupava.

Como ele tinha dinheiro para pagar por aquele lugar? Todos os Ks eram ricos? Quando a limusine entrara na garagem do arranha-céu luxuoso mais novo em TriBeCa, Mia ficara chocada ao ser escoltada até um elevador privativo que os levou diretamente à cobertura. O apartamento parecia imenso, particularmente para os padrões de Manhattan. Ele ocupava o andar inteiro do prédio?

— Sim, o apartamento ocupa o andar inteiro.

Mia corou, percebendo que fizera a pergunta em voz alta. — Ahm... é um belo lugar esse.

— Obrigado. Venha, sente-se. — Ele a levou até um sofá de couro, de cor creme, é claro. — Deixe-me ver as suas mãos.

Hesitantemente, Mia estendeu as palmas, sem saber o que ele pretendia fazer. Usar o sangue dele para curá-las, da mesma forma como os vampiros da ficção popular faziam?

Em vez de cortar a palma ou fazer alguma coisa vampírica, Korum aproximou um pequeno objeto prateado da palma direita dela. Com o tamanho e a espessura de um cartão de crédito de plástico antigo, a coisa parecia completamente inócua. Pelo menos, até começar a emitir uma luz vermelha suave diretamente sobre a mão dela. Não houve dor, apenas uma sensação quente agradável onde a luz encostou na pele machucada. Enquanto Mia observava, os arranhões começaram a desaparecer e sararam completamente, como se nunca tivessem existido. Mia tocou a área cuidadosamente com os dedos. Não sentiu dor alguma.

— Uau, isso é incrível. — Mia suspirou com força, soltando a respiração que nem percebera que estivera prendendo. É claro, ela sabia que os Ks eram muito mais avançados tecnologicamente, mas ver o que parecia um milagre com os próprios olhos ainda era chocante.

Korum repetiu o processo na outra mão. As duas palmas agora estavam completamente curadas, sem o menor rastro das feridas.

— Ahm... obrigada por fazer isso. — Mia não sabia o que dizer. Aquela era uma versão dos Ks de oferecer um band-aid ou ele acabara de realizar um procedimento médico complicado nas mãos dela? Deveria se oferecer para pagar? E, se ele dissesse que sim, aceitaria o seguro médico estudantil? *Pare com isso, Mia! Você está sendo ridícula!*

— De nada — disse ele suavemente, ainda segurando de leve a mão esquerda dela, — Agora, vamos trocar essas roupas molhadas.

Mia levantou a cabeça bruscamente em descrença horrorizada. É claro que ele não quisera dizer que...

Antes mesmo que ela tivesse a oportunidade de dizer alguma coisa, Korum soltou um suspiro exasperado. — Mia, quando eu disse que não pretendia lhe fazer mal, estava falando sério. Minha definição de mal inclui estupro, caso você ache que temos algumas diferenças culturais em relação a isso. Portanto, você pode relaxar e parar de pular cada vez que eu digo alguma coisa.

— Desculpe, eu não quis dizer... — Mia desejou que o chão se abrisse e simplesmente a engolisse. É claro que ele não a estupraria. Provavelmente nem estava interessado nela daquele jeito. Por que ia querer uma humana magricela e pálida, quando podia ter qualquer uma das fêmeas Ks lindas que ela vira na televisão? Ele nunca dissera que estava atraído por ela, apenas que a achara "interessante". Até onde ela sabia, ele podia muito bem ser um K cientista estudando os humanos de Nova Iorque e acabara de encontrar uma cobaia de laboratório com cabelos cacheados.

Soltando outro suspiro, Korum se levantou graciosamente do sofá, cada movimento cheio de uma agilidade alienígena. — Venha comigo.

Ainda sentindo-se envergonhada, Mia mal prestou atenção ao que havia ao redor quando ele a conduziu pelo corredor. No entanto, não conseguiu reprimir uma exclamação ao ver o banheiro imenso à sua frente.

A parte do chuveiro, envolta em vidro, era maior do que o banheiro dela inteiro e uma banheira de hidromassagem elevada imensa ocupava o centro do aposento. O banheiro inteiro tinha tons de marfim e cinza, uma combinação incomum que, mesmo assim, cabia bem naquele ambiente luxuoso. Duas das paredes tinham espelhos do chão até o teto, aumentando ainda mais a sensação de espaço. Também havia plantas ali, notou ela. Duas plantas exóticas com folhas vermelhas que pareciam florescer nos cantos, parecendo receber luz do sol o suficiente da claraboia no teto.

— Isso é para você. — Korum deslizou uma parte da parede de vidro, abrindo um armário, e retirou uma toalha grande cor de marfim e um roupão grosso cinza que parecia muito macio. — Você pode tomar um banho quente e vestir esse roupão. Vou colocar as suas roupas na secadora.

Com um aceno da cabeça e murmurando um agradecimento, Mia aceitou os dois itens, observando enquanto Korum saía do banheiro e fechava a porta atrás de si.

Uma sensação de realidade a inundou ao olhar para o luxo impressionante à toda volta. Isso não podia estar acontecendo com ela. Será que era um sonho realmente vívido? É claro que Mia Stalis, de Ormond Beach, Flórida, não estava parada dentro de um banheiro adequado para um rei, depois de ser comandada a tomar um banho quente por um K que praticamente a sequestrara para curar arranhões insignificantes com um dispositivo mágico alienígena. Talvez, se piscasse algumas vezes, acordaria no quarto bagunçado do apartamento que dividia com Jessie.

Para testar aquela teoria, Mia fechou os olhos com força e abriu-os novamente. Não, ainda estava parada lá, sentindo nos braços o peso da toalha felpuda e do roupão. Se aquilo era um sonho, era o sonho mais realista que já tivera. Podia muito bem tomar aquele banho, agora que a adrenalina começava a deixar o corpo e ela começava a sentir o frio das roupas molhadas chegando até os ossos.

Soltando o fardo sobre a beirada da banheira de hidromassagem alta, Mia andou até a porta e trancou-a. É claro que, se Korum realmente quisesse entrar, ela duvidava que a fechadura delicada o manteria do lado de fora. A força incrível dos krinars fora descoberta nas primeiras semanas depois da invasão, quando alguns guerrilheiros no Oriente Médio emboscaram um pequeno grupo de Ks, violando o Tratado de Coexistência recentemente assinado. Um vídeo do evento, gravado por algum transeunte com um iPhone, mostrava cenas saídas diretamente de um filme de ficção científica de horror. O grupo de cerca de trinta sauditas, armados com granadas e espingardas automáticas, não tiveram a menor chance contra os seis Ks desarmados. Mesmo feridos, os alienígenas se moviam com uma velocidade que excedia a de todas as criaturas vivas conhecidas na Terra, literalmente despedaçando os atacantes com as mãos nuas. Uma cena particularmente dramática mostrava um K jogando dois homens que gritavam, um com cada mão, para cima. A altura exata a que eles foram lançados foi determinada mais tarde como cerca de dezoito metros. Não era preciso dizer que os homens não sobreviveram à queda. A selvageria pura daquela luta, e de alguns encontros subsequentes durante os dias do Grande Pânico, deixavam a população humana atônita, levando à crença em rumores de vampirismo que surgiram alguns meses depois. Com todos os avanços em tecnologia e a consciência ecológica que tinham, os Ks podiam ser tão brutais e violentos quanto qualquer vampiro das lendas.

E lá estava ela, presa com um deles. Que quisera curar os pequenos arranhões dela e fazer com que ela tomasse um banho quente naquela cobertura sofisticada. E colocar as roupas dela na secadora.

Mia deixou escapar uma risada histérica ao pensar nisso.

É claro, talvez ele gostasse que os petiscos estivessem limpos e cheirosos. Mas, de alguma forma, Mia acreditara quando ele dissera que não pretendia lhe fazer mal. Além do mais, havia muito pouco que ela poderia fazer sobre a situação atual. Podia muito bem parar de bancar a histérica e tirar vantagem do banho mais luxuoso da vida dela.

Tirando as roupas molhadas, Mia viu o reflexo de si mesma no espelho. Por que ele estava interessado nela? Claro, ela era magra, o que ainda estava na moda, mas ele provavelmente tinha as mulheres mais lindas, das duas espécies, a seus pés. Parada lá, nua, Mia tentou se ver objetivamente e não pelos olhos de uma adolescente com problemas de autoconfiança. O espelho refletia uma jovem magra, com seios pequenos, redondos e bonitos, quadris magros e uma cintura estreita. As nádegas eram razoavelmente arredondadas, considerando o restante do corpo. Nua, ela não parecia a pessoa sem forma que sempre sentia ser quando estava com roupas largas. Se fosse mais alta, talvez até mesmo achasse que tinha um corpo bonito. No entanto, a pele era pálida demais e a confusão escura de cachos que emoldurava o rosto era muito crespa para que ela pudesse ser considerada mais do que bonitinha.

Suspirando, Mia parou sob o chuveiro. Depois de uma luta breve com os controles na tela tátil, ela descobriu como funcionavam e, logo, estava desfrutando da água quente que jorrava de cinco direções. Ela até mesmo usou o sabonete dele, que tinha um aroma leve e agradável de algo tropical.

Dez minutos depois, Mia desligou a água e andou até um tapete grosso cor de marfim. Ela se secou com a toalha que Korum lhe dera, enrolou-a em volta dos cabelos molhados e vestiu o roupão que, para sua surpresa, ficou apenas um pouco grande. Tinha que ser o roupão de uma mulher, percebeu ela com uma pontada desagradável de algo que, estranhamente, parecia ciúmes. *Não seja tola, Mia, é claro que ele recebe hóspedes mulheres!* Uma criatura tão linda dificilmente seria celibatária. Talvez até mesmo tivesse namorada ou esposa.

Mia engoliu em seco para se livrar de uma obstrução na garganta que pareceu surgir com aquele pensamento. *Pare com isso, Mia!* Ela não tinha ideia do que ele queria dela e não tinha absolutamente motivo algum para se sentir daquela forma em relação a um alienígena do espaço que podia ou não beber sangue humano.

Andando descalça até a porta, Mia pegou as roupas que jogara no chão. Elas estavam molhadas e gosmentas e Mia ficou feliz por não estar vestindo-as mais. Abrindo cuidadosamente a porta, espiou o corredor, vendo um par de chinelos cinzas de aparência macia que, pelo jeito, Korum deixara para ela.

Não havia sinal de Korum.

Calçando os chinelos, Mia saiu do banheiro e encaminhou-se para a esquerda, torcendo para estar voltando à sala de estar. A última coisa que queria era entrar no quarto dele, apesar de a ideia deixá-la quente por dentro.

Ele estava sentado no sofá, olhando para alguma coisa na palma da mão. Sentindo a presença dela, ele ergueu a cabeça e um sorriso luminoso lentamente surgiu no rosto dele ao vê-la parada lá, no roupão grande demais e com a toalha presa em um turbante.

— Você está adorável desse jeito. — A voz dele era baixa e um tanto íntima, mesmo do outro lado da sala, fazendo com que as entranhas dela se contorcessem de uma forma estranhamente sexual. Ah, Deus, o que ele queria dizer com aquilo? Estava realmente interessado nela? Mia teve certeza de que o rosto acabara de ficar vermelho quando o coração subitamente começou a bater mais rápido.

— Ah, obrigada — murmurou ela, incapaz de pensar em uma resposta melhor. Era imaginação dela ou os olhos dele ficaram com um tom dourado ainda mais profundo?

— Dê-me essas coisas. — Antes que ela tivesse a oportunidade de recuperar a compostura, ele estava ao lado dela, pegando as roupas molhadas dos braços trêmulos de Mia. — Sente-se, vou colocar essas roupas molhadas na secadora.

Com aquilo, ele desapareceu pelo corredor. Mia ficou olhando para lá, pensando se deveria se preocupar. Ele dissera que não pretendia fazer-lhe mal, mas será que aceitaria um não se estivesse realmente interessado nela sexualmente? E, mais importante, ela conseguiria dizer não, considerando a forma como respondera a ele até aquele momento?

Ela ouvira falar de humanos que fizeram sexo com Ks, portanto, as duas espécies eram decididamente compatíveis nesse sentido. Na verdade, havia até mesmo sites na internet em que as pessoas que queriam fazer sexo com Ks publicavam anúncios destinados a atraí-los. Alguns dos anúncios deviam receber respostas, pois os sites continuavam no ar. Mia sempre pensara que aqueles xenos — abreviação para xenófilos, um termo pejorativo para pessoas que gostavam dos Ks — eram loucos. É claro, a maioria dos invasores tinha uma bela aparência, mas eles estavam tão longe de serem humanos que era quase a mesma coisa que fazer sexo com um gorila. Havia menos diferenças entre o DNA dos gorilas e dos humanos do que entre os humanos e os krinars.

Mesmo assim, lá estava ela e, pelo jeito, muito atraída por um K em particular.

Um minuto depois, Korum voltou de mãos vazias, interrompendo a sequência de pensamentos de Mia. — As roupas estão secando — anunciou ele. — Está com fome? Posso preparar alguma coisa para comermos enquanto esperamos.

Ks sabiam cozinhar? Mia subitamente percebeu que, na verdade, estava faminta. Com tudo o que acontecera na hora anterior, o pão que comera no café da manhã parecia muito distante. Cozinhar e comer também pareciam uma forma muito inocente de passar o tempo.

— Claro, parece uma ótima ideia. Obrigada.

— Ok, venha comigo até a cozinha e prepararei alguma coisa.

Com aquela promessa, ele andou até uma porta que ela não notara antes e deslizou-a para o lado para abri-la, revelando uma cozinha grande. Como o restante da cobertura, ela era incrível. Aparelhos brilhantes de aço inoxidável, piso de mármore preto e marfim e balcões de pedra com esmalte preto preenchiam o espaço com uma aparência quase futurista. Perto das janelas, plantas de uma espécie de folhas grandes em vasos prateados estavam penduradas do teto, parecendo muito à vontade no ambiente de aparência quase estéril.

— O que acha de uma salada e um sanduíche de legumes? — Korum já estava abrindo a geladeira, que parecia a versão mais recente da iZero, uma geladeira inteligente criada em conjunto pela Apple e pela Sub-Zero alguns anos antes.

— Parece ótimo, obrigada — respondeu Mia sem prestar muita atenção, ainda estudando o aposento. Alguma coisa a incomodava, alguma pergunta óbvia que precisava de uma resposta.

Subitamente, ela se deu conta.

— Sua casa só tem tecnologia nossa dentro dela — disse Mia. — Bem, exceto pela pequena ferramenta de cura que você usou em mim. Todos esses aparelhos, toda essa tecnologia nossa, devem parecer muito primitivos para você. Por que você usa tudo isso em vez do que vocês têm?

Korum sorriu, revelando novamente a covinha na bochecha esquerda, e andou até a pia para lavar a alface.

— Eu gosto de experimentar coisas diferentes. Muitas das tecnologias de vocês são realmente muito geniais, considerando as suas limitações. E, para usar um dos ditados que vocês têm, em Roma...

— Então, basicamente, está querendo se misturar conosco — concluiu Mia. — Morando entre os primitivos, usando as ferramentas básicas deles...

— Se prefere pensar dessa forma.

Ele começou a cortar os legumes, com as mãos movendo-se mais depressa do que as de qualquer *chef* profissional. Mia o observou fascinada, notando a incongruência de uma criatura do espaço fazendo uma salada. Todos os movimentos dele eram fluidos e elegantes e, de alguma forma, nada humanos.

— O que vocês normalmente comem em Krina? — perguntou ela subitamente muito curiosa. — A dieta de vocês é muito diferente da nossa?

Ele ergueu os olhos e sorriu para ela. — Em alguns aspectos, é muito diferente, mas muito parecida em outros. Somos onívoros, como vocês, mas preferimos mais alimentos de origem vegetal em nossa dieta. Há uma enorme variedade de plantas comestíveis em Krina, muito mais do que na Terra. Algumas de nossas plantas são muito densas em termos de calorias e com sabor rico, portanto, nunca desenvolvemos o gosto por carne que os humanos parecem ter adquirido recentemente.

Mia piscou surpresa. Havia algo de predatório na forma como ele se movia, na forma como todos os Ks se moviam. A velocidade e a força deles, bem como o traço violento que exibiram, não fazia sentido para uma espécie principalmente herbívora. Portanto, devia haver alguma verdade nos rumores sobre vampiros, afinal de contas. Se não caçavam animais para comer, como tinham evoluído todas aquelas características de caça?

Ela queria perguntar aquilo a ele, mas teve a sensação de que talvez não quisesse saber a resposta. Se a espécie dele realmente via os humanos como presa, provavelmente era melhor não relembrá-lo disso estando sozinha com ele dentro do covil dele.

Mia decidiu continuar com alguma coisa mais segura. — Então, é por isso que vocês enfatizam tanto alimentos de origem vegetal para nós? Porque gostam deles?

Ele balançou a cabeça negativamente, continuando a cortar. — Na verdade, não. A nossa preocupação principal foi o abuso dos recursos do seu planeta. O uso nada saudável de produtos animais estava destruindo o meio ambiente em uma velocidade muito maior do que qualquer outra coisa que estavam fazendo e não queríamos ver isso acontecer.

Mia deu de ombros, pois não era uma pessoa particularmente consciente em relação ao meio ambiente. Mas, como ele estava sendo tão hospitaleiro, ela decidiu voltar à linha de perguntas anterior. — É por isso que você está aqui, em Nova Iorque, para experimentar algo diferente?

— Dentre outros motivos. — Ele se virou para o forno e colocou abobrinhas, beringelas, pimentões e tomates cortados em uma bandeja dentro dele.

Que frustrante. Ele estava sendo evasivo e Mia não gostava disso nem um pouco. Ela decidiu mudar de abordagem. — O que o trouxe à Terra, de forma geral?

Você é um dos soldados, um cientista ou faz alguma outra coisa... — A voz dela sumiu sugestivamente.

— Ora, Mia, você está me perguntando sobre a minha ocupação? — Ele parecia novamente que estava rindo dela.

Previsivelmente, Mia sentiu a raiva surgindo. — Ora, sim, estou. Isso é alguma informação confidencial?

Ele jogou a cabeça para trás e soltou uma gargalhada. — Só para garotas curiosas. — Mia o encarou com uma expressão que parecia esculpida em pedra. Ainda rindo, ele revelou: — Sou engenheiro. Minha empresa projetou as naves que nos trouxeram até aqui.

— As naves que os trouxeram até aqui? Mas achei que os krinars tinham visitado a Terra durante milhares de anos antes de virem até aqui formalmente. — Aquela fora uma das revelações mais surpreendentes sobre os invasores, o fato de que observavam os humanos e viviam entre eles muito antes do Dia K.

Ele assentiu, ainda sorrindo. — Isso é verdade. Nós pudemos visitar vocês por um longo tempo. Mas viajar para a Terra sempre foi uma tarefa perigosa, como são as viagens espaciais em geral, e apenas alguns indivíduos intrépidos tinham coragem para tentar. Foi somente nas últimas centenas de anos que aperfeiçoamos completamente a tecnologia para viagens com velocidade superior à da luz e minha empresa conseguiu construir as naves que poderiam transportar em segurança milhares de civis para essa parte do universo.

Aquilo era interessante. Ela nunca ouvira isso antes. Ele estava contando a ela algo que não era de conhecimento público? Encorajada e absurdamente curiosa, Mia continuou com as perguntas. — Então *você* veio à Terra antes do Dia K? — perguntou ela, encarando-o fascinada com os olhos arregalados.

Ele deu de ombros, um gesto humano que, pelo jeito, também era usado pelos Ks. — Algumas vezes.

— É verdade que todas as aparições de OVNIs eram baseadas em interações reais com os krinars?

Ele sorriu. — Não, elas foram, na maioria, balões meteorológicos e os governos de vocês testando aeronaves confidenciais. Menos de um por cento delas podem ser realmente atribuídas a nós.

— E os mitos romanos e gregos? — Mia lera especulações recentes de que talvez os krinars fossem adorados como divindades na antiguidade, dando origem às religiões politeístas dos gregos e dos romanos. É claro, mesmo hoje em dia, alguns grupos religiosos tinham abraçado os Ks como os verdadeiros criadores da humanidade, iniciando um movimento inteiramente novo dedicado a venerar e a imitar os invasores. Os krinarianos, como os adoradores de K eram conhecidos, buscavam toda oportunidade para interagir com os seres que viam como deuses da vida real, acreditando que isso aumentaria as chances de reencarnarem como Ks. As Três Grandes — cristianismo, islamismo e judaísmo — reagiram de forma muito diferente, recusando-se a aceitar que os Ks eram de alguma forma responsáveis pela origem da vida na Terra. Algumas facções religiosas mais extremas tinham até mesmo declarado que os krinars eram demônios e alegado que a chegada deles era parte da profecia do fim dos dias. Mas a maioria das pessoas aceitara os alienígenas pelo que eram, uma espécie antiga e altamente avançada que enviara DNA de Krina para a Terra, iniciando a vida no planeta.

— Esses *eram* baseados nos krinars — confirmou Korum. — Há alguns milhares de anos, um pequeno grupo de nossos cientistas, enviados para cá para estudar e observar, acabou se envolvendo demais nas questões humanas, a ponto de estenderem a missão deles aqui em algumas centenas de anos. No final, foram forçados a retornar para Krina quando ficou óbvio que estavam usando de propósito a ignorância humana.

Antes que Mia tivesse a oportunidade de digerir aquelas informações, o forno emitiu um breve som avisando que a comida estava pronta.

— Ah, pronto. — Ele pegou os legumes assados e colocou-os em um molho que preparara durante a conversa. Colocando a salada enorme no meio da mesa, ele pegou uma porção considerável e depositou-a no prato de Mia. — Podemos começar com isso enquanto os legumes estão marinando.

Mia enterrou o garfo na salada, segurando uma risada imprópria ao pensar que estava literalmente comendo a comida dos deuses ou, pelo menos, a comida que fora preparada por alguém que teria sido adorado como um deus alguns milhares de anos antes. A salada estava deliciosa, com alface fresca, abacates cremosos, pimentões crocantes e tomates doces combinados com um tipo de molho de limão ligeiramente picante. Ela estava superfaminta ou, então, aquela era a melhor salada que já comera. Nos últimos anos, ela aprendera a tolerar salada por questões de necessidade, mas aprenderia facilmente a gostar daquele tipo de salada.

— Obrigada, está deliciosa — murmurou ela com a boca cheia.

— De nada. — Ele também estava comendo e, obviamente, gostando muito. Por algum tempo, só se ouvia o som dos dois mastigando a salada em silêncio agradável. Quando ele terminou de comer, e Mia notou que ele também comia mais depressa do que o normal, Korum se levantou para fazer os sanduíches.

Dois minutos depois, um belo sanduíche estava à frente de Mia. O pão escuro crocante parecia ter sido recém-assado e os legumes pareciam macios, temperados com algum tipo de tempero cor de laranja. Mia pegou o sanduíche e mordeu-o, quase soltando um gemido de prazer. Ele tinha gosto ainda melhor que a aparência.

— Isso está demais. Onde aprendeu a cozinhar desse jeito? — Mia perguntou com curiosidade depois da quinta mordida.

Ele deu de ombros, terminando o próprio sanduíche, maior que o dela. — Eu gosto de fazer coisas. Cozinhar é apenas uma manifestação disso. Também gosto de comer e é bom saber como fazer uma comida gostosa.

Aquilo fazia sentido. Mia comeu o último pedaço do sanduíche e lambeu os dedos para aproveitar o restinho do molho delicioso. Erguendo a cabeça, ela subitamente ficou imóvel ao olhar para o rosto de Korum.

Ele olhava para a boca de Mia com o que parecia uma fome primitiva, os olhos ficando mais dourados a cada segundo.

— Faça isso de novo — pediu ele suavemente, a voz quase um ronronar do outro lado da mesa.

O coração de Mia saltou dentro do peito.

A atmosfera ficou subitamente pesada e intensamente sexual e ela não fazia ideia de como lidar com isso. Ela percebeu a completa vulnerabilidade da situação em que se encontrava. Estava completamente nua sob o roupão grosso. Ele só precisaria puxar o cinto que segurava o roupão e ela estaria com o corpo totalmente exposto. Não que roupas pudessem fornecer alguma proteção contra um K, ou mesmo para um humano, considerando o tamanho dela, mas usar apenas um roupão fez com que ela se sentisse muito mais vulnerável.

Levantando-se lentamente, ela deu um passo para longe da mesa. Com o coração batendo com força, Mia falou nervosamente: — Obrigada pela comida, mas realmente preciso ir agora. Acha que as minhas roupas já estão secas?

Por um segundo, Korum não respondeu, continuando a encará-la com aquela expressão faminta desconcertante. Depois, como se tivesse tomado uma decisão interna, ele lentamente sorriu e levantou-se. — Já devem estar prontas. Por que não coloca as louças na máquina enquanto eu verifico?

Mia assentiu, com medo de que a voz tremesse se dissesse alguma coisa em voz alta. As pernas estavam moles, mas ela começou a juntar as louças. Korum sorriu aprovadoramente e saiu da cozinha, deixando Mia sozinha para recuperar a compostura.

Quando ele voltou com os braços carregados com as roupas secas, Mia já conseguira convencer a si mesma que reagira exageradamente a uma observação possivelmente inofensiva. Provavelmente, a imaginação dela estava acelerada demais, adicionando conotações sexuais onde não existiam. Dada a aparente fascinação dele pela tecnologia e pelo estilo de vida dos humanos, não era tão surpreendente que ele também achasse uma humana interessante, talvez até mesmo bonita, da mesma forma como Mia se sentia em relação aos animais no zoológico.

Sentindo-se um pouco mal pela forma como agira antes, Mia sorriu hesitantemente para Korum quando ele lhe entregou as roupas. — Obrigada por secá-las. Foi muito gentil.

— Não tem problema, foi um prazer. — Ele sorriu de volta, mas havia um traço de algo ligeiramente perturbador no olhar que lhe lançou.

— Se não se importa, vou me trocar. — Ainda sentindo-se inexplicavelmente nervosa, Mia se virou na direção da porta da cozinha.

— Claro. Você se lembra do caminho até o banheiro? Pode se trocar lá. — Ele apontou para o corredor, observando com um meio sorriso quando ela fugiu da cozinha.

Trancando a porta do banheiro, Mia rapidamente vestiu as roupas feias e agradavelmente quentes por causa da secadora. Mia notou com prazer, ao calçar as botas, que ele dera um jeito de secá-las também. Sentindo-se muito mais normal, ela tirou a toalha dos cabelos, que estavam apenas ligeiramente úmidos, e soltou os cachos para que terminassem de secar naturalmente. Depois, achando que não poderia ficar mais pronta do que estava, Mia deixou a segurança relativa do banheiro e aventurou-se novamente até a sala de estar para enfrentar Korum e o comportamento confuso dele.

Ele estava novamente sentado no sofá, analisando algo na palma. Parecia muito absorto e Mia pigarreou baixinho para avisá-lo da presença dela.

Ao ouvi-la, ele olhou para cima com um sorriso misterioso. — Aí está você, seca e agradável novamente.

— Ah, sim, obrigada. — Mia, constrangida, passou o peso do corpo de um pé para o outro. — E obrigada novamente pela hospitalidade. Eu realmente preciso ir agora, preciso tentar redigir aquele trabalho e fazer mais alguns deveres de casa...

— Claro, eu a levarei para onde quiser. — Ele se levantou em um movimento suave, encaminhando-se para o armário de casacos.

— Ah, não, você não precisa fazer isso — protestou Mia. — De verdade, não me importo de pegar o metrô. A chuva parou e eu ficarei bem.

Ele simplesmente a olhou com incredulidade. — Eu disse que levarei você. — O tom dele não deixava espaço para negociação.

Mia decidiu não discutir. Afinal de contas, não era todo dia que podia andar de limusine. Como Korum estava tão determinado a lhe dar uma carona, era melhor aproveitar a experiência. Portanto, ela ficou quieta e seguiu-o até o elevador elegante, onde ele pressionou o botão do andar térreo.

Roger e a limusine já estavam esperando em frente ao prédio. As portas se abriram quando eles se aproximaram e Korum esperou educadamente enquanto Mia entrava antes de fazer o mesmo. Mia ficou imaginando onde ele teria aprendido todos aqueles gestos educados dos humanos. De alguma forma, ela duvidava que "primeiro as damas" fosse um costume universal.

— Para onde deseja ir? — perguntou ele, sentando-se ao lado dela.

Mia pensou no assunto por um segundo. Apesar de estar louca para correr para casa para contar tudo sobre o encontro inacreditável para Jessie, o prazo do trabalho estava aproximando-se. Ela precisava ir à biblioteca. Só esperava conseguir tirar da cabeça os acontecimentos do dia por algumas horas ou, no mínimo, pelo tempo que fosse necessário para redigir o maldito trabalho. — Para a Biblioteca Bobst, por favor, se não for muito trabalho — pediu ela.

— Não é trabalho nenhum — garantiu ele, apertando o botão do interfone e passando as instruções para Roger.

Sentada no ambiente confinado da limusine, Mia ficou cada vez mais consciente do corpo grande e quente dele, a poucos centímetros do dela, que reagiu à proximidade sem reserva alguma.

Ele era mesmo um espécime masculino incrivelmente belo pelos padrões de qualquer pessoa, pensou Mia com uma desconexão quase analítica. Achou que ele devia ter cerca de um metro e oitenta de altura e parecia ser bastante musculoso, a julgar pela camiseta que usava. Com a cor impressionante que tinha, ele era de longe o homem mais bonito que ela já vira, na vida real e na televisão. Não era de surpreender que tivesse tal efeito nela, disse Mia a si mesma. Qualquer mulher normal se sentiria da mesma forma. Mas entender os motivos por trás da atração que sentia por ele não diminuía seu poder nem um pouco.

— Então, Mia, fale um pouco sobre você. — O pedido feito em voz suave interrompeu os pensamentos dela.

— Ahm, está bem. — Por algum motivo, a pergunta a deixou nervosa. — O que quer saber?

Ele deu de ombros e sorriu. — Tudo.

— Bem, estou no primeiro ano do curso de psicologia na Universidade de Nova Iorque — começou Mia, torcendo para não gaguejar. — Sou originalmente de uma pequena cidade na Flórida e vim para Nova Iorque para estudar.

Ele a interrompeu com um balançar da cabeça. — Eu sei disso tudo. Conte-me alguma coisa além dos fatos básicos.

Mia olhou para ele em choque, subitamente sentindo-se como um coelho acuado. Com calma surpreendente, ela perguntou: — Como você sabe disso tudo?

— Da mesma forma como sabia onde encontrá-la hoje. É muito fácil encontrar informações sobre os humanos, especialmente sobre aqueles que não têm nada a esconder. — Ele sorriu, como se não tivesse acabado de destruir todas as ilusões dela sobre privacidade.

— Mas por quê? — Mia não conseguiu mais segurar a pergunta que a atormentara durante os dois dias anteriores. — Por que está tão interessado em mim? Por que fazer isso tudo? — Ela acenou com a mão, indicando a limusine e tudo o mais que ele fizera até o momento.

Ele olhou firmemente para ela, com o olhar tão intenso que quase a hipnotizou. — Porque quero foder você, Mia. É isso que tinha medo de escutar, foi por isso que agiu de forma tão assustada o tempo inteiro? — Sem dar a ela a chance de recuperar o fôlego, ele continuou no mesmo tom gentil. — Bem, é verdade. Eu quero. Por algum motivo, você chamou a minha atenção ontem, sentada naquele banco com os cabelos cacheados e os olhos azuis enormes, tão assustada quando olhei na sua direção. Você não faz meu tipo, nem um pouco. Normalmente não vou atrás de garotinhas assustadas, particularmente da variedade humana. Mas você... — ele estendeu a mão direita e lentamente acariciou a bochecha dela — Você fez com que eu tivesse vontade de tirar a sua roupa toda bem ali, no meio do parque, e ver o que havia escondido sob essas roupas feias que usa. Precisei de toda a força de vontade para deixá-la ir embora naquele dia. E, quando lambeu o dedo de forma tão sedutora na minha cozinha, quase não consegui me impedir de abrir o seu roupão e enterrar-me entre as suas coxas ali mesmo, sobre a mesa.

Parecia que o toque dele deixava um rastro de fogo ao passar. Ele prendeu um cacho de cabelo atrás da orelha de

Mia e gentilmente passou a parte de trás dos dedos sobre os lábios dela. — Mas não sou um estuprador. E é isso que seria agora, estupro, porque você está morrendo de medo de mim e da sua própria sexualidade. — Inclinando-se mais para perto, ele murmurou suavemente: — Eu sei que você me quer, Mia. Consigo ver a cor do desejo no seu rosto bonito e consigo sentir o cheiro da sua calcinha. Eu sei que seus mamilos pequenos estão duros nesse momento e que está ficando molhada enquanto conversamos, sei que seu corpo está se lubrificando para que eu o penetre. Se eu fosse tomá-la nesse minuto, você gostaria, depois que passasse o medo e a dor de perder a virgindade. Sim, sei disso também. Mas esperarei até que se acostume com a ideia de ser minha. Mas não demore demais. A minha paciência com você não será infinita.

CAPÍTULO 4

Mia mal se lembrava do resto do caminho.

Em algum momento nos minutos seguintes, a limusine parara em frente à Biblioteca Bobst. Korum abrira a porta educadamente para ela de novo e entregou-lhe a mochila. Em seguida, encostou os lábios de leve no rosto dela, como se estivesse despedindo-se da própria irmã, e deixou-a parada na calçada em frente ao prédio enorme.

Movimentando-se como se estivesse no piloto automático, de alguma forma ela se viu dentro do prédio, sentada em uma das poltronas confortáveis no local favorito de estudo. Continuando os movimentos automáticos, ela retirou o Mac da mochila e colocou-o sobre a mesa lateral, notando com algum interesse que a mão tremia e que as unhas tinham um leve tom azulado. Ela também sentia um frio nas profundezas do corpo.

Choque, percebeu Mia. Ela tinha que estar em estado de choque.

Por algum motivo, aquilo a deixou furiosa. Sim, ela se sentia como se ele a tivesse despido com aquelas palavras no carro, deixando-a nua e vulnerável. Sim, se ela pensasse demais sobre o significado das últimas palavras dele, provavelmente começaria a correr e gritar. Mas ela não era exatamente uma donzela vitoriana, não importava a falta da experiência, e recusava-se a permitir que algumas frases explícitas a deixassem descontrolada.

Levantando-se resolutamente, Mia deixou a mochila sobre a cadeira para guardar o lugar, já que ninguém roubaria um computador tão antigo, e foi até a lanchonete buscar algo quente para beber. No caminho, ela parou no banheiro. Jogando água morna no rosto em uma tentativa de recuperar o equilíbrio mental, Mia inadvertidamente viu o reflexo no espelho. O rosto normalmente pálido que a encarava de volta parecia diferente de forma sutil, um pouco mais suave e mais bonito. Os lábios pareciam mais cheios, como se tivessem inchado ligeiramente onde ele os tocara. Os olhos estavam mais brilhantes e as bochechas tinham mais cor do que o normal.

Ele tinha razão, pensou Mia. Ela estivera extremamente excitada dentro do carro, apenas as palavras dele a deixaram quase à beira de um orgasmo, apesar do choque e do medo. Ela não queria analisar muito a fundo o que aquilo queria dizer. Mesmo agora, conseguia sentir a umidade residual na calcinha e uma sensação latejante bem no fundo das partes íntimas sempre que pensava na conversa dentro da limusine.

Respirando fundo, Mia endireitou os ombros e saiu do banheiro. A vida sexual dela, em todas as suas manifestações extraterrestres, teria que esperar até que terminasse e entregasse o trabalho da faculdade.

Ela tinha duas prioridades naquele momento: um café extragrande e algumas horas de aproveitamento ininterrupto em frente ao Mac.

* * *

O som da campainha e um grito animado da colega de quarto acordou Mia doze minutos antes do despertador.

Resmungando, ela rolou o corpo e colocou o travesseiro sobre a cabeça, torcendo para que a fonte do barulho fosse embora e deixasse-a em paz para aproveitar os poucos minutos restantes de sono precioso.

Ela chegara em casa às três horas da manhã, depois de finalmente terminar o maldito trabalho. Infelizmente, tinha uma aula às 9h00 nas segundas-feiras, o que significava que teria menos de cinco horas de sono naquela noite. Mesmo assim, o cérebro cansado se recusou a esquecer os acontecimentos do dia, com sonhos sombrios e eróticos interrompendo o sono. Sonhos em que ela via o rosto dele, sentia o toque dele queimando-lhe a pele, ouvia a voz dele prometendo dor e êxtase.

E, agora, não podia nem mesmo aproveitar alguns momentos de descanso pacífico, pois Jessie não conseguia conter a empolgação por causa de alguma coisa que chegara ao apartamento.

— Mia! Mia! Adivinha só! — Jessie estava praticamente cantando ao bater na porta do quarto de Mia.

— Estou dormindo! — rosnou Mia, pela primeira vez na vida sentindo vontade de bater em Jessie.

— Ora, vamos, o despertador vai tocar daqui a pouco. Acorde, bela adormecida, e venha ver o que o príncipe encantado mandou para você!

Mia se sentou imediatamente na cama, esquecendo totalmente o sono. — Do que está falando? — Saltando da cama, ela abriu a porta, confrontando a colega de quarto desagradavelmente alegre e de olhos brilhantes.

— Disso! — Com um sorriso animado enorme, Jessie acenou em direção a um vaso imenso cheio de flores exóticas brancas e cor-de rosa que ocupava o centro da mesa da cozinha. — O entregador acabou de bater e trazer isso. Olhe, tem um cartão e tudo! Você sabe quem as mandou? Há algum admirador secreto sobre quem você não me contou?

Mia sentiu um arrepio súbito e o coração disparou. Aproximando-se da mesa, ela pegou o cartão e abriu-o apreensiva. O conteúdo do bilhete, escrito com uma letra bonita, mas claramente masculina, era simples:

Hoje à noite, 19h00. Buscarei você. Vista algo bonito.

Com a mão tremendo de leve, Mia largou o bilhete. Por algum motivo, não achara que ele gostaria de vê-la de novo tão cedo, muito menos ir ao apartamento dela.

— E então? Não me deixe em suspense! — Incapaz de esperar mais tempo, Jessie pegou o bilhete e leu por conta própria. — Ahh, o que é isso? Você tem um encontro?

Mia sentiu o começo de uma dor de cabeça latejante. — Não exatamente — disse ela, sentindo-se cansada. — Preciso me arrumar para a aula, podemos conversar no caminho.

Dez minutos depois, Mia pegou uma barra de cereais como café da manhã e saiu do apartamento com Jessie, que, àquelas alturas, estava quase explodindo de curiosidade. Suspirando, Mia contou uma versão resumida da história, deixando de fora alguns detalhes que achou serem particulares demais para contar, como as palavras exatas dele e a reação dela a ele.

— Ah, meu Deus. — O rosto de Jessie refletia incredulidade horrorizada. — E agora ele quer vê-la novamente? Mia... isso é ruim, muito ruim.

— Eu sei.

— Não acredito que ele falou abertamente que pretende fazer sexo com você. — Jessie esfregava as mãos em aflição. — E se você não aparecer hoje à noite? Se for à biblioteca ou algo assim?

— Tenho certeza de que ele conseguirá me achar lá. Já fez isso antes. E não sei o que ele fará se ficar furioso.

Jessie arregalou os olhos. — Acha que ele machucaria você? — perguntou ela quase em um sussurro.

Mia pensou naquilo por alguns segundos. Até o momento, todas as ações dele tinham sido... solícitas, por falta de palavra melhor. Podia ser tudo fingimento, é claro. Mas, por algum motivo, duvidava que ele fosse abusar fisicamente dela.

— Acho que não — disse ela lentamente. — Mas não sei do que mais ele é capaz.

— Como o quê?

— Bem, esse é o problema, eu simplesmente não sei. — Mia puxou nervosamente um longo cacho. — Decididamente, ele não está seguindo nenhuma das regras normais de encontros. Quero dizer, ele praticamente me sequestrou na rua ontem...

— E se você voltar para casa, para a Flórida? — Jessie estava obviamente desesperada para encontrar uma solução.

— Isso parece um exagero. Além do mais, estamos no meio do semestre. Não posso ir a lugar algum antes do verão.

— Droga. — Jessie soou desanimada por um segundo. — Bem, então simplesmente diga não quando ele aparecer hoje à noite. Acha que, mesmo assim, ele a forçaria a sair com ele?

— Não faço ideia — disse Mia, fazendo uma careta e parando na frente do prédio que era o seu destino. — Vou ter que pensar mais um pouco sobre isso. Talvez, se eu estiver particularmente feia essa noite, ele perca o interesse.

— Essa é uma ideia excelente! — Jessie bateu palmas animada. — Ele quer que você vista algo bonito hoje à noite? Bem, mostre a ele! Coloque as roupas mais feias, coma alguns dentes de alho e algumas cebolas, coloque óleo no cabelo para que pareça sujo e faça alguma coisa que a deixe suada, como correr, e não tome banho nem use desodorante depois!

Mia olhou para a colega de quarto fascinada. — Você é assustadora. Como inventou isso tudo? Você não costuma tentar não atrair os homens normalmente.

— Ah, é fácil. Basta pensar em todas as coisas que você faria para se preparar para um encontro e faça exatamente o oposto. — Jessie acenou com a mão em uma expressão de sabichona que fez com que Mia caísse na gargalhada.

* * *

Às seis horas da tarde, Mia começou a implementar o plano de Jessie. A colega de quarto estava louca para ver o primeiro K na vida e dar apoio moral a Mia para o confronto, mas tinha uma aula no laboratório de biologia que não podia perder. Mia ficou feliz com isso. A última coisa que queria era colocar Jessie em perigo.

Ela começou fazendo polichinelos, abdominais e flexões. Depois de quinze minutos, os músculos das pernas e da barriga, desacostumados a tanto esforço, estavam queimando e Mia estava coberta por uma camada fina de suor. Sem se preocupar em tomar banho, ela colocou as roupas de baixo mais velhas e esfarrapadas que tinha, uma meia-calça marrom grossa que a irmã odiava com todas as forças, e um vestido preto de mangas compridas que, uma vez, Jessie dissera que a deixava totalmente sem forma e sem graça. Um par de sapatos pretos velhos, gastos e arranhados, completaram o traje.

Nada de maquiagem, exceto um pouco de sombra azul-escuro diretamente sob os olhos, para imitar olheiras. Os cabelos já pareciam um amontoado crespo, mas Mia o escovou mesmo assim, colocando condicionador apenas nas raízes e deixando que as pontas se espalhassem em todas as direções. E, para terminar, ela cortou uma cabeça de alho inteira, misturou com cebolas e mastigou cuidadosamente, espalhando a mistura fedorenta em todos os cantos e recessos da boca, antes de cuspi-la. Satisfeita, ela deu uma última olhada no espelho. Como esperado, ela estava com uma aparência medonha, parecendo a tia maluca de alguém, e provavelmente tinha um cheiro ainda pior. Se Korum continuasse interessado nela depois daquela noite, ela ficaria muito surpresa.

Quando a campainha tocou pontualmente às sete, Mia vestiu o casaco de lã velho e abriu a porta com uma mistura de medo e alegria mal contida.

A visão que teve foi de tirar o fôlego.

De alguma forma, no curto espaço de um dia, Mia conseguira esquecer como ele era lindo. Vestindo calças *jeans* escuras e uma camisa de botões cinza que caíam com perfeição no corpo alto e musculoso, ele parecia brilhar com saúde e vitalidade. A pele cor de bronze e os cabelos pretos brilhantes faziam contraste nítido com os olhos incrivelmente dourados. Mia subitamente se sentiu irracionalmente envergonhada da própria aparência horrorosa.

Ao vê-la, os lábios dele se abriram em um sorriso lento. — Ah, Mia. Não sei por que, mas achei que você bancaria a difícil.

— Não sei do que está falando — disse Mia desafiadoramente, erguendo o queixo.

— Fico feliz que tenha decidido jogar assim. — Ele estendeu a mão e acariciou o rosto dela, causando um tremor indesejado de prazer pela espinha. — Isso deixará a sua rendição ainda mais doce.

Ainda sorrindo, ele polidamente ofereceu o braço. — Está pronta?

Furiosa, Mia ignorou a oferta dele, descendo a escada sozinha com passos pesados. *Idiota!* Ela deveria ter percebido que ele veria a sua aparência deliberadamente feia como um desafio. Bonito como era e, pelo jeito, rico, provavelmente ele tinha mulheres aos montes jogando-se aos seus pés. Devia ser refrescante conhecer alguém que não se jogasse imediatamente na cama dele. Talvez ela devesse dormir com ele e colocar um fim naquela história. Se ele gostava da perseguição, talvez perdesse o interesse muito depressa se conseguisse o que queria.

A limusine estava esperando quando saíram do prédio. — Aonde vamos? — Mia perguntou, pensando no assunto pela primeira vez.

— Percival — respondeu Korum, abrindo a porta para ela. O lugar que ele citara era um restaurante popular em um bairro chique onde era notoriamente difícil conseguir um lugar, mesmo em uma noite de segunda-feira.

Mia se recriminou mentalmente de novo. Uma coisa era parecer repelente para Korum, o que acabou sendo um desperdício de esforço, mas era um nível totalmente diferente de vergonha aparecer no bairro mais chique da cidade de Nova Iorque parecendo e fedendo como uma mendiga. Ainda assim, ela preferia morrer de vergonha a dar a Korum a satisfação de saber como se sentia desconfortável.

Ele entrou no carro e sentou-se ao lado dela. Estendendo o braço, ele pegou uma das mãos dela e colocou-a sobre o colo, estudando a palma e os dedos com aparente fascinação. A mão dela parecia minúscula sobre a mão enorme dele e a pele dourada de Korum parecia muito mais escura perto da palidez de Mia, criando um contraste surpreendentemente erótico. Mia tentou puxar a mão, procurando ignorar as sensações que o toque dele provocava na região mais baixa do corpo dela. Ele segurou-lhe a mão por tempo suficiente para que ela sentisse a futilidade da luta e, em seguida, largou-a com um sorriso.

Era estranho, pensou Mia, como, em algum momento, ela deixara de ter tanto medo dele. Por algum motivo, saber das intenções dele para com ela, apesar de serem primitivas e diretas, dera a ela paz de espírito. A garota assustada que se sentara no carro dele no dia anterior não teria ousado se opor a ele de forma alguma por medo de alguma retaliação. Mia não tinha mais esse problema, o que era estranhamente libertador.

Um minuto mais tarde, a limusine parou em frente à porta do restaurante. Korum saiu primeiro e Mia o seguiu, notando com mortificação os olhares que recebera dos homens e mulheres bem vestidos nos arredores. Um K maravilhoso em uma limusine certamente atraía atenção e Mia tinha certeza de que estavam estranhando a companhia dele.

Uma recepcionista alta e magra os recebeu na porta. Sem nem perguntar pela reserva, ela os levou a uma cabine privativa na parte de trás do restaurante. — Bem-vindos ao Percival — ronronou ela, inclinando-se sugestivamente sobre Korum ao entregar os cardápios. — Desejam água com gás ou sem gás para começar?

— Com gás está ótimo, Ashley, obrigado — disse ele distraído, estudando o cardápio.

Mia sentiu uma vontade súbita de arrancar cada fio de cabelo loiro liso da cabeça de Ashley. Uma estranha sensação de náusea surgiu no estômago dela ao imaginar os dois juntos na cama, o corpo musculoso dele envolvendo o da loira. *Pare com isso, Mia! É claro que ele dormiu com outras mulheres!* Sem dúvida, a criatura deixava um rastro de Ashleys por onde passava.

— Decidiu o que gostaria de comer? — perguntou ele, olhando por sobre o cardápio, parecendo não notar a expressão assassina no rosto de Mia.

— Não, ainda não. — Respirando fundo, ela se forçou a prestar atenção ao cardápio. Aquele era, sem dúvida, o melhor restaurante em que já estivera e o cardápio, que não mostrava os preços, listava alguns pratos e ingredientes dos quais nunca ouvira falar. Ela arregalou os olhos ao notar que a seção de aperitivos tinha queijo de cabra e caviar e que um dos pratos de massas tinha ovos. Ela ficou com a boca cheia d'água. — Acho que vou querer beterrabas assadas e salada de queijo de cabra. Depois, Pad Thai com molho de alcachofras.

Korum sorriu para ela. — É claro. — Ele acenou para o garçom e transmitiu o pedido dela. — E eu quero a salada de nabo com agrião e o ravioli de cenoura com shitaki ao creme de caju. Queremos também uma garrafa de Dom Perignon.

Mia olhou para ele fascinada. Ela não sabia que Ks consumiam álcool. Na verdade, havia tanta coisa que ela, e o público em geral, não sabiam sobre os invasores que agora viviam perto deles. Mia percebeu que tinha a oportunidade perfeita para aprender sentada logo do outro lado da mesa.

Sentindo-se um pouco ousada, ela decidiu começar com a pergunta que a perturbava desde o primeiro encontro deles. — É verdade que vocês bebem sangue humano?

Korum ergueu as sobrancelhas e quase engasgou com a bebida. — Você não mede as palavras, hein? — Abrindo um sorriso largo, ele perguntou: — Você está perguntando se precisamos beber sangue humano ou se nós o bebemos de qualquer forma?

Mia engoliu em seco. Subitamente, não tinha mais certeza se aquela era o melhor assunto a perguntar. — Acho que os dois.

— Bem, deixe-me acalmar os seus receios. Não precisamos mais de sangue para sobreviver.

— Mas precisavam antes? — Mia arregalou os olhos em choque.

— Originalmente, quando evoluímos pela primeira vez para a nossa forma atual, precisávamos consumir quantidades grandes de sangue de um grupo de primatas que tinham certas similaridades genéticas conosco. Havia uma deficiência em nosso DNA que nos deixava vulneráveis e vinculava nossa existência a outras espécies. Mas já corrigimos esse defeito.

— Então é verdade? Havia humanos no seu planeta? — Mia olhava para ele com a boca aberta.

— Eles não eram exatamente humanos. Mas o sangue deles tinha as mesmas características de hemoglobina que o de vocês.

— E o que aconteceu com eles? Ainda estão por lá?

— Não, eles estão extintos.

— Eu não estou entendendo — disse Mia lentamente, tentando encontrar algum sentido no que aprendera até o momento. — Se precisavam deles para sobreviver, como e quando eles foram extintos? Foi antes ou depois de vocês... ahm... corrigirem o defeito?

— Isso aconteceu muito antes. Conseguimos desenvolver uma substância sintética antes que o último desaparecesse, o que nos permitiu sobreviver ao fim deles. Eles eram uma espécie em extinção havia milhões de anos. Foi parcialmente culpa nossa por caçá-los, mas isso aconteceu em grande parte com a baixa taxa de natalidade e a expectativa de vida baixa deles. Foi quando começamos a trabalhar em rotas alternativas de sobrevivência para a nossa espécie: substitutos sintéticos para a hemoglobina, experiências com nosso próprio DNA e a tentativa de desenvolver uma espécie comparável em Krina e em outros planetas.

Uma ideia subitamente surgiu na cabeça de Mia. — Foi por isso que plantaram vida aqui na Terra? Foi assim que os humanos começaram, vocês precisavam de uma espécie comparável?

— Mais ou menos. Foi um tiro no escuro, com chances de sucesso minúsculas. Disseminamos o nosso DNA o mais longe que a nossa tecnologia então primitiva podia alcançar. Não sabíamos quais planetas e onde a vida poderia se desenvolver, muito menos quais tinham alguma similaridade com Krina. Portanto, enviamos cegamente bilhões de drones para planetas que estão localizados no que vocês agora chamam de Zonas "Goldilocks".

— Zonas "Goldilocks"?

— Sim, também são chamadas de zonas habitáveis, regiões no universo em volta de várias estrelas que possivelmente têm a pressão atmosférica correta para manter a água líquida na superfície. Com base em nosso conhecimento, esses são os únicos lugares em que vida similar à de Krina poderia surgir.

Mia assentiu, lembrando-se de ter aprendido aquilo na escola.

Satisfeita por ela estar acompanhando o raciocínio, ele continuou com a explicação. — Um dos drones chegou à Terra e os primeiros organismos simples conseguiram sobreviver aqui. É claro, não sabíamos disso na época. Foi só uns seiscentos milhões de anos atrás que chegamos a essa parte da galáxia e encontramos a Terra.

— Logo antes do início da explosão cambriana? — perguntou Mia, sentindo os braços se arrepiarem. Era de conhecimento público que os Ks tinham influenciado a evolução da Terra em um nível razoavelmente significativo. A chegada inicial deles coincidira com a aparição anteriormente misteriosa de muitas formas de vida novas e complexas durante o início do período Cambriano. Mas os motivos deles para plantar vida na Terra e, mais tarde, manipulá-la, ainda eram um mistério, e era incrível ouvi-lo falar sobre o assunto tão diretamente, revelando tantas coisas durante um jantar.

— Exatamente. Em alguns momentos, voltamos para orientar a evolução de vocês, particularmente quando ela ameaçou divergir drasticamente da nossa, como quando os dinossauros se tornaram uma forma de vida dominante...

— Mas achei que os dinossauros tinham sido mortos por um asteroide.

— E foram, mas nós poderíamos ter facilmente desviado o impacto. Em vez disso, simplesmente garantimos que as formas de vida necessárias, como as versões primitivas dos mamíferos, sobrevivessem.

Mia o encarou de boca aberta enquanto ele continuava a história.

— Quando o primeiro primata apareceu aqui, foi uma conquista tremenda para nós, pois o sangue dele tinha a hemoglobina. No entanto, não precisávamos mais dela, pois tínhamos recentemente encontrado uma forma de manipular o nosso próprio DNA sem consequências adversas.

Ele fez uma pausa enquanto as saladas eram servidas e continuou falando ao comer o agrião. — Naquele ponto, a Terra e suas espécies primatas tinham se tornado o maior experimento científico na história do universo conhecido. O desafio era sabermos se conseguiríamos influenciar a evolução o suficiente para ver outra espécie inteligente surgir.

Mia sentiu arrepios descendo pela espinha ao ouvir a história da origem da raça humana contada por um alienígena da civilização de zilhões de anos que, essencialmente, brincara de deus. Um alienígena que, ao mesmo tempo, mastigava a salada, como se estivesse discutindo algo tão sem importância quanto o clima.

— Veja bem — continuou ele —, os primatas em Krina tinham o mesmo nível de inteligência que os chimpanzés de vocês e poucos de nós acharam que uma espécie de vida tão curta como a de vocês pudesse desenvolver um intelecto verdadeiramente sofisticado. Mas persistimos, de vez em quando introduzindo algumas modificações genéticas para que ficassem mais parecidos conosco, e o resultado superou todas as expectativas. Apesar de terem muitas das características dos primatas krinianos, como presença de hemoglobina, um sistema imunológico relativamente fraco e uma expectativa de vida curta, vocês tem uma taxa de natalidade muito mais alta e uma inteligência quase comparável à nossa. A taxa de evolução de vocês também é muito mais rápida que a nossa, principalmente devido à alta taxa de natalidade. A transição de primatas primitivos para seres inteligentes levou apenas alguns milhões de anos, enquanto que a nossa levou quase um bilhão de anos.

Dezenas de perguntas enchiam a mente de Mia. Ela se prendeu à primeira. — Por que era importante que tivéssemos aparência semelhante à de vocês? Isso de alguma forma é um requisito para inteligência?

— Na verdade, não. Simplesmente fazia sentido para os cientistas que supervisionavam o projeto na época. Eles queriam criar uma espécie irmã, seres inteligentes que se parecessem conosco, para que o relacionamento e a comunicação com eles fossem mais fáceis. É claro — disse ele com um sorriso malicioso, balançando o garfo vazio —, houve um benefício secundário inesperado.

Mia olhou para ele desconfiada. — Que benefício?

— Bem, quando os primeiros primatas da Terra apareceram, alguns dos krinars tentaram beber o sangue deles por curiosidade. E rapidamente descobriram que, na ausência da necessidade biológica da hemoglobina, beber sangue dava a eles uma sensação muito prazerosa, quase sexual. Era melhor do que qualquer droga, apesar de algumas versões sintéticas do sangue de vocês terem se tornado bastante populares em nossos bares e clubes noturnos.

Mia quase engasgou com a salada. Tossindo, ela bebeu um pouco de água para limpar a obstrução na garganta, enquanto ele a observava com um olhar divertido no rosto.

— Mas a melhor coisa de todas foi a nossa descoberta mais recente. — Ele se inclinou para a frente, aproximando-se dela, com os olhos assumindo um tom dourado mais profundo já familiar. — Veja só, descobrimos que não há nada que dê mais prazer do que beber sangue de uma fonte viva durante o sexo. A experiência é simplesmente indescritível.

Mia engoliu em seco instintivamente, sentindo-se horrorizada e, ao mesmo tempo, estranhamente excitada. — Então, você quer beber o meu sangue enquanto... fodemos?

Os cantos da boca dele se ergueram em um sorriso sensual. — Esse é o objetivo máximo, sim.

Ela precisava saber, mesmo que a resposta a deixasse com vontade de vomitar. — E eu morreria?

Ele riu. — Morrer? Não, alguns goles de seu sangue não a matarão, é como tirar sangue para um exame de laboratório. Na verdade, nossa saliva contém uma substância que torna o processo inteiro bastante prazeroso para os humanos. Ela era originalmente destinada para nossas presas, para deixá-las drogadas e dóceis enquanto nós nos alimentávamos delas. Mas agora serve apenas para melhorar a experiência de vocês.

Mia sentia como se a cabeça fosse explodir com tudo o que acabara de ouvir, mas havia mais uma coisa que precisava descobrir. — Como exatamente você faz isso? — perguntou ela com cuidado. — Quero dizer, beber sangue. Você tem dentes pontudos e afiados?

Ele balançou a cabeça negativamente. — Não, isso é uma invenção da ficção literária de vocês. Não precisamos de dentes assim. A borda dos nossos dentes superiores são afiadas o suficiente e penetram a pele com relativa facilidade, normalmente cortando apenas a camada superior.

O prato principal chegou, dando a Mia alguns momentos preciosos para recuperar a compostura.

Tudo aquilo era demais.

Os pensamentos dela estavam em um turbilhão embaralhado e caótico. De alguma forma, nas últimas vinte e quatro horas, Mia se acostumara com a ideia de que um extraterrestre, por algum motivo, queria fazer sexo com ela. Mas ele também queria que ela fosse doadora de sangue durante o sexo. A espécie dele basicamente criara a raça dela e agora usavam sangue humano como algum tipo de afrodisíaco. A ideia era perturbadora e nojenta em vários níveis e tudo o que Mia queria fazer era deitar na cama, puxar as cobertas sobre a cabeça e fingir que nada daquilo estava acontecendo.

Alguma coisa daquele turbilhão interior deve ter se refletido no rosto dela, pois Korum estendeu a mão e cobriu a dela gentilmente, dizendo baixinho: — Mia, eu sei que isso tudo é um grande choque para você. Sei que precisa de tempo para entender e para me conhecer melhor. Por que não relaxa e aproveita a comida? Podemos conversar sobre outra coisa por enquanto. — Ele acrescentou com um sorriso maroto: — Prometo não morder.

Mia assentiu e comeu obedientemente assim que ele soltou-lhe a mão. Ela podia comer ou sair correndo do restaurante gritando, e não tinha certeza de como ele reagiria a essa segunda opção. Depois de tudo o que ouvira naquela noite, a última coisa que ela queria era provocar os instintos predatórios que a espécie dele ainda tinha.

O Pad Thai estava delicioso, percebeu ela, saboreando a combinação rica de temperos complementada por pedaços de ovos de verdade. Por algum motivo, apesar da compleição delicada, nada nunca interferia com o apetite dela. A família frequentemente brincava que Mia devia ser um lenhador disfarçado, considerando as grandes quantidades de comida que consumia regularmente. — Como está o ravioli? — perguntou ela entre as garfadas, procurando o assunto mais inocente possível.

— Está excelente — respondeu ele, desfrutando do prato com gosto semelhante. — Venho com frequência a esse restaurante porque eles têm um dos melhores *chefs* de Nova Iorque.

— Não sei, não — brincou Mia, tentando manter a conversa leve. — A salada e o sanduíche que você fez ontem estavam deliciosos.

Ele sorriu para ela, expondo a covinha que o deixava muito mais amigável. Ela só estava presente na bochecha esquerda, não na direita, uma ligeira imperfeição nas características praticamente perfeitas que só o deixavam ainda mais atraente. — Ora, obrigado. Esse foi o melhor elogio que recebi durante o ano inteiro.

— Você cozinha bastante em casa ou vai mais a restaurantes? — Comida parecia um assunto agradável e seguro.

— Faço bastante dos dois. Gosto de comer, como, pelo jeito, você também — ele acenou com um sorriso para o prato dela, que esvaziava rapidamente —, e isso exige bastante das duas coisas. E você? Imagino que seja difícil sair muito em Nova Iorque com o orçamento de estudante.

— Você nem imagina — concordou ela. — Mas há alguns lugares bons e baratos perto da universidade e em Chinatown, se eu estiver com vontade de ir tão longe.

— O que a fez decidir vir estudar em Nova Iorque? Seu estado natal tem várias universidades excelentes e o clima de lá é muito mais agradável. — Ele parecia genuinamente perplexo.

Mia riu quando percebeu a ironia de ter escolhido aquela universidade. — Quando eu estava me candidatando às universidades, meus pais estavam com medo que vocês, quero dizer, os krinars, estabelecessem um Centro na Flórida. Portanto, preferiram que eu fosse a uma universidade fora do estado.

Korum sorriu em resposta. — Realmente pensamos em nos estabelecer lá, mas era um lugar com população muito densa para o nosso gosto. — Ele tomou um gole de champanhe. — Então, suponho que eles não ficariam muito felizes se soubessem que está aqui comigo hoje.

— Deus, não. — Mia estremeceu. — Minha mãe provavelmente ficaria estérica e meu pai acabaria com uma enxaqueca.

— E a sua irmã?

— Ahm, ela também não ficaria particularmente feliz. — Por um momento, Mia quase esquecera o quanto ele sabia sobre ela.

— Ela é mais velha que você, certo?

— Quase oito anos. Casou-se no ano passado.

— Fico imaginando como seria ter um irmão ou uma irmã — comentou ele. — Não é algo muito comum para nós, ter mais de um filho.

Mia deu de ombros. — Não tenho certeza se a minha experiência foi particularmente autêntica, considerando a diferença de idade entre nós. Quando eu tive idade suficiente para deixar de ser uma peste, ela já fora para a universidade. — Com a curiosidade surgindo novamente, ela perguntou: — Então você não tem irmãos? E os seus pais?

— Sou filho único. Meus pais estão em Krina e não os vejo há algum tempo. Mas nós nos comunicamos remotamente de forma regular.

O garçom voltou para retirar os pratos da mesa e entregar o cardápio de sobremesas. Mia escolheu tiramisu, feito com queijo e ovos de verdade, e Korum preferiu uma torta de maçã. Ela percebeu que, durante a conversa, acabara tomando duas taças de champanhe e começava a se sentir um pouco tonta. A noite assumiu um clima ligeiramente irreal na mente dela, do restaurante cheio com as pessoas mais bonitas de Manhattan ao predador maravilho sentado à frente dela, conversando casualmente sobre a família.

Mia ficou imaginando quantos anos ele tinha. Sabia que os Ks viviam bastante tempo e não havia como dizer a idade dele apenas pela aparência. Se ele fosse humano, ela diria que tinha quase trinta anos. Novamente, a curiosidade levou a melhor e ela perguntou: — Quantos anos você tem?

— Cerca de dois mil anos, em termos de anos da Terra.

Mia o encarou em choque. Aquilo o colocava na categoria de muito velho pelos padrões humanos. Dois mil anos anos antes, o Império Romano ainda dominava o mundo ocidental e a religião cristã estava apenas começando. E ele estava vivo desde então?

Ela bebeu mais um pouco de champanhe para ajudar com a secura da garganta. — Na sua sociedade, isso é jovem ou velho?

Ele sacudiu de leve os ombros largos. — Acho que no lado mais jovem. Meus pais são muito mais velhos. Mas não importa, na verdade. Depois que chegamos à maturidade completa, a idade literalmente se torna apenas um número.

— Devemos parecer um bando de crianças para você então, hein? — Mia bebeu um gole grande e sentiu o aposento balançar ligeiramente. Ela torceu para não estar tropeçando nas palavras. Provavelmente devia parar de beber champanhe. Ele poderia facilmente tirar vantagem dela se ficasse bêbada. Por outro lado, ele também poderia facilmente tirar vantagem dela sóbria. Ela estava completamente à mercê de um alienígena que queria fodê-la e beber o sangue dela. Portanto, podia muito bem aproveitar a bebida excelente.

— Não crianças. Apenas ingênuos de certa forma. Mais como adolescentes, eu diria.

Mia esfregou a parte de trás da mão em um ponto no nariz que coçava, ponderando se queria saber a resposta para a próxima pergunta. Decidiu que sim. — Então, vocês são imortais, como os vampiros das nossas lendas?

— Não encaramos dessa fora. Todos podem morrer. Nossa espécie sempre desfrutou de senescência desprezível, mas ainda podemos ser mortos ou falecer em um acidente.

— Senescência desprezível?

— Basicamente, não temos os sintomas do envelhecimento. Antes que nossa ciência e nossa medicina avançassem o suficiente, ainda podíamos morrer de várias causas naturais. Mas agora conseguimos atingir uma taxa de mortalidade muito baixa, quase desprezível.

— Como isso é possível? — perguntou Mia. — Como uma criatura viva pode não envelhecer? Isso é algo peculiar de Krina?

— Na verdade, não. De fato, há várias espécies bem aqui, na Terra, que têm a mesma característica. Por exemplo, você já ouviu falar do mexilhão de quatrocentos anos?

— O quê? Não! — Ele devia estar brincando com a ignorância dela. É claro que tal coisa não existia.

Ele assentiu. — É verdade, pode procurar, se não acredita em mim. Há várias criaturas que não perdem as capacidades reprodutivas nem funcionais com a idade. Algumas espécies de mexilhões e mariscos, lagostas, anêmonas marinhas, tartarugas gigantes, hidras... Na realidade, hidras são praticamente imortais biologicamente falando. Elas morrem por causa de ferimentos ou doenças, mas não da idade.

Tentando processar aquelas informações incríveis, Mia esfregou o nariz novamente. Pronto, percebeu ela, chegava de álcool. Por algum motivo, o nariz começava a coçar depois de alguns drinques e Mia aprendera a respeitar isso como um sinal para parar. Nas poucas vezes em que ignorara o aviso, as consequências não tinham sido nada boas.

Vendo-a oscilar ligeiramente na cadeira, Korum acenou para o garçom pedindo a conta. Mia ficou imaginando se deveria se oferecer para dividi-la, como sempre fazia quando saía com alguém da universidade. Não, decidiu ela. Ele praticamente a forçara a sair naquela noite, nada mais justo que ganhasse uma refeição de graça. Além do mais, não tinha certeza de que teria dinheiro para pagar a parte dela, considerando que o cardápio nem mostrava os preços. Em vez disso, ela simplesmente observou enquanto Korum passava a carteira eletrônica, embutida no relógio de pulso, em frente ao receptor digital do garçom, e adicionava uma gorjeta generosa, a julgar pela expressão grata no rosto do homem.

— Está pronta para irmos embora? — Ele a ajudou a vestir o casaco e ofereceu o braço novamente. Dessa vez, Mia aceitou, pois se sentia um pouco tonta e não tinha um alto grau de confiança na própria habilidade de atravessar o restaurante sem tropeçar em alguma coisa.

— Está bêbada? — perguntou ele em tom divertido, observando o passo ligeiramente instável dela ao saírem para a rua. — Só vi você bebendo uns dois copos.

Mia ergueu o queixo e mentiu: — Estou perfeitamente bem. — Ela odiava quando as pessoas apontavam o fato de ser tão fraca para bebidas.

— Se você diz. — Ele parecia que estava prestes a rir e Mia sentiu vontade de lhe dar um tapa.

Roger e a limusine estavam esperando perto do meio-fio, é claro. Mia hesitou, com o coração acelerando ao perceber que estaria sozinha com um predador extraterrestre que queria o sangue dela.

Ela se virou para ele. — Sabe de uma coisa, eu realmente gostaria de tomar um ar fresco. Posso ir andando, meu apartamento fica a apenas uns doze quarteirões daqui e o clima está realmente agradável e refrescante. — A última parte era mentira. Na verdade, estava um tanto frio e Mia já estava tremendo dentro do casaco fino.

A expressão dele ficou sombria. — Mia. Entre. Levarei você em casa. — Era o tom de voz assustador dele e funcionou na segunda vez tão bem quanto na primeira. Tremendo ligeiramente por causa da combinação do nervosismo e do ar frio, ela entrou no carro.

O percurso até o apartamento dela foi estranhamente calmo e levou apenas alguns minutos, pois não havia tráfego. Ele segurou de novo a mão dela, acariciando-lhe a palma gentilmente. Apesar do nervosismo inicial, Mia fechou os olhos, recostou-se no banco confortável e estava quase pegando no sono quando chegaram ao destino.

Ele a acompanhou pelos cinco andares de escada até o apartamento, segurando-lhe o braço como uma aparente precaução contra qualquer instabilidade induzida pelo álcool. Ela se sentia cansada e com sono e tudo o que queria era desmoronar na cama. Em certo ponto, ela tropeçou e quase caiu ao errar um degrau com o sapato de salto alto. Korum suspirou e ergueu-a nos braços, carregando-a pelos dois últimos lances de escada, apesar dos protestos resmungados.

Ao chegar ao apartamento, ele cuidadosamente a colocou de pé, mantendo-a pressionada contra o corpo dele por alguns instantes antes de deixar que se afastasse. As mãos dele permaneceram na cintura dela, mantendo-a a uma curta distância. Mia o encarou, hipnotizada. A respiração dela se acelerou e uma umidade quente se acumulou entre as pernas quando percebeu o que significava aquele volume enorme que sentira na calça dele. A respiração dele também estava um pouco acelerada e ela duvidava que tivesse alguma coisa a ver com carregar uma garota de pouco mais de cinquenta quilos por dois lances de escada. Korum se inclinou na direção dela, com os olhos quase amarelos, e Mia ficou imóvel quando ele segurou-lhe a nuca e pressionou os lábios contra os dela.

Ele a beijou preguiçosamente, com a língua explorando-lhe a boca com gentileza exótica, enquanto a segurava contra o corpo com uma força inacreditável. Mia gemeu, com uma onda de calor passando pelo corpo e deixando uma sensação de letargia prazerosa. Em algum lugar no fundo da mente, um alarme começou a soar, mas ela só conseguia se concentrar na boca de Korum e nas sensações que se espalhavam pelo corpo. Ele a puxou para mais perto, pressionando a virilha contra a barriga dela, e Mia sentiu a ereção dele novamente, com o próprio sexo contorcendo-se em resposta. Ele sugou de leve o lábio inferior dela, puxando-o para dentro da própria boca, e deslizou a mão pelas costas de Mia para segurar-lhe as nádegas, levantando-a do chão para que pudesse pressionar o pênis ereto diretamente contra o clitóris dela por sobre as camadas de roupa.

A pressão que se acumulava dentro de Mia era diferente e mais forte do que tudo o que já sentira e ela gemeu em frustração, querendo mais. As mãos dela acharam o caminho até os ombros dele, apertando os músculos pesados por cima da camisa, e não foi o suficiente. Ela queria, sentia a necessidade de ter a pele nua dele sobre a própria pele, queria sentir o pênis dele deslizando para dentro dela e acabando com a sensação de latejar vazio que sentia. Ela passou as pernas em volta da cintura de Korum, esfregando-se contra ele e as sensações aumentaram quase ao ponto de febre. Ela ficou flutuando por alguns segundos deliciosos e, em seguida, continuou, chegando ao orgasmo com um grito abafado. Ele também gemeu, colocando a outra mão sob a saia dela e rasgando a meia-calça ao afastar a boca e beijá-la repetidamente no pescoço.

— Mia? É você? — Uma voz familiar penetrou na névoa que a envolvia e Mia percebeu mortificada que Jessie abrira a porta do apartamento e encarava-os em choque. — Você está bem? Quer que eu chame a polícia? — A colega de quarto dela claramente não sabia como interpretar o que via.

Ainda com as pernas em volta de Korum, Mia sentiu um tremor percorrer o corpo dele, que visivelmente lutava para recuperar o controle. Subitamente temendo por Jessie, Mia gritou para ela: — Sim, estou bem! Volte para dentro e deixe-nos em paz! — Um olhar magoado surgiu no rosto de Jessie e ela desapareceu dentro do apartamento, batendo a porta atrás de si.

Mia empurrou Korum, tentando colocar alguma distância entre eles. — Por favor, solte-me — disse ela baixinho, querendo apenas se enrolar em uma pequena bola no quarto e chorar. Ele hesitou por um momento e, em seguida, abaixou-a até o chão, ainda mantendo-a pressionada contra o corpo. A pele dourada dele parecia brilhar por dentro e os olhos ainda tinham um tom amarelo forte. A ereção contra a barriga dela não mostrava sinais de diminuir e Mia tremeu, percebendo que ele mal conseguia se agarrar ao pouco autocontrole que sobrara. — Por favor — repetiu ela, sabendo que não havia nada que pudesse fazer para que ele a soltasse antes que estivesse pronto para isso.

— Você quer que eu a solte? Depois de tudo aquilo? — A voz dele estava rouca e gutural e os braços se fecharam nas costas dela, apertando-a até que mal conseguisse respirar.

Mia assentiu, tremendo, com o desejo intenso que sentira antes dando lugar a uma mistura confusa de medo e vergonha. Ele olhou para ela, com a expressão sombria e indecifrável. Em seguida, muito devagar, retirou os braços que estavam em volta da cintura dela e recuou um passo.

— Muito bem — disse ele baixinho. — Que seja da sua maneira. Vá para o seu quartinho e conte tudo para a sua amiga. Chore bastante ao pensar em como é vagabunda, gozando daquele jeito apenas com um beijo no corredor. — Os olhos dele brilhavam ao ver a expressão consternada no rosto dela. — E, depois, é melhor se acostumar com a ideia de que gozará muito mais vezes com tudo o que farei com você. E farei literalmente tudo.

Com aquela promessa, ele se virou e andou na direção da escada. Fazendo uma pausa antes do primeiro degrau, ele olhou para trás e disse: — Buscarei você depois da aula amanhã. Chega de joguinhos, Mia.

CAPÍTULO 5

Com as pernas tremendo, Mia fez o possível para entrar no apartamento com o máximo de dignidade que conseguiu reunir, considerando que a calcinha estava molhada e a meia-calça rasgada e pendurada em volta dos joelhos. Jessie estava sentada no sofá da sala de estar, esperando que a amiga entrasse. Ela não parecia mais furiosa, apenas muito preocupada.

— Ah, meu Deus, Mia — disse ela lentamente. — O que diabos foi aquilo no corredor?

Mia sacudiu a cabeça, mal conseguindo segurar as lágrimas. — Jessie, eu sinto muito. Não consigo falar agora — disse ela, indo diretamente para o quarto e fechando a porta.

Jogando-se na cama, ela enrolou a coberta sobre o corpo e puxou os joelhos até a altura do peito. O corpo parecia não pertencer a ela, com o sexo ainda pulsando depois do orgasmo. Os lábios estavam inchados por causa dos beijos dele e os mamilos estavam tão sensíveis que o sutiã machucava a pele. Ela também se sentia inflamada e destruída por dentro, exposta de uma forma que nunca acontecera antes.

Ela não queria aquilo. Não queria nada daquilo. A perda total de controle sobre o próprio corpo era desarmante e o fato de Korum ser quem provocara uma resposta tão poderosa a deixava ainda mais vulnerável.

Ele a assustava.

Ela ficava completamente fora de si com ele e sabia disso. Apesar de ser assustador pensar sobre o que provavelmente envolveria o ato sexual com um vampiro extraterrestre, a coisa que Mia mais temia era o efeito que ele tinha sobre as emoções dela. Ele tiraria tudo dela, o corpo e a alma, e, quando terminasse, prosseguiria, deixando-a despedaçada e com cicatrizes para o resto da vida, incapaz de esquecer o amante alienígena sombrio.

Não era assim que a vida dela deveria ser. Vinda de uma família de segunda geração de imigrantes poloneses, Mia sempre seguira o caminho certo. Estudara bastante na escola, tanto para agradar aos pais quanto pelo próprio desejo de realização pessoal. Depois de terminar a faculdade, pretendia usar o diploma para aconselhar alunos do ensino médio ou da universidade na carreira que escolhessem. Ela era próxima dos pais e da irmã e esperava ser uma boa mãe para os próprios filhos um dia. Em algum momento, deveria se apaixonar por um homem simpático de boa família e ter um casamento longo e feliz, da mesma forma como os pais dela fizeram. Enquanto outras garotas sonhavam com aventuras e perseguiam homens maus, Mia só queria uma vida comum, feita do jeito certo.

Ela sembre soubera que era uma criatura sexual. Apesar da falta de experiência, não tinha dúvida alguma de que adoraria fazer sexo quando encontrasse a pessoa certa. Ela amava livros picantes, adorava assistir a filmes proibidos para menores de idade e não se considerava nem um pouco pudica. Na verdade, ela gostava da ideia de experimentar coisas novas e de ter vários relacionamentos antes de finalmente se casar. Quando saía à noite com Jessie para ir a clubes noturnos, Mia frequentemente se sentia excitada ao dançar com algum homem atraente, particularmente depois de algumas doses de bebida. Por algum motivo, nunca passara de alguns beijos, provavelmente porque Mia era cuidadosa e racional demais para escolher um homem em um clube e sair com ele apenas uma noite. Ainda assim, ela estava ansiosa para fazer sexo pela primeira vez, preferencialmente com alguém especial de quem gostasse e que gostasse dela. Um predador alienígena que queria fodê-la e beber o sangue dela estava mais longe daquele ideal do que qualquer coisa que Mia pudesse imaginar.

Ela queria tomar um banho.

Levantando-se lentamente, Mia tirou as roupas. A meia-calça não tinha mais salvação e ela a jogou no lixo. O vestido preto também estava ligeiramente rasgado na frente, apesar de Mia nem mesmo se lembrar de quando aquilo acontecera, e também o descartou. Sem se importar muito, ela também jogou os sapatos e a roupa de baixo na lata de lixo, não querendo guardar nada que a relembrasse daquela noite. Enrolando-se no roupão, Mia saiu da segurança do quarto e foi para o chuveiro, torcendo para que Jessie tivesse ido dormir.

* * *

Na manhã seguinte, Mia acordou com dor de cabeça.

Assim que abriu os olhos, os eventos da noite anterior voltaram imediatamente à lembrança, acompanhados por uma sensação enorme de humilhação. Ele a chamara zombeteiramente de vagabunda e, naquele momento ela realmente se sentia como uma, especialmente pelo que Jessie presenciara. Ela também se lembrou do que ele dissera sobre buscá-la naquele dia e, subitamente, sentiu-se quase enjoada devido a uma combinação de medo e de uma excitação doentia.

Ela só tinha uma aula naquele dia, que só começaria às onze horas da manhã. O que era uma coisa boa, pois nem sabia direito se queria sair da cama.

Houve uma batida tímida na porta.

— Sim, pode entrar — disse Mia em resignação, sabendo que Jessie estivera ansiosa para que ela acordasse e prestando atenção a quaisquer movimentos no quarto dela.

A amiga entrou devagar e sentou-se na cama de Mia.

— Então, acho que minha estratégia patenteada de repelente de homens foi um fracasso total, hein?

Mia esfregou os olhos e deu um sorriso amargo. — Acho que é bastante razoável dizer que sim, foi. — Respirando fundo, ela disse: — Olhe, eu sinto muito sobre ontem. Eu não pretendia gritar com você. Só não queria que ficasse lá fora vendo o que acho que viu.

Jessie assentiu, claramente tendo entendido tudo por conta própria. — Não se preocupe. Eu teria feito o mesmo. Só fiquei preocupada de ele estar forçando você ou algo assim. Então, você está, tipo, realmente gostando dele agora?

Mia soltou um grunhido e enterrou a cabeça no travesseiro. — Eu não sei. Cada parte sã de mim diz que preciso correr para o mais longe que puder. Mas, toda vez que ele me toca, não consigo me segurar. É como se eu não tivesse controle algum sobre o meu corpo. Odeio isso.

Os olhos de Jessie se arregalaram. — Ah, uau. Isso é *tão* emocionante. É o tipo de coisa sobre a qual você lê em romances. Ele a beija e ela geme!

Alguma coisa estivera incomodando Mia naquela manhã e as palavras de Jessie subitamente fizeram com que as peças do quebra-cabeça se encaixassem.

É claro! Ele a beijara e dissera explicitamente que a saliva dos Ks continha alguma substância química que mantinha a presa dócil e drogada. Tudo fazia sentido agora, a letargia agradável que se espalhara pelas veias e a forma como o cérebro simplesmente desligara no segundo em que os lábios dele tocaram nos dela, deixando-a operando em instinto puramente animal. A substância provavelmente era ainda mais potente diretamente na corrente sanguínea, mas, sem dúvida, ela recebera uma bela dose na noite anterior.

Não era de surpreender que tivesse agido como uma vagabunda. Não só estivera bêbada por causa do champanhe, mas também estivera literalmente drogada por causa do beijo dele.

Uma fúria ardente começou a se acumular dentro dela, substituindo a sensação de humilhação que sentira mais cedo. Filho da puta. Basicamente, ele a drogara e quase tirara vantagem disso. E ainda tivera a ousadia de acusar *Mia* de fazer joguinhos. Ora, ele que se danasse! Se achava que ela o acompanharia docilmente naquele dia depois da aula, estava muito enganado.

A mente dela estava em um redemoinho, buscando alternativas.

— Jessie — disse ela lentamente. — Você não me disse uma vez que um primo seu tinha algum tipo de conexão com a Resistência?

— Ahm... — Jessie ficou claramente surpresa. — Você está falando sobre aquele negócio que contei a você sobre Jason? Aquilo foi há muito tempo, logo depois que entramos na universidade. Tenho quase certeza de que ele não tem mais nada a ver com isso, apesar de não termos mantido contato. — Ela olhou para Mia com uma expressão preocupada no rosto. — Por que está me perguntando isso? O quê, quer entrar para os lutadores da liberdade agora?

Mia deu de ombros, sem saber ao certo aonde pretendia chegar com aquilo. Só sabia que se recusava a se transformar docilmente no brinquedo sexual de Korum para ser usada e descartada de acordo com a vontade dele.

Ela nunca acreditava no movimento anti-K e achava que os lutadores da Resistência eram loucos. Os krinars estavam lá para ficar. Armas e tecnologias humanas eram tristemente primitivas em comparação às deles e Mia sempre achara que tentar lutar contra eles era o equivalente a bater a cabeça contra a parede, algo fútil e provavelmente perigoso. Além do mais, não parecera tão ruim depois que acabaram os dias do Grande Pânico. Na maior parte, os Ks deixaram os humanos em paz, escolhendo morar nos próprios assentamentos, e a vida continuou com poucas diferenças, ar mais limpo, uma dieta mais saudável e muitas ilusões destruídas sobre o lugar da humanidade no universo. No entanto, agora que ela tivera algumas interações pessoais com um K particular, sentia um pouco mais de simpatia pela causa dos lutadores. Não que isso tornasse o movimento da Resistência menos fútil.

Ela suspirou. — Deixe para lá, foi só uma ideia idiota. Acho que só preciso espairecer. — Saltando da cama, Mia vestiu a calça *jeans*, uma camiseta velha e um suéter confortável.

— Espere, Mia. O que está acontecendo? — Jessie estava confusa com as ações dela. — Você está chateada com o que aconteceu ontem à noite?

Mia colocou as meias e calçou um par de tênis. — Eu acho que sim — resmungou ela. Contar toda a história para a amiga só a deixaria preocupada e uma Jessie preocupada às vezes fazia coisas drásticas, como chamar a polícia uma vez para informar que Mia desaparecera, quando ela simplesmente pegara no sono na biblioteca com o telefone sem bateria. Não que Jessie pudesse fazer alguma coisa nesse caso, mas Mia ainda preferia não causar qualquer preocupação desnecessária. — Olhe, estou bem — mentiu Mia. — Só preciso dar uma volta e pegar um pouco de ar. Você sabe que não tive muita experiência com esse tipo de coisa e é um pouco como ser jogada na parte funda de uma piscina. Só quero tentar entender como estou me sentindo sobre isso tudo antes que possa conversar sobre o assunto.

Jessie olhou para ela com uma expressão ligeiramente magoada. — Ok, está bem, claro. Faça o que precisa fazer. — Em seguida, ela ficou animada. — Você virá jantar em casa hoje à noite? Eu estava pensando em fazer um macarrão, e podíamos ter uma noite só nos duas, assistir a alguns filmes antigos...

Mia balançou a cabeça pesarosamente. — Parece uma ideia ótima, mas realmente não sei. Acho que vou encontrá-lo hoje de novo.

Vendo o olhar preocupado no rosto de Jessie, ela rapidamente acrescentou com um sorriso: — E acho que vai ser bem divertido. — Antes que Jessie tivesse a oportunidade de responder, Mia pegou a mochila e correu para fora do apartamento com um "vejo você mais tarde" rápido.

Ela andou rapidamente pela rua sem nenhum destino em particular na mente. Parando em uma padaria, ela comprou chicletes, pois nem mesmo escovara os dentes ao acordar, e um sanduíche de abacate com legumes frescos. O cérebro dela parecia ter entrado em estado de hibernação e ela simplesmente caminhou sem pensar em nada específico, desfrutando da sensação dos pés batendo na calçada e do sol da manhã aquecendo-lhe o rosto. Ela devia ter andado daquele jeito por um longo tempo, pois, quando começou a prestar atenção às placas das ruas, já estava em TriBeCa, a um quarteirão do prédio luxuoso em que estivera menos de quarenta e oito horas antes.

E, assim, ela soube o que faria, o que o subconsciente provavelmente já soubera mais cedo, pois a levara até lá.

Era realmente bem simples.

Era inútil fugir. Ele poderia encontrá-la em qualquer lugar para onde fosse e já provara que podia manipular o corpo dela para responder ao dele com o auxílio de várias substâncias químicas. Não, fugir não era a resposta. Ele era um caçador. Ele adorava a perseguição e só havia, na verdade, uma coisa que ela poderia fazer para detê-lo. Poderia negar a ele a perseguição, acabar com a diversão de perseguir uma presa relutante.

Ela o procuraria por conta própria.

* * *

Tendo chegado àquela decisão, Mia não perdeu tempo colocando-a em ação.

Entrando no saguão do prédio dele, ela calmamente disse ao recepcionista que estava lá para ver Korum. Os olhos do homem se arregalaram um pouco, pois claramente sabia quem era o ocupante da cobertura, e ele notificou ao apartamento a presença dela. Dez segundos depois, ele acenou na direção do elevador, que ficava posicionado um pouco à esquerda do elevador principal.

— Vá em frente, senhorita. Quando o elevador pedir um código, digite 1159 e ele o levará até o andar da cobertura.

Korum estava aguardando quando as portas do elevador se abriram.

Apesar da intenção dela de não se deixar abalar, ela prendeu a respiração e o coração acelerou com a visão. Ele usava uma calça de pijama cinza e mais nada. A parte de cima do corpo estava completamente nua, com a pele cor de bronze cobrindo músculos poderosos e pequenos tufos de cabelos pretos visíveis em volta de mamilos pequenos e masculinos. Ombros largos, grossos por causa dos músculos, desciam na direção de uma cintura esbelta. Não havia um grama de gordura naquele corpo maravilhoso.

Mia engoliu em seco, subitamente não tão segura da sabedoria do plano.

— Mia — ronronou ele, encostando-se no batente da porta e parecendo um enorme gato selvagem prestes a saltar sobre ela. — A que devo esse prazer? Não esperava vê-la tão cedo. — Alguma coisa na expressão dela devia tê-la traído, pois ele soltou uma risada curta. — Ah, já entendi. Foi *porque* eu não a esperava. Bem, entre.

Andando até a cozinha com os pés descalços, ele perguntou: — Você já tomou café da manhã?

Mia assentiu, sentindo-se quase como uma pessoa muda, mas com receio de que a voz traísse o nervosismo que sentia. Decididamente, aquele não era o melhor plano. Por que ela achara que enfrentar o leão dentro da toca dele de alguma forma seria melhor do que tentar evitá-lo a todo custo?

Mas não havia como recuar agora.

— Ok. Então, talvez você queira um pouco de café? Ou chá? — O tom dele era excessivamente educado, transformando a pergunta normalmente polida em uma zombaria.

Ela ergueu o queixo ao perceber que ele achava a situação divertida. — Não, obrigada — respondeu ela friamente, ficando orgulhosa com o tom firme da voz. — Você sabe por que estou aqui. Por que *você* não para com esse joguinho e vamos logo em frente?

Ele parou e olhou para ela. Não havia sinal de riso no rosto dele. — Está bem, Mia — disse ele lentamente. — Se é assim que quer.

— Mais uma coisa — disse ela, querendo alfinetá-lo e sem se importar com as consequências. — Nada de drogas de tipo nenhum. Nada de álcool nem saliva em parte nenhuma do meu corpo. Se quiser meu sangue, basta cortar uma veia e beber. E nada de beijar na boca. Não quero ficar bêbada *nem* drogada hoje.

O rosto dele ficou sombrio e os olhos pareceram se transformar em poças de ouro líquido. — Você acha que estava drogada ontem à noite? Foi isso que disse a si mesma para explicar o que aconteceu? Que algumas taças de champanhe e meus beijos mágicos a transformaram em uma ninfomaníaca? — Ele riu sarcasticamente. — Bem, lamento desapontá-la, querida, mas a substância na nossa saliva só funciona se entrar diretamente no seu sangue. Talvez, se eu a beijasse durante o dia inteiro, depois de algumas horas sentiria uma pequena tontura, se tivesse sorte. É claro, se eu a beijasse durante o dia inteiro, você provavelmente gozaria dezenas de vezes e nunca notaria qualquer tipo de efeito induzido pela saliva. — Ainda sorrindo, ele disse: — Mas que seja do seu jeito. Nada de beijos nem mordidas. De resto, vale tudo.

Aproximando-se, ele pegou a mão dela e conduziu-a pelo corredor. Com o coração batendo com força, Mia o seguiu sem protestar, sabendo que o momento de mudar de ideia já passara. Ela não sabia se podia acreditar nele e, mais importante, não queria acreditar nele. Se ele estivesse dizendo a verdade, ela cometera um erro enorme indo lá. Alguma parte dela achara que conseguiria fazer aquilo, deixar que ele fizesse sexo com o corpo relutante e sem resposta dela, reduzi-lo a ser o estuprador que alegara não ser. E, depois, ir embora com as emoções intocadas, mantendo algum tipo de moral alta. Se ele não estava mentindo, então ela estava literalmente fodida.

Ele a levou para o quarto de dormir. Como o restante da cobertura, o quarto era moderno e opulento ao mesmo tempo. Uma cama redonda grande dominava o centro do aposento. Ela estava desfeita e, obviamente, ele estivera deitado nela recentemente. Os lençóis eram de cor marfim clara e as cobertas grossas e os travesseiros espalhados sobre a cama eram de um tom pálido de azul. O coração de Mia subiu para a garganta quando ela percebeu completamente o que tinha acabado de concordar em fazer.

Ele soltou a mão dela e deu um passo atrás, deixando-a parada no meio do quarto. — Muito bem — disse ele em tom suave —, agora tire a roupa.

Mia ficou imóvel, com uma onda quente de vergonha invadindo-a. Ele queria que ela tirasse a roupa, bem ali, no meio do quarto iluminado pelo sol?

— Você me ouviu — repetiu ele com a voz fria, apesar do calor amarelado nos olhos. — Tire a roupa. — Vendo a hesitação dela, acrescentou: — Posso garantir que as suas roupas não sobrevirão se eu colocar as mãos nelas.

As mãos de Mia tremiam ao erguê-las lentamente para puxar o blusão sobre a cabeça. Ele só a observava, com o rosto inescrutável, apesar do desejo nos olhos. Ela tirou os sapatos e a calça jeans, ficando só de calcinha curta cor-de-rosa e camiseta. Ela se esquecera de vestir sutiã e, naquele momento, sentia falta dele, com os mamilos rígidos e visíveis pelo tecido fino da camiseta.

— Agora tire a camiseta — instruiu ele, sentindo a pausa que ela fizera. A parte da frente da calça dele estava volumosa, notou ela, e, de alguma forma, aquilo foi estranhamente confortador, saber que tinha aquele tipo de efeito nele, que ele não desanimara com a falta de jeito nem com o corpo magro dela. Tremendo levemente, ela puxou a camiseta por sobre a cabeça, revelando os seios para olhos masculinos pela primeira vez. Ela precisou de toda a força de vontade para não cruzar os braços sobre o peito em um gesto tolamente virginal. Em vez disso, ficou parada com as mãos cerradas nos lados do corpo, deixando-o estudá-la.

Ele se aproximou e tocou-a lentamente, passando a palma de uma das mãos nas costas dela enquanto a outra mão envolvia o seio esquerdo gentilmente, apalpando-o como se estivesse testando-lhe o peso e a textura. — Você é muito bonita — murmurou ele, olhando para ela enquanto as mãos deliberadamente exploravam o corpo dela, com cada toque enviando ondas de calor para as regiões inferiores. Parada lá, de pés descalços, Mia estava agudamente consciente de como o corpo dele era muito maior comparado ao seu. A cabeça de Mia mal chegava ao ombro dele e cada um dos braços era maior do que a metade do torso dela. As mãos dele pareciam escuras contra a pele pálida e ela tremeu quando ele moveu a palma pela barriga dela, com a largura da mão aberta quase cobrindo a distância entre os ossos do quadril. Ela sentia a ereção dele contra o corpo, com o material fino da calça do pijama fazendo pouco para esconder o calor e a rigidez.

Sem o efeito atordoante do álcool nem a proteção do escuro, não havia como recuar das ações brutalmente íntimas dele, não havia fuga misericordiosa para uma névoa sensual. Mia estava parada, em plena luz do dia, exposta e vulnerável, intensamente consciente de cada toque das mãos enormes dele sobre o corpo e da umidade quente que, em resposta, lubrificava-lhe o sexo.

Colocando os polegares na calcinha dela, ele a deslizou pelas pernas, removendo a última defesa que tinha. — Saia de cima dela — comandou ele com voz áspera, e Mia obedeceu, ficando completamente nua nos braços dele. O fato de ele ainda estar de calças de alguma forma deixou tudo pior, somando-se à sensação de impotência completa dela.

Ele tocou nas nádegas dela com as mãos curvando-se em torno dos pequenos globos pálidos da bunda e apertando-os de leve. — Muito gostosa — sussurrou ele, e Mia corou por algum motivo inexplicável. As ondas escuras entre as pernas dela atraíram a atenção dele em seguida e Mia se encolheu quando os dedos dele lentamente acariciaram os pelos púbicos em busca da carne macia sob eles. Sentindo a umidade dela, ele sorriu com uma satisfação puramente masculina e o constrangimento de Mia se multiplicou. Aquela era a pior parte: saber que o próprio corpo a traía, que uma criatura que nem era humana conseguia provocar aquele tipo de resposta nela, considerando as circunstâncias.

— Nada de beijo na boca, certo? — murmurou ele, pegando-a nos braços e carregando-a até a cama. Mia assentiu, fechando os olhos na esperança de que aquilo acabaria rapidamente. Em vez disso, ele a colocou no centro da cama circular, como se fosse um sacrifício virginal, e arrastou-se pela parte de baixo do corpo dela até a cabeça ficar acima da junção das pernas. Mia tentou recuar, percebendo a intenção dele, mas ele não pretendia largá-la. Em vez disso, segurou as pernas trêmulas facilmente com os cotovelos enquanto separava devagar as dobras dela com os dedos, expondo o local mais sensível do corpo de Mia ao olhar ardente. Abaixando a cabeça, ele gentilmente pressionou a língua, macia e plana, contra o clitóris dela, apenas mantendo-o lá e deixando que ela lutasse até que não aguentasse mais, com o corpo inteiro arqueando-se com o orgasmo mais intenso que já sentira.

Enquanto permanecia deitada, ainda tremendo com pequenas convulsões, ele se ergueu sobre os joelhos, rapidamente retirando a calça para revelar o pênis imenso. Os olhos de Mia se arregalaram ao perceber que sua primeira vez provavelmente envolveria mais do que um pequeno desconforto, considerando o tamanho do pênis à frente dela.

Vendo o medo dela, ele fez uma pausa. — Mia — disse ele baixinho. — Não precisamos fazer isso se não estiver pronta. Posso esperar...

Ela balançou a cabeça negativamente, incapaz de pensar além da névoa de desejo que lhe obscurecia o cérebro. Ela precisara de toda a coragem para chegar até ali, para permitir a ele tal intimidade. Recuar agora pareceria covardia e Mia sentiu um medo súbito e irracional de que, se desistisse da oportunidade de viver tal paixão naquele momento, nunca mais a sentiria.

Ele não precisou de muito encorajamento. Antes que o lado lógico dela pudesse se recompor, ele já estava sobre ela, abrindo-lhe as pernas com uma coxa musculosa e posicionando-se entre elas. Olhando firmemente nos olhos dela, ele começou a empurrar o pênis dentro dela, lentamente avançando, centímetro a centímetro.

Arrependendo-se da decisão quase que imediatamente, Mia se contorceu sob ele, sentindo como se uma bola de fogo estivesse prestes a entrar nela. Apesar de estar molhada por causa do orgasmo, os músculos internos não queriam deixá-lo entrar, desesperadamente contraindo-se para repelir a invasão. — Shhh — sussurrou ele baixinho. As lágrimas escorriam pelo rosto dela por causa do desconforto que queimava e ameaçava se transformar em dor. Fios de suor apareceram no rosto dele com o esforço óbvio para se conter, os braços flexionando-se enquanto ele se mantinha parado, tentando deixar que os músculos delicados se estendessem em torno do pênis enrijecido antes que prosseguisse. Mas Mia não conseguiu ficar parada, com todos os instintos levando-a a lutar contra a penetração, pequenos gritos escapando-lhe da garganta quando ele pressionou um pouco mais, parando brevemente na barreira interna. — Eu sinto muito — disse ele com voz rouca, e Mia gritou quando ele empurrou o corpo para a frente em um movimento suave, rasgando a membrana que bloqueava a entrada e enterrando-se totalmente dentro dela até que os pelos púbicos encostassem nos dela.

A visão de Mia ficou escura por um segundo e um enjoo quente queimou-lhe a garganta quando uma dor lancinante a rasgou por dentro. Ela nunca imaginara que sentiria tanta agonia e enterrou as unhas nos ombros dele, soltando gritos guturais e desesperadamente tentando escapar do objeto que lhe rasgava o corpo. Com todo o prazer anterior esquecido, ela se contorceu sob ele como um peixe preso em um anzol, mal registrando as palavras de conforto que ele sussurrava e os beijos gentis que dava no rosto e na testa dela.

Em algum momento, a dor agonizante começou a diminuir e ela percebeu que ele não se movia, apenas se mantinha fundo dentro dela, com os músculos tremendo com o esforço de ficar imóvel. — Eu sinto muito — disse ele, parecendo ter repetido aquilo pela enésima vez. — Ficará melhor, eu prometo. Você só precisa relaxar e não doerá mais desse jeito, eu prometo... Shhh, minha querida, basta relaxar... pronto, isso mesmo, assim... Ficará melhor daqui a pouco, prometo...

Mentiroso, pensou Mia amargamente. Como poderia ficar melhor se ele ainda estava dentro dela, com o órgão que lhe causara tanta dor alojado bem no fundo? Ela se sentia violada e traída, presa sob o corpo muito maior dele, sem esperança de escapar até que ele terminasse. — Acabe logo com isso — disse ela em tom agressivo, disposta a tolerar qualquer coisa para que aquilo acabasse.

Um pequeno sorriso curvou os lábios dele, apesar da tensão no rosto. — Ah, Mia, minha garota corajosa, seu desejo é uma ordem. — Ele recuou o corpo lentamente e Mia fechou os olhos com força, incapaz de segurar as lágrimas quando, no início, o movimento causou mais dor. Mas ele continuou movendo-se, lentamente recuando e penetrando-a novamente. E, de alguma forma, o ritmo antigo acendeu uma pequena fagulha dentro dela novamente. Sentindo-o, ele gradualmente aumentou o ritmo e mudou de ângulo ligeiramente, de forma que a cabeça larga do pênis encostasse em um ponto sensível lá no fundo. Ele colocou o braço entre os dois corpos e, com dedos conhecedores, encontrou o clitóris dela, pressionando-o ligeiramente. Manteve a pressão constante, fazendo com que o ritmo dos quadris a movimentasse contra a mão dele. O corpo de Mia ficou tenso novamente, dessa vez por um motivo diferente, e um calor líquido começou a se acumular nas partes baixas. Ela se viu ofegando, ecoando a respiração pesada dele, e a tensão interna se tornou quase insuportável. Cada movimento do pênis dele a deixava cada vez mais perto do clímax, sem que o alcançasse. A dor não desapareceu, ainda estava lá, mas, de alguma forma, ela não importava mais, pois cada nervo de Mia estava concentrado na necessidade desesperada de liberação. Ele gemeu, com os quadris atingindo-a com força, e ela gritou em frustração, batendo os pequenos punhos inutilmente no peito dele e com o corpo vibrando como uma corda de guitarra por causa da tensão. E, subitamente, foi demais. Ela o sentiu inchando ainda mais e, com um movimento profundo final, ele gozou. Ele esfregou a pélvis contra o sexo dela e ela explodiu em um orgasmo tão poderoso que literalmente fez com que visse estrelas, quase causando um curto-circuito no cérebro devido à intensidade do clímax.

Ela ficou deitada, sentindo o pênis latejando dentro de si à medida que ficava mais mole e menor. Os ombros e as costas dele estavam escorregadios por causa do suor e ele respirava como se tivesse acabado de correr uma maratona, com o corpo pesado sobre o dela. Mia notou com um interesse curiosamente distante que os braços e as pernas dela tremiam ligeiramente e o coração batia com força por causa do esforço físico.

Ele se afastou e Mia sentiu a perda do calor do corpo dele, sendo substituído por um estranho frio interno. Ele saiu do quarto e ela ergueu os joelhos até o peito em um movimento lento e dolorido. O corpo parecia ser o de uma estranha quando ela se enrolou em posição fetal, sentindo a mente vazia. Havia fios de sangue nas coxas, muito mais do que ela sempre achou que seria normal.

Ele voltou um minuto depois com um pequeno tubo branco nas mãos e espremeu um pouco da substância transparente do dedo. Em seguida, colocou-o entre as pernas dela, entrando na abertura dolorida apesar dos protestos fracos. Quase imediatamente, Mia sentiu a dor ardente desaparecendo quando o gel misterioso mágico começou a agir.

— É um analgésico e apressará a sua recuperação — explicou ele, limpando a mão nos lençóis para retirar o excesso. — Infelizmente, não posso curá-la completamente, pois a última coisa que quero é que a sua membrana cresça novamente.

Mia respondeu enrolando-se em uma bola ainda menor. Mais do que tudo, ela queria encolher e desaparecer, fingir que nada daquilo era real. Mas ele não deixou, deitando-se atrás dela e puxando-a para perto, com o corpo grande e quente envolvendo o dela. — Eu odeio você — disse ela, querendo feri-lo de alguma forma. Mia sentiu quando ele suspirou. — Eu sei — respondeu ele, acariciando gentilmente os cachos emaranhados.

Eles ficaram deitados naquela posição por alguns minutos. Os lençóis tinham cheiro de sexo, notou Mia, e o cheiro dele. Havia também um odor metálico que ela se deu conta de que fora o que sobrara da virgindade dela.

— Você nem bebeu o meu sangue — comentou ela, achando mais fácil se comunicar daquela forma, de costas para ele.

— Não, não bebi — concordou ele. — Acho que você teve experiências novas o suficiente por um dia.

Que simpático da parte dele, pensou Mia amargamente. Tão cavalheiro, poupando a pobre virgem de um trauma adicional. Era irrelevante o fato de que ele fora o causador do trauma, claro.

Como se estivesse sentindo a direção dos pensamentos dela, ele disse, continuando a acariciar-lhe os cabelos: — Lamento que tenha sido tão doloroso para você. Eu sei que não vai acreditar em mim nesse momento, mas nunca quis machucá-la desse jeito e nunca farei isso de novo. Se eu soubesse como era apertada e o quanto a sua membrana era grossa, eu a teria removido antes de chegarmos perto desse quarto. Depois que eu estava dentro de você, era tarde demais, simplesmente não consegui parar. Não será assim na próxima vez, eu prometo.

Mia ouviu o breve discurso dele com um peso no coração. — Só para deixar bem claro — disse ela lentamente —, nunca mais quero fazer isso com você de novo. Nunca. Se você tocar em mim novamente, será estupro no sentido puro da palavra.

Korum não respondeu e Mia percebeu, com uma sensação de desespero, que ele pretendia que houvesse uma próxima vez. — Você é um monstro — disse ela, tentando se afastar. Ele a largou e levantou-se. Antes que ela percebesse o que ele pretendia fazer, Korum se inclinou sobre a cama e ergueu-a nos braços, carregando-a nua para fora do quarto.

Ele a levou para o mesmo banheiro em que Mia tomara banho anteriormente. Em algum momento, ele devia ter colocado a banheira de hidromassagem para encher, pois ela estava pronta para ser usada. Ele cuidadosamente a colocou dentro da água maravilhosamente quente que chegava até a altura da cintura. As pernas dela ainda estavam trêmulas e Mia se abaixou dentro das bolhas, encontrando um degrau em que podia se sentar. Jatos poderosos massagearam agradavelmente os músculos cansados, lavando o sangue e o sêmen secos das coxas. Ela se recostou na beirada e fechou os olhos, tentando ignorar a presença nua de Korum.

Um pensamento assustador subitamente cruzou a mente dela, fazendo com que abrisse os olhos. — Você não usou nenhuma proteção — disse ela em tom sibilante, horrorizada ao lembrar daquilo. — Vou pegar algum tipo de doença estranha ou, pior, ficar grávida?

Ele riu, jogando a cabeça para trás. — Não, minha querida, isso seria impossível. Você está muito mais segura fazendo sexo comigo do que com qualquer homem da raça humana, não importa quantas camisinhas ele use.

Mia suspirou aliviada. O gel que ele usara antes e a água quente tinham um resultado maravilhoso no estado físico dela, que estava quase sentindo-se normal de novo. Ela percebeu também que estava com fome.

— Preciso ir embora — disse ela, olhando em volta em busca de uma toalha ou roupão no qual se enrolar. Ainda não se sentia confortável ficando nua na frente dele.

— Por quê? — perguntou ele preguiçosamente, movendo as costas musculosas para aproveitar melhor os jatos. — Você já perdeu a aula e não tem nada para fazer nas quartas-feiras.

Pelo jeito, ele sabia a programação das aulas dela de cor.

Mia deu de ombros, sem se surpreender com mais nada. — Estou com fome e quero ir para casa — disse ela, falando a verdade.

Ele sorriu para ela, parecendo feliz por algum motivo. — Prepararei algo para você comer. Por que não relaxa aqui um pouco mais? Chamo você quando a comida estiver pronta.

Ela assentiu, decidindo não discutir ao se lembrar da refeição deliciosa que ele preparara na vez anterior.

Ainda sorrindo, Korum se levantou e saiu da banheira, com a água escorrendo pela pele dourada e pelos músculos bem definidos. Apesar de tudo o que acontecera, Mia sentiu uma fagulha de excitação ao vê-lo totalmente nu. As costas dele eram largas e musculosas e os quadris estreitos. A bunda era a mais bonita e firme que já vira em um homem e as pernas pareciam poderosas. Ela ficou imaginando se os Ks precisavam fazer exercícios para manter a forma e resolveu perguntar isso a ele em algum outro momento.

— Gosta do que vê? — perguntou ele com um sorriso malicioso, obviamente notando o olhar dela.

Mia corou ligeiramente e, em seguida, disse a si mesma para deixar de ser tola. — Claro — disse ela com expressão séria. — Você é muito bonito, como um boneco da linha da Barbie.

Longe de se sentir ofendido, ele riu com diversão genuína. — Não como Ken, espero. Não falta alguma coisa essencial nele?

Mia respondeu dando de ombros, sem querer entrar naquele tipo de discussão com ele. Sorrindo, ele saiu do banheiro, deixando-a sozinha para aproveitar a banheira pelos vinte minutos seguintes.

Quando ele voltou, Mia já terminara o banho e estava enrolada no roupão familiar que encontrara no armário. Até mesmo encontrara os chinelos que usara antes, calçando-os com prazer. Tomar banho na casa dele estava tornando-se um hábito.

Ela acompanhou Korum até a cozinha, com a boca cheia d'água por causa dos aromas deliciosos que vinham de lá. Ele fizera outra daquelas saladas especiais e um prato de trigo assado com cenouras e cogumelos fritos. Sentindo-se faminta, Mia atacou a comida com prazer. Por algum tempo, a cozinha ficou em silêncio, exceto por ruídos de mastigação e do bater dos talheres. Finalmente sentindo-se cheia, Mia se recostou na cadeira. Ele já terminara, como normal, e observava-a com um meio sorriso.

— O que foi? — perguntou Mia constrangida, imaginando se tinha algum pedaço de comida preso nos dentes.

— Nada — disse ele, alargando o sorriso. — Só adoro ver você comendo. Você come com tanto entusiasmo que é agradável de assistir.

Mia corou ligeiramente. Obviamente, ele achava que ela era uma comilona. Dando de ombros, ela disse: — Ah, bom, o que posso dizer? Eu realmente gosto de comida.

Ele sorriu. — Eu sei. Eu gosto muito disso em você. Bastante inesperado em uma garota do seu tamanho.

Mia sorriu de volta e levantou-se da cadeira. Era um momento tão bom quanto qualquer outro. — Ok, bem, obrigada pela comida. Vou trocar de roupa e sumir das suas vistas.

O sorriso deixou o rosto dele. Claramente, Korum não gostou de ouvir aquilo. — Por que não fica? — sugeriu ele em tom suave. — Prometo não tocar em você de novo hoje, se é isso que a preocupa.

Mia engoliu em seco, sentindo-se subitamente tensa. — Eu realmente preciso ir embora — disse ela, torcendo para ter entendido errado a linguagem corporal dele, que ele realmente não pretendia prendê-la lá contra a vontade.

Ele olhou diretamente dentro dos olhos dela e pareceu tomar uma decisão com base no que viu lá. — Está bem — disse ele lentamente. — Você pode ir para casa. — Mia soltou a respiração aliviada, o que se provou ser prematuro, pois ele acrescentou em seguida: — Mas quero que volte aqui hoje à noite. Pegue o que precisar para um ou dois dias, ou posso comprar coisas novas para você, se preferir, e volte aqui às sete horas da noite. Vou fazer um jantar para nós.

Mia o encarou. — E se eu não vier? — perguntou ela em tom desafiador.

— Então eu a buscarei — respondeu ele. A expressão no olhar dele não deixava dúvidas sobre a seriedade da afirmação.

— Mas por quê? — perguntou Mia em frustração. — Por que quer ficar com alguém que não quer ficar com você? Que odeia você, na realidade. É claro que não devem faltar mulheres dispostas a isso. Você já conseguiu o que queria de mim. Não pode procurar outra vítima?

Os olhos dele se estreitaram de raiva. — Bem, Mia, você tem razão. Não faltam mulheres que adorariam estar no seu lugar e eu poderia facilmente conseguir outra "vítima", como você disse de forma tão agradável. — Ele deu um passo na direção dela. — O motivo pelo qual quero você, apesar de fingir não estar disposta, é porque a química entre nós é muito rara. Você é muito jovem, até mesmo para uma humana, e não percebe o que temos. Você acha honestamente que sexo seria assim para você com outro homem? Ou que qualquer mulher teria esse tipo de efeito em mim? — Ele fez uma pausa e continuou em tom mais suave: — Esse tipo de atração acontece muito raramente e eu sei que não devo desistir, mesmo que você fuja assustada agora. — Olhando para o rosto chocado dela, ele acrescentou, com um brilho dourado familiar nos olhos: — Eu sei que isso tudo é muito novo para você e que provavelmente sentiu mais dor do que prazer hoje. Não será assim mais. Na próxima vez em que estiver na minha cama, prometo que os únicos gritos que soltará serão de prazer.

CAPÍTULO 6

Mia deixou o apartamento dele e caminhou para casa, com os pensamentos em um redemoinho caótico. Ela não era mais virgem e tinha a dor residual entre as pernas para provar isso. O gel ajudara com a maior parte da dor, mas ela ainda sentia os ecos de Korum dentro de si. As partes íntimas se contraíram ligeiramente com a lembrança dos orgasmos que ele lhe dera e ela estremeceu com a intensidade do que acontecera. E ele queria vê-la novamente naquela noite. Na verdade, soara como se ele não tivesse intenção alguma de desistir da perseguição, ignorando completamente os desejos dela.

Ao lembrar disso, Mia ficou furiosa novamente. Ele não tinha direito de fazer isso com ela. A espécie dele podia ter direcionado a evolução humana, mas aquilo não significava que ele a possuía. Aquela química especial que Korum achava que existia entre eles não justificava aquele comportamento e Mia odiava a ideia de que ele achasse que podia tê-la sempre que quisesse. Ela queria que houvesse algo que pudesse fazer para fazê-lo desistir, mas a própria resposta a ele transformava qualquer resistência em piada.

Foi uma longa caminhada até o apartamento, mas Mia queria esticar as pernas e espairecer antes de encontrar a amiga. Quando chegou ao prédio, ela estava cansada o suficiente para que subir cinco andares de escadas parecesse uma tortura. Ela estava ansiosa para se jogar no sofá e fazer algo que não precisasse do cérebro, como assistir a um programa no *notebook*.

Mas aquele não era o dia dela. Mia percebeu que Jessie tinha convidados quando abriu a porta e ouviu vozes masculinas na sala de estar. Entrando, ela ficou surpresa ao ver dois homens que nunca encontrara antes.

Um deles, um rapaz asiático, parecia ter vinte e poucos anos, enquanto que o outro devia ter pelo menos trinta. O homem mais velho chamou a atenção dela imediatamente. Havia alguma coisa na maneira como ele estava sentado no sofá que deu a ela a impressão de uma mola comprimida. Ele tinha cabelos loiros e os olhos azuis eram extraordinariamente observadores. Parecia ter altura mediana e ser magro, talvez até mesmo um pouco magro.

Quando Mia entrou, os dois se levantaram. Jessie permaneceu sentada, com aparência pálida e estranhamente culpada. — Olá, Mia — disse ela com alguma hesitação. — Esse é o meu primo Jason e aquele é o amigo dele, John.

Mia ergueu as sobrancelhas. — O Jason sobre quem falamos hoje pela manhã? — perguntou ela confusa.

O rapaz asiático assentiu. — O primeiro e único.

— Ah, olá... é um prazer conhecê-lo — disse Mia educadamente, tentando conectar os pontos.

— Eles estão aqui para falar com você — disse Jessie e Mia percebeu por que ela parecera tão culpada.

— Vocês são, tipo, a Resistência ou algo parecido? — perguntou ela em tom incrédulo. Quando eles não responderam, ela tirou as próprias conclusões. — Olhe, não sei o que Jessie disse a vocês, mas realmente não temos nada sobre o que conversar...

— Pelo contrário, srta. Stalis — disse John, falando pela primeira vez em uma voz ligeiramente rouca. — Temos muito a conversar. Jason, por que não coloca a conversa em dia com a sua prima enquanto eu e a srta. Stalis terminamos a nossa discussão?

Vendo a resposta de Mia na expressão furiosa que aumentava no rosto dela, Jessie lhe lançou um olhar suplicante. — Por favor, Mia, sei que está brava comigo, mas realmente acho que eles podem ajudá-la. Só escute o que eles têm a dizer, está bem? Jason disse que podem lhe dar algumas dicas boas sobre como lidar com essa situação. É por isso que eles estão aqui.

Mia soltou um suspiro longo e disse: — Está bem. — Pelo jeito, a tarde relaxante em casa não aconteceria.

— Quando ele quer se encontrar com você novamente? — perguntou John baixinho.

Mia piscou surpresa. — Ahm... hoje à noite, às sete horas.

— Muito bem — disse ele. — Isso nos dá tempo suficiente para colocá-la a par das coisas. Diga-me... você já foi "brilhada"?

— Brilhada?

— Ele usou algum tipo de dispositivo alienígena em você que brilhava com uma luz vermelha em alguma parte do seu corpo em que a pele estava rompida?

Mia o olhou em choque. — Como você sabe disso?

Tomando aquilo como uma resposta afirmativa, ele disse: — Então você não pode sair do apartamento. Jason, por que não leva a sua prima ao cinema enquanto eu e a srta. Stalis conversamos?

Jason assentiu e saiu acompanhado de Jessie, apesar de Mia ver claramente que a amiga estava morrendo de curiosidade.

Quando ficaram sozinhos, Mia perguntou furiosa: — O que quer dizer com isso, que eu não posso sair do apartamento?

— Você foi brilhada. Basicamente, ele colocou uma marca em você. Agora, você tem pequenas máquinas nano na parte do corpo em que ele usou o dispositivo. Elas transmitem sua localização para ele o tempo inteiro. Se você fosse fazer alguma coisa que ele não espera, como sair do apartamento quando deveria estar em casa, ele saberia imediatamente, o que poderia deixá-lo com suspeitas.

Mia olhou para as palmas das mãos em horror. — Você quer dizer que, quando ele curou os meus machucados, estava, na verdade, colocando um dispositivo rastreador dentro de mim? Por que ele faria isso? — Ela ergueu a cabeça desconfiada. — E como você sabe disso tudo?

— Srta. Stalis... — disse ele em tom cansado.

— Por favor, pode me chamar de Mia — interrompeu ela.

— Ok, Mia — repetiu ele. — Estamos lutando contra os krinars há muito tempo. Não acha que tivemos tempo suficiente para aprender bastante coisa sobre o nosso inimigo?

— Muito bem — disse Mia lentamente. — Digamos que acredito em você. Por que ele faria isso? Colocar uma marca em mim desse jeito?

— Para saber onde você está o tempo inteiro, é claro. É um procedimento de operação padrão deles.

Mia o encarou em choque. — Ok, e o que você pode fazer para me ajudar?

— Não podemos ajudar você, Mia — disse John em tom direto. — Mas você pode nos ajudar.

Mia respirou fundo. Tinha receio de que seria algo parecido com isso. — Acho que você foi mal informado. Não quero me envolver com a sua causa de forma nem jeito nenhum. Vocês não podem vencer e a última coisa de que precisamos é voltar aos dias do Grande Pânico. Só quero ser deixada em paz. Por Korum, por vocês e por todo mundo. E, se não pode me ajudar com isso, então é melhor que vá embora. — Ela apontou para a porta.

— Você já está envolvida, Mia, goste da ideia ou não. Você sabe quem é o seu amante K?

— Ele não meu amante! — disse Mia em tom feroz.

— Você não dormiu com ele? — Vendo o sangue subir ao rosto dela, ele disse: — Foi o que pensei. Tenho certeza de que ele não perdeu tempo em conseguir exatamente o que queria de você, do mesmo jeito como tomaram nosso planeta.

Mia lutou contra a vergonha. — O que quer dizer com isso, se eu sei quem ele é?

— Contou a você alguma coisa sobre ele mesmo? Você sabe por que ele está aqui, em Nova Iorque? Como os Ks acabaram vindo para a Terra, de forma geral?

Mia assentiu lentamente. — Ele disse que é engenheiro, que a empresa para a qual trabalha fez as naves que os trouxeram aqui para a Terra.

— Engenheiro? Isso é divertido. — John soltou uma risada sem humor algum. — Ele é um dos Ks mais poderosos neste planeta, Mia. Ele é dono das naves que os trouxeram aqui. A empresa dele, na verdade, foi a força motivadora atrás da vinda deles para tomar a Terra.

Vendo o olhar de pura descrença no rosto dela, ele acrescentou: — Ele é parte do conselho governante deles. Alguns dizem até mesmo que ele manda no conselho. A empresa dele fornece tudo para os Centros dos Ks. Sem ele, não haveria Centros dos Ks e não haveria krinars na Terra.

— Eu não estou entendendo — disse Mia confusa. — Se ele é tudo isso, então por que está aqui? E o que ele quer de mim?

— Ele está aqui porque, pela primeira vez desde o Dia K, temos uma chance de verdade contra eles. — Os olhos de John brilharam com empolgação. — Porque ele sabe que estamos muito perto de conseguirmos lutar contra eles em igualdade de condições. Porque ele quer acabar com a Resistência antes de conseguirmos avançar.

Ele respirou fundo. — Quanto ao que ele quer de você, acho que isso é bastante óbvio. Você sabe o que é um caerle?

Mia sacudiu a cabeça negativamente, sentindo-se atônita.

— A tradução literal para caerle é *aquele que dá prazer*. É o termo que eles usam para os escravos humanos que mantêm nos assentamentos deles. A finalidade de um caerle é dar prazer aos Ks. Como você já pode saber, ou talvez não, eles gostam de beber sangue durante o sexo. Portanto, eles nos mantêm ativos, presos em gaiolas de alta tecnologia, e usam-nos da maneira que querem.

Mia sentiu uma onda de bile quente subindo pela garganta. — Você está mentindo. Por que eles fariam isso? Somos seres inteligentes.

— Eles não pensam em nós necessariamente dessa forma. A maioria deles nos considera animais de estimação criados especialmente para essa finalidade, pouco melhor do que os primatas que caçaram até a extinção no planeta deles.

— Então, o que está dizendo? Que Korum quer me manter como escrava? — Mia perguntou em tom incrédulo. — Isso é um monte de besteiras. Se ele quisesse me manter presa, eu não estaria aqui, não é?

Ele suspirou. — Mia, não sei exatamente qual é o joguinho que ele está fazendo com você. Talvez ache divertido lhe dar a ilusão da liberdade por enquanto. Não é real, você entende isso, certo? Se você tentasse sair de Nova Iorque, em vez de ficar aqui e encontrá-lo sempre que ele quiser, não sei o que ele faria, nem se a sua família jamais a veria novamente. Você é uma garota inteligente. Já sentiu isso, certo? Foi por isso que preferiu não evitá-lo. É por isso que a sua amiga está tão assustada por sua causa, foi por isso que ela veio correndo atrás de Jason, apesar de eles não se falarem há três anos. Porque ela disse que você está totalmente dominada.

Mia sentia vontade de vomitar. Se John estivesse falando a verdade, então a situação dela era muito pior do que tinha imaginado. Ele tinha razão. O subconsciente devia ter percebido o perigo de fugir de Korum, pois ela nunca contemplara seriamente a ideia de sair da cidade. O cérebro fervilhava com um milhão de perguntas, ao mesmo tempo em que um poço de desespero crescia dentro dela.

— Então, o que quer de mim? — perguntou ela em tom amargo. — Você veio até aqui para dizer que estou encrencada? Que vou acabar como o animal de estimação de um alienígena, presa em algum lugar e sendo usada para sexo? Foi isso que veio aqui me dizer?

— Sim, Mia — respondeu John calmamente, com a expressão estranhamente séria. — Não existe uma boa opção para você. Se ele se cansar de você, talvez consiga retomar a sua vida, particularmente se ainda estiver em Nova Iorque quando isso acontecer. É claro, talvez você chame a atenção de algum outro K e nunca seja vista novamente. Foi isso que aconteceu com a minha irmã e é por isso que estou aqui fazendo isso, para que outra jovem inocente possa ter uma vida normal.

Mia olhou para ele com expressão horrorizada. — Sua irmã? O que aconteceu com ela?

Ele torceu a boca amargamente. — O que aconteceu foi que dei a ela uma viagem para o México como presente de formatura. Ela foi com algumas amigas e encontrou um belo estranho na praia. Acontece que ele não era exatamente humano... Uma noite antes do dia em que elas deveriam voltar para casa, Dana desapareceu do quarto. Por um longo tempo, não tínhamos ideia do que acontecera, apenas suspeitas de que o K estava envolvido de alguma maneira. Foi por isso que comecei a lutar contra os Ks, para vingar minha irmã. Há apenas um ano, descobri que ela ainda está viva, sendo mantida como uma caerle no Centro dos Ks na Costa Rica.

Os olhos de Mia se encheram de lágrimas ao imaginar o sofrimento da família dele. — Ah, meu Deus, eu sinto muito — disse ela. — Há alguma forma de conseguir trazê-la de volta?

— Não. — Ele balançou a cabeça com pesar furioso. — Mesmo se conseguíssemos resgatá-la de lá, o que é uma impossibilidade completa, ela foi brilhada, como todos os caerles. Eles sempre saberão exatamente onde ela está. Não há como reverter esse procedimento.

— Brilhada — disse Mia. — Como todos os caerles. Como eu.

— Como você — concordou John.

Ela queria gritar, chorar e jogar coisas longe. Mas se contentou em perguntar: — Então, por que veio aqui hoje?

— Porque, Mia, apesar de não podermos realmente ajudá-la, você está em posição de nos ajudar. Se tivermos sucesso, não só você conseguirá sua vida de volta, mas também ajudará a salvar inúmeras outras jovens, e outros homens, do destino que a minha irmã teve.

— Não estou entendendo... O que está me pedindo? — perguntou Mia lentamente, com o coração batendo mais forte.

— Queremos que trabalhe conosco. Que nos notifique sobre a localização de Korum, o que ele gosta de comer, como dorme, qualquer ponto fraco que possa ter. E, se descobrir alguma informação que possa ser remotamente útil, alguma senha, medidas de segurança, qualquer coisa, que passe essa informação para nós.

— Está pedindo que eu espione para você? — Mia ergueu a voz incrédula.

— Estou pedindo que tire o máximo proveito da sua situação, já que sabe que é uma situação infeliz. Para ajudar a você mesma e a toda a humanidade. Só o que precisa fazer é manter os olhos e os ouvidos abertos quando estiver com ele e, de vez em quando, informar a nós o que descobriu.

— E você acha que eu conseguirei fazer isso? Sem treinamento nenhum sobre nada e sem nenhum dom de atriz? De alguma forma, enganar um dos Ks mais poderosos deste planeta? O que o faz pensar que ele já não sabe que você está aqui, particularmente se o objetivo dele é acabar com o seu movimento?

— Este apartamento não está grampeado, nós verificamos. Ele não terá motivos para espioná-la se você não fizer nada suspeito e continuar a jogar o jogo dele. Ele não sabe que estamos aqui. Se soubesse, já estaríamos mortos. Olhe, não estamos pedindo a você que seja James Bond ou algum tipo de agente secreta. Não precisa tentar se aproximar dele, seduzi-lo nem nada parecido. Apenas continue o seu relacionamento com ele, do jeito como está, e, de vez em quando, dê-nos informações.

— Como? E de que isso adiantaria? O que o faz pensar que tem uma chance, quando todos os governos do mundo com armas nucleares foram completamente inúteis quando houve a invasão? — A coisa toda era insana e Mia não tinha a menor intenção de se transformar em mártir de uma causa inútil.

— Deixe o "como" conosco. Se ele ainda der a você um grau de liberdade similar, será decididamente muito mais fácil. Caso contrário, será um pouco mais complicado, mas temos nosso jeito. — Ele fez uma pausa por um segundo, provavelmente ponderando sobre a sabedoria das palavras seguintes. — Quanto ao motivo pelo qual achamos que podemos vencer, digamos apenas que nem todos os Ks são iguais. Nem todos compartilham das mesmas crenças sobre a inferioridade da raça humana. Não posso dizer nada além disso sem colocá-la em perigo, mas fique sossegada, temos alguns aliados poderosos.

Aliados humanos entre os Ks? As implicações daquilo eram incríveis.

— Eu não sei — disse Mia, tentando pensar melhor no assunto. — E se ele descobrir? O que acontecerá comigo?

Ele disse de forma direta: — Não sei. Talvez ele decida matá-la ou puni-la de alguma outra forma. Honestamente, não sei.

Mia soltou uma risada amarga. — E você também não se importa, certo?

John suspirou. — Eu me importo, Mia. Mais do que tudo, eu queria que as coisas fossem diferentes. Que eu não estivesse pedindo isso a você, que a única coisa com que precisasse se preocupar fossem as suas provas da faculdade. Mas não vivemos mais em um mundo assim. Se quisermos ganhar nossa liberdade de volta, precisamos arriscar tudo. Você é a nossa melhor chance de nos aproximarmos de Korum. Você pode fazer a diferença, Mia.

Mia andou até a mesa e sentou-se em uma cadeira, fechando os olhos por um minuto para que pudesse pensar. Ela não tinha motivos para confiar em John e não sabia se alguma coisa do que ele dissera era verdade. Ainda assim, por alguma razão, estava inclinada a acreditar nele. Houvera dor demais na voz dele ao falar sobre a irmã. Ou ele era o melhor ator do mundo ou os Ks realmente estavam abduzindo e escravizando humanos que chamavam a atenção deles. Da mesma forma como ela chamara a atenção de Korum.

Outra pergunta lhe passou pela cabeça. Abrindo os olhos, ela perguntou: — E se Korum souber que Jason é primo de Jessie e já estiver desconfiado de mim?

John deu de ombros. — É uma possibilidade, claro. Mas Jason é primo de terceiro grau de Jessie, o que é uma conexão bem distante. Além disso, ele não é ninguém na nossa operação e mal foi envolvido nos últimos dois anos. Ele só me procurou hoje porque Jessie lhe telefonou falando sobre você. Não podemos descartar totalmente essa possibilidade, mas as chances estão a nosso favor. Além do mais, não se esqueça de que é Korum quem está perseguindo você, não o contrário. Portanto, ele não tem motivo algum para suspeitar de nada.

— Muito bem — disse Mia. — Vamos supor por um segundo que eu decida espionar para você. Como espera que eu encontre com ele hoje à noite, sabendo de tudo o que acabou de me contar, e comporte-me como se nada tivesse mudado? Ele tem milhares de anos de idade e consegue me ler como se eu fosse um livro aberto. Não tenho a menor chance.

— Eu não sei, Mia. A essas alturas, você o conhece muito melhor do que nós. Eu sei que nunca foi testada assim antes, mas confio em você. Sua maior vantagem pode simplesmente ser o fato de que ele subestima a sua inteligência. Desde que seja apenas a caerle dele, talvez ele não a veja como uma ameaça.

Mia finalmente escutara o suficiente. Ela se levantou, sentindo uma onda de exaustão.

— John — disse ela em tom cansado —, eu entendo o que está tentando fazer e simpatizo com a sua causa. Não posso prometer nada. Não colocarei a minha vida em risco para informá-lo da localização de Korum ou sobre o que ele comeu no jantar. Mas, se eu cruzar com alguma informação que possa ser importante, farei o possível para que ela chegue até você.

Ele assentiu. — É justo, Mia. Se precisar entrar em contato conosco, basta falar com Jessie. Ou, se isso não for possível, envie a ela um e-mail com "Olá" na linha de assunto, nós monitoraremos a conta dela. Assim, se ele decidir ficar de olho no seu e-mail, o que provavelmente acontecerá, não ficará desconfiado. Você só estará dizendo olá para a sua colega de quarto.

Mia assentiu, querendo apenas ficar sozinha. A cabeça latejava com uma dor de cabeça brutal e ela trancou a porta com satisfação atrás de John assim que ele partiu.

Ela andou até o quarto e jogou-se na cama.

Mia ficou nauseada, com o estômago queimando após as relevações de John. Simplesmente não podia ser verdade, ela não queria acreditar. Sim, Korum parecia não dar a menor importância para as objeções dela e realmente não dera a Mia muita escolha até o momento em relação ao relacionamento deles. Mas mantê-la verdadeiramente como escrava sexual? Retirar toda a liberdade dela e mantê-la presa em algum lugar dentro de um Centro dos Ks? Se a existência dos caerles fosse alguma coisa além da imaginação de John, e se Korum tencionava transformá-la em uma, então decididamente ele era o monstro que ela o acusara de ser.

Mia se sentiu enjoada ao pensar que o veria naquela noite e sentiria o toque dele no corpo. E provavelmente responderia a isso, como se ele fosse realmente amante dela. Aquela última parte fez com que tivesse vontade de vomitar novamente. Como o corpo podia querê-lo quando ele nem mesmo a considerava uma pessoa com direitos básicos de um ser humano, ou melhor, de um ser inteligente?

Ela também estava aterrorizada com a ideia de espioná-lo. Se fosse pega, tinha certeza de que provavelmente seria morta, talvez até mesmo torturada antes em busca de informações. Qualquer pessoa que mantinha escravos não teria escrúpulos com relação a tortura.

Ela estremeceu.

Na verdade, se ele descobrisse sobre a conversa que ela tivera com John, talvez já estivesse condenada.

Mia tentou imaginá-lo intencionalmente causando-lhe dor. Por algum motivo, foi difícil. Na maior parte, ele fora muito gentil com ela. Até mesmo a perda da virgindade naquela manhã, apesar de ter sido traumática, poderia ter sido muito pior se ele não tivesse tentado se controlar. Na verdade, algumas das ações dele eram até mesmo preocupadas: ao alimentá-la, ao ter certeza de que ela estava quente e seca, ao curá-la (bem, talvez essa não, considerando o que acabara de descobrir). Nada daquilo era compatível com a imagem de vilão que John pintara sobre ele. Por outro lado, ela também não machucaria um gatinho, mas não teria o menor problema em mantê-lo preso dentro de casa. Se era assim que ele a via, como um bichinho de estimação bonitinho com quem tinha vontade de fazer sexo, então o comportamento dele fazia perfeito sentido.

Mia tentou não pensar nas implicações daquilo tudo, mas era impossível. O futuro sempre parecera tão brilhante e ela sentira prazer em pensar sobre ele, planejando os anos seguintes. E, agora, não fazia ideia do que as próximas semanas trariam. Não sabia se estaria viva, muito menos frequentando a universidade.

A ideia de que talvez terminasse como a caerle de Korum em um assentamento alienígena era aterrorizante, especialmente se começasse a pensar na reação da família com o desaparecimento dela. Será que ele pelo menos deixaria que avisasse a eles que estava viva ou desaparecia sem deixar rastros?

Uma onda de autopiedade a invadiu e Mia sentiu o calor das lágrimas por trás das pálpebras. Incapaz de conter as emoções por mais tempo, ela enterrou o rosto no travesseiro e soluçou com a injustiça da situação até que os olhos ficassem vermelhos e inchados e não conseguisse derramar mais uma lágrima.

Em seguida, ela se levantou, lavou o rosto e começou a preparar a mochila com as coisas para a noite, conforme Korum sugerira.

* * *

À 18h45, ela pegou o metrô para TriBeCa e entrou no prédio de Korum às 18h59. Mentalmente dando um tapinha nas próprias costas, Mia riu ao pensar que era uma espiã bem pontual.

Ele a cumprimentou com um sorriso sensual lento, com aparência tão bela como sempre, vestindo calças *jeans* azuis-claras e uma camiseta branca lisa. Mesmo depois das revelações de John, o coração de Mia bateu mais forte ao vê-lo. Os músculos internos se contraíram e ela se sentiu começando a ficar molhada. O sorriso dele ficou mais largo, expondo aquela maldita covinha. Obviamente, ele conseguiu sentir a excitação dela.

Mia amaldiçoou o próprio corpo. Ele se condicionara a responder a Korum, apesar de tudo. Por outro lado, se ela estava literalmente dormindo com o inimigo, podia muito bem aproveitar a situação. Agora que sabia a verdade sobre a raça dele e as prováveis intenções com relação a ela, tinha quase certeza de que conseguiria manter as emoções sob controle, não importava quantos orgasmos alucinantes ele a fizesse ter.

O jantar que ele preparara, como sempre, estava incrível. Batatas assadas com cogumelos selvagens, salsa e cebolas caramelizadas compunham o prato principal, precedido de salada de espinafre com peras cozidas. A sobremesa era frutas frescas, cortadas em vários formatos, com molho de nozes. A refeição inteira foi servida à luz de velas. Se não soubesse do que havia por trás, ela teria achado que ele a estava agradando com um jantar romântico. A explicação mais provável era que ele simplesmente gostava de comida excelente servida em um belo ambiente e Mia era a beneficiária.

Ainda assim, aquilo não tinha nada a ver com a imagem de carrasco que John pintara.

Apesar da preocupação inicial, Mia achou fácil agir naturalmente com ele. Talvez porque não precisasse fingir que gostava dele ou que se sentia calma com ele. Ele sabia perfeitamente bem quais eram os sentimentos dela depois daquela manhã e não esperaria que ela sentisse qualquer coisa além de nervosismo e excitação relutante, que era exatamente como se sentia.

O jantar passou depressa, dominado pela comida deliciosa e por uma conversa leve, pois ela descobriu que ele gostava muito de filmes americanos do início do século XXI. À medida que a refeição chegava ao fim, o nível de ansiedade de Mia começou a subir ao pensar no que a aguardava mais tarde. Apesar do gel que ele usara nela, Mia ainda sentia um ligeiro desconforto nas partes íntimas e não estava com vontade de fazer sexo novamente em um futuro próximo, mesmo se, teoricamente, doesse menos na segunda vez. Mia duvidava que um dia não sentiria dor alguma, considerando o tamanho do pênis dele e do fato de ela ser supostamente apertada de maneira incomum. Ainda assim, o corpo dela não parecia se importar, pois uma umidade quente surgiu entre as pernas com a expectativa.

Quando o jantar terminou, Mia ajudou Korum a arrumar tudo, empilhando as louças na lava-louças e limpando a mesa. Era uma tarefa desconcertantemente doméstica, algo que ela talvez fizesse no futuro com um namorado ou o marido, e isso a deixou ainda mais consciente da estranha reviravolta que acontecera em sua vida. Era difícil acreditar que, apenas quatro dias antes, estava odiando ter que fazer o trabalho de sociologia e preocupada que a vida social dela estava parada demais. Agora, ela estava tentando não ser pega ao espionar em um extraterrestre de dois mil anos que provavelmente queria mantê-la como escrava sexual.

Quando terminaram de arrumar tudo, Korum a levou para o quarto.

Naquele momento, ela sentiu uma confusão nervosa, com o medo e o desejo lutando dentro dela. Notando a apreensão óbvia dela, ele disse: — Nada de sexo hoje à noite, prometo. Sei que ainda está dolorida.

A ansiedade de Mia aumentou um pouco mais. O que exatamente ele pretendia fazer se sexo estava fora de questão?

Eles entraram no quarto e ele a levou para a cama circular familiar, coberta com um conjunto limpo de lençóis azuis e cor de marfim. Uma luz amarela suave brilhava no quarto e havia uma música sensual tocando ao fundo. Sentando-se na cama, ele a puxou para perto de si até que ela estava entre as pernas abertas dele. Naquela posição, Mia estava quase no nível dos olhos dele. Tremendo ligeiramente, ela ficou parada e tentou não olhar para Korum quando ele puxou a camiseta dela por sobre a cabeça, revelando um sutiã branco simples que, dessa vez, lembrara de vestir. — Você é tão linda — murmurou ele, segurando-a gentilmente enquanto estudava o corpo revelado até aquele ponto. Inexplicavelmente, Mia corou quando a adolescente insegura dentro dela ficou absurdamente feliz com o elogio.

Inclinando-se para a frente, ele pressionou os lábios em um beijo morno no ponto sensível onde o pescoço se encontrava com o ombro. Mia estremeceu com a sensação, sentindo arrepios surgindo no corpo inteiro. Satisfeito com a reação, ele repetiu o gesto. Em seguida, soprou de leve um pouco de ar frio no ponto molhado que a boca deixara para trás. Mia arquejou, com os mamilos endurecendo pelo frio agradável. Ele sorriu, com os olhos brilhando em tom dourado. — Ainda nada de beijo na boca? — perguntou em tom suave. Mia deu de ombros, lembrando-se do que acontecera na última vez quando ela estabelecera aquela condição.

Interpretando aquilo como consentimento, ele a puxou para perto, enterrando uma das mãos no cabelo de Mia e a outra na parte inferior das costas dela. Colocando as próprias mãos nos ombros dele, Mia fechou os olhos e sentiu-o dando minúsculos beijos nas bochechas, na testa e nas pálpebras fechadas. Quando os lábios macios dele chegaram à boca, ela estava quase contorcendo-se de ansiedade.

No início, ele a beijou bem de leve, apenas encostando os lábios nos dela. Em seguida, começou a mordiscá-los, provocando-a cuidadosamente com a língua. Ela gemeu, pressionando o corpo contra o dele, e ele colocou a língua dentro da boca de Mia, penetrando-a em uma óbvia imitação do ato sexual. Uma onda de umidade inundou o sexo já molhado dela à medida que ele alternava entre foder-lhe a boca com a língua e chupar os lábios inchados e sensíveis.

Perdida nas sensações, Mia percebeu apenas vagamente quando ele tirou seu sutiã. Afastando a boca, ele a beijou na orelha, chupando o lóbulo de leve. Ela arqueou o corpo com prazer, dobrando os joelhos e jogando a cabeça para trás. Ele tirou vantagem disso, lambendo uma trilha que descia o pescoço delicado e a região do colo até que a boca chegou nos pequenos seios brancos. — Você é tão bonita — sussurrou ele. Em seguida, puxou um mamilo cor-de-rosa para dentro da boca e arranhou-o suavemente com os dentes. Mia soltou um grito, com o clitóris latejando à beira do orgasmo. Ele deu ao outro mamilo o mesmo tratamento, segurando-a com força enquanto ela se debatia, enlouquecedoramente perto de atingir o clímax. Ele a segurou naquela posição, parando por alguns segundos até que a sensação diminuiu um pouco. Depois, ele a ergueu e colocou-a sobre uma das pernas dobradas, esfregando-a contra o joelho e engolindo o grito dela com a boca quando o clímax tão esperado percorreu-lhe o corpo.

Caindo sem forças contra ele, Mia sentiu os músculos internos pulsando com pequenos choques. Sem esperar que ela se recuperasse, Korum se levantou, ergueu-a nos braços e abaixou-a sobre a cama. Tirando as próprias roupas com uma velocidade que a deixou boquiaberta, ele ficou sobre ela, abriu-lhe a calça e tirou-a, juntamente com as calcinhas.

Deitada completamente nua, Mia lembrou sem prazer algum da dor que sentiu na última vez em que estivera naquela posição. No entanto, apesar do pênis enorme apontando agressivamente para ela, tudo o que ele fez foi beijá-la gentilmente, começando no ponto sensível perto do ombro e terminando na linha da cintura. Ela ficou tensa, antecipando o que aconteceria em seguida, e ele não a desapontou. Abrindo-lhe as pernas com mãos fortes, ele abaixou a cabeça e lambeu os lábios inferiores com cuidado, evitando contato direto com o clitóris. Mia ficou surpresa ao se sentir excitada novamente apenas alguns minutos depois do último orgasmo. Um dedo longo lentamente entrou em sua abertura, pressionando com cuidado um ponto sensível lá no fundo enquanto a língua se movia em ritmo acelerado. Não houve uma excitação crescente dessa vez. Em vez disso, o corpo dela simplesmente teve espasmos em volta do dedo dele, liberando a tensão que se acumulara em questão de segundos.

Estonteada, Mia ficou deitada. Em algum momento, ela devia ter segurado a cabeça dele, pois os dedos estavam enterrados nos cabelos curtos. Sentindo-se irracionalmente constrangida, ela o soltou, afastando as mãos. Ele lentamente tirou o dedo de dentro dela, fazendo com que a vagina se contraísse com um tremor residual, e lambeu-o olhando dentro dos olhos dela. Mia quase gemeu novamente.

Ele se sentou, ainda mantendo o contato do olhar com o dela. Mia percebeu que ele estava extremamente duro, sem ter gozado ainda. Ela lambeu os lábios nervosamente, tentando imaginar o que ele pretendia. Os olhos dele seguiram a língua dela vorazmente e, subitamente, ela percebeu o que ele queria que fizesse.

Sentando-se, Mia cuidadosamente estendeu a mão e gentilmente encostou os dedos no pênis dele, sentindo a dureza macia. Para sua surpresa, ele saltou na mão dela, como se estivesse vivo. Os olhos de Mia se viraram para o rosto de Korum e o que ela viu foi reconfortante. Ele parecia estar sentindo dor, com os olhos ligeiramente fechados e o suor acumulando-se nas têmporas. Sentindo a pausa dela, ele abriu os olhos e sussurrou em tom rouco:

— Vá em frente.

Sentindo-se audaciosa, Mia colocou os dedos em volta do pênis e lentamente o acariciou em um movimento para cima e para baixo, do jeito como vira em filmes pornográficos. A mão dela parecia branca e pequena em volta do volume dele e ela ficou imaginando como ele coubera dentro de si. Ele gemeu com o movimento dela, com o corpo ficando tenso, e Mia subitamente se sentiu poderosa. Saber que tinha aquele efeito nele, que aquela criatura formidável estava à mercê do toque dela, de alguma forma restaurou o equilíbrio de poder em um relacionamento que, até aquele momento, fora praticamente unilateral.

Decidindo ir mais longe, ela se ajoelhou em frente a ele. Com os cachos escuros repousando sobre as coxas de Korum, ela lambeu a cabeça volumosa do pênis. Ele fez um som parecido com um sibilar, empurrando os quadros na direção dela, e Mia sorriu, saboreando a capacidade de controlá-lo daquela forma. Segurando o pênis com uma mão, ela agarrou os testículos pesados com a outra e apertou-os gentilmente, explorando com curiosidade aquela parte não familiar do corpo dele. —

Mia... — gemeu ele e ela sorriu com prazer. Queria incitar uma resposta ainda mais forte do corpo dele, da mesma forma como ele fizera com o dela. Ainda segurando-lhe os testículos, ela cuidadosamente colocou os lábios em volta da ponta do pênis e moveu a língua dentro da boca enquanto movia a mão em um movimento rítmico sobre o pênis. Ele soltou um grito rouco, empurrando os quadris para a frente, e ela sentiu um líquido morno e ligeiramente salgado esguichando dentro da boca. Surpresa e encantada, Mia o soltou, observando o restante do líquido grosso cor de creme caindo na barriga bronzeada. Havia um gosto estranho na boca de Mia, nada desagradável, e ela ficou imaginando se haveria diferenças entre o sêmen dos Ks e dos humanos. O pênis ainda se contraía de leve em frente aos olhos dela enquanto começava a diminuir.

Olhando para cima, Mia viu que ele a encarava com um sorriso. — Você já fez isso alguma vez? — perguntou ele, acenando em direção ao pênis.

Mia balançou a cabeça negativamente. Por algum motivo, ela nunca desejara passar de alguns beijos com nenhum dos rapazes com quem saíra no passado.

— Bem, então você tem um dom — disse ele, abrindo ainda mais o sorriso. Colocando a mão sob a cama, ele pegou uma caixa de lenços de papel e usou um deles para limpar a barriga. Mia piscou, perguntando-se o que mais ele guardava lá embaixo. Depois de se limpar, ele se levantou e andou até a porta totalmente nu. — Banho? — perguntou ele e Mia concordou com prazer, seguindo-o até o banheiro.

Eles entraram no compartimento enorme do chuveiro juntos e Korum ajustou os controles para que a água quente os atingisse de todas as direções. Derramando um pouco de xampu na mão, ele o massageou nos cabelos dela, lavando-os com movimentos experientes. Com os olhos fechados, Mia ficou parada, desfrutando da sensação dos dedos dele no couro cabeludo e da água escorrendo pela pele sensível. Depois, ele lavou todo o corpo dela, fazendo-a corar com a meticulosidade com que fez isso. Sentindo-se um pouco tímida, Mia tentou fazer o mesmo, esfregando o sabonete pela pele dourada e pelos músculos poderosos. Sem vergonha alguma, ele desfrutou do toque dela, arqueando o corpo como um grande gato sendo acariciado.

Quando terminaram, ele secou o corpo dela com uma toalha grossa e, em seguida, a si próprio. Relaxada por causa da água quente e dos dois orgasmos, Mia sentiu uma onda de cansaço invadindo-a. Notando o bocejo mal disfarçado, Korum a pegou no colo e carregou-a de volta para a cama. Colocando-a bem no meio, ele puxou uma coberta macia e deitou ao lado dela, abraçando-a por trás. Sentindo-se estranhamente segura com o corpo grande dele curvado atrás do seu, Mia fechou os olhos e pegou no sono com facilidade pela primeira vez desde que o mundo virara de pernas para o ar pelo extraterrestre deitado ao lado dela.

CAPÍTULO 7

A luz do sol acordou Mia na manhã seguinte.

Mantendo os olhos fechados por causa da claridade, Mia pensou, ligeiramente incomodada, que esquecera de fechar as cortinas na noite anterior. Mas não importava, pensou ela. Sentia-se bem descansada e extremamente confortável. *Talvez confortável demais?* Ao perceber subitamente que a cama em que estava deitada era macia demais para ser o próprio colchão, Mia se sentou depressa e olhou chocada em volta. As lembranças do dia anterior voltaram em uma fração de segundo e ela reconheceu o lugar onde estava.

Também estava completamente nua e sozinha.

Puxando a coberta sobre o peito, Mia examinou o quarto desconfiada. Ela estava sentada no meio da cama redonda imensa, que achava ter pelo menos quatro metros e meio de diâmetro, no quarto belamente decorado de Korum. Algumas plantas floresciam em vasos perto da janela ampla com vista para o rio Hudson.

Notando o roupão e os chinelos que Korum deixara para ela, Mia os vestiu e foi em busca do banheiro. Surpreendentemente, não havia um banheiro conectado ao quarto. Espiando no corredor, ela viu a porta do banheiro e correu para lá, sem querer que Korum percebesse ainda que estava acordada.

Depois de fazer o que precisava, Mia escovou os dentes com a escova que ele deixara e lavou o rosto. Olhando para o espelho, ficou surpresa ao ver que estava com uma aparência ótima. A pele pálida estava quase radiante e os olhos incomumente brilhantes. Até mesmo os cabelos, que eram uma maldição, pareciam mais sedosos, com cachos castanhos brilhantes e bem definidos. O xampu que ele usara nela no dia anterior era claramente milagroso. E, pelo jeito, orgasmos também eram.

Mia se perguntou onde estariam suas roupas. A barriga roncou, lembrando-a de que o jantar da noite anterior já fazia parte de um passado distante. Ainda vestindo o roupão, decidiu procurar algo para comer.

Entrando na sala de estar, Mia ouviu vozes que vinham de algum lugar à esquerda.

Achando que talvez Korum estivesse assistindo à televisão, ela andou naquela direção. As vozes ficaram mais altas e ela percebeu que estavam falando em um idioma estranho que ela nunca ouvira. Ligeiramente gutural, ainda assim fluía suavemente, diferentemente de qualquer idioma com que estava familiarizada.

Ela prendeu a respiração.

Devia estar escutando o idioma dos krinars, o que significava que Korum provavelmente tinha visitantes e que havia outros Ks no apartamento. Talvez fosse a oportunidade de descobrir algo de útil, percebeu ela com o coração batendo mais forte.

Aproximando-se lentamente da sala, ela se assustou quando as portas pesadas abruptamente se abriram, revelando os ocupantes e expondo-a aos olhos deles.

Korum e dois outros Ks estavam de pé em volta de uma mesa grande que tinha algum tipo de imagem tridimensional sobre ela. Ao vê-la, Korum fez um gesto com a mão e a imagem desapareceu, deixando apenas uma superfície lisa de madeira.

Mia congelou no lugar enquanto três pares de olhos alienígenas a examinavam.

A expressão no rosto de Korum era fria e distante, diferente de tudo o que ela vira antes. O outro K, mais ou menos da altura de Korum, tinha cabelos castanhos e olhos cor de avelã, com um tom de pele igualmente dourado. A mulher tinha a pele um pouco mais clara, parecida com a de Jessie, e o cabelo sedoso que descia até a cintura tinha um tom vermelho escuro e estranho. Os olhos eram quase pretos e pareciam enormes no rosto incrivelmente belo. Ela também era alta, com cerca de 1,75 m, e usava um vestido que parecia ter sido feito sob medida para as curvas do corpo. Ela poderia ter facilmente saído das páginas de um antigo catálogo de roupas íntimas sofisticadas.

Parada na porta, vestindo o roupão de banho, Mia se sentiu como uma garota levada sendo pega roubando biscoitos.

Não havia como escapar. Ela pigarreou, com o coração batendo com força. — Ahm, olá. Eu estava procurando a cozinha...

Um sorriso surgiu no rosto de Korum, aquecendo-lhe as feições, e o olhar distante desapareceu. — É claro — disse ele. — Você deve estar com fome.

Ele se virou para os visitantes. — Mia, esses são meus... colegas — disse ele, parecendo hesitar de leve na última palavra —, Leeta e Rezav.

— É um prazer conhecê-los — disse Mia polidamente, observando-os com cuidado.

Ela teve a forte impressão de que os dois não estavam muito contentes em vê-la. Leeta a encarou, mostrando desagrado na boca contraída. Rezav foi um pouco mais amigável, curvando os lábios em um meio sorriso e inclinando a cabeça graciosamente na direção dela. Ele perguntou algo a Korum no idioma deles, que respondeu com um gesto indiferente.

— Ok, bem, eu não pretendia interromper — disse Mia, pedindo desculpas, e sentindo o sangue latejando nos ouvidos. — Deixarei vocês em paz para trabalharem.

Korum acenou na direção da cozinha. — Pode pegar umas frutas ou o que quiser. Eu me juntarei a você daqui a pouco.

Com um agradecimento murmurado, Mia escapou o mais depressa que as pernas trêmulas permitiram.

Entrando na cozinha, ela desabou sobre uma das cadeiras, abraçando o corpo de forma protetora. A cabeça girava e as entranhas se reviraram em náusea.

Na pergunta de Rezav, dita inteiramente em idioma dos krinars, Mia entendera uma palavra familiar: *caerle*.

* * *

Quando Korum chegou à cozinha, Mia conseguira se recompor.

Quando ele entrou, Mia lhe lançou um sorriso breve e continuou comendo os mirtilos como se não tivesse uma única preocupação no mundo, como se não tivesse ouvido quando ele confirmou os piores medos dela.

Ele se aproximou e abaixou-se, beijando-a longamente na boca. Pela primeira fez, Mia simplesmente suportou o toque dele. A náusea era forte demais para permitir que tivesse a resposta sexual normal.

Ela não sabia por que precisara daquela confirmação. Na maior parte, ela acreditara em John quando ele falara sobre os Ks e a abordagem primitiva deles em relação aos direitos dos humanos. Ainda assim, uma parte dela se agarrara à esperança de que John estivesse errado, que Korum sentisse algo diferente por ela, que, de alguma forma, fosse especial aos olhos dele.

Ouvi-lo admitir que ela era escrava sexual glorificada dele, um animal de estimação humano, foi como ser socada repetidamente.

Se ele a tivesse tratado com crueldade desde o início, teria sido mais fácil odiá-lo. Em vez disso, a arrogância com que a tratava era frequentemente temperada com carinho, o que tornava as coisas ainda piores. Apesar do bom senso de Mia, ele conseguira cativá-la e a revelação que ouvira parecia uma traição das mais cruéis.

Sentindo a falta de resposta dela, ele se afastou e franziu a testa. — Qual é o problema? — perguntou ele perplexo. — Você está se sentindo bem?

O cérebro de Mia trabalhou depressa. Seria perigoso para ela, e para a Resistência, se ele soubesse que entendera a pergunta de Rezav. No entanto, não podia esconder o fato de que estava chateada. Korum era astuto demais. Subitamente, ela teve uma ideia arriscada, mas brilhante.

— Estou bem — disse ela com dignidade silenciosa, obviamente mentindo.

— Ahã — disse Korum sarcasticamente. — Claro que está.

Sentando-se ao lado de Mia, ele ergueu-lhe o queixo para que pudesse olhar nos olhos dela. — Agora me diga qual é o problema.

Mia deixou uma lágrima furiosa escapar. — Nada — disse ela brava.

— Mia. — Ele disse o nome dela naquele tom especial que reservava para intimidá-la. — Pare de mentir para mim.

Olhando diretamente dentro dos belos olhos dele, Mia canalizou toda a fúria frustrada e os sentimentos irracionais de traição nas palavras seguintes. — Com que frequência você a fode? — cuspiu ela, evocando sentimentos relembrados de ciúmes da familiaridade dele com Ashley, a recepcionista do restaurante. — Em geral, com quantas mulheres você fode em qualquer dia? Duas, três, uma dúzia?

Ao ver o olhar surpreso no rosto dele, ela continuou, colocando o máximo possível de amargura na voz: — E por que me força a ficar aqui se você a tem? E Ashley, e sabe Deus quantas outras?

Ainda segurando o queixo dela, Korum perguntou lentamente: — Está falando de Leeta? Você acha que estamos envolvidos de alguma maneira?

Mia deixou que outra lágrima escorresse pelo rosto. — E não estão?

Ele balançou a cabeça negativamente. — Não. Na verdade, somos primos distantes e isso seria uma impossibilidade.

— Ah — disse Mia, fingindo estar constrangida pela explosão. Ela tentou se afastar e ele a deixou ir. Korum ficou observando-a enquanto ela levantava e andava até a janela, limpando o rosto com a manga do roupão.

Mia ficou parada, olhando para o rio Hudson. Uma parte tolamente romântica dela ficou feliz ao ouvir sobre Leeta, apesar de a pequena encenação de ciúmes se destinar a disfarçar o que realmente sentia. Ela não disse nada quando ele se aproximou, abraçando-a por trás. Ele não fez nenhuma promessa nem ofereceu nenhuma outra explicação, notou Mia. É claro, por que ele tentaria confortá-la, convencê-la de que ela significava algo especial quando claramente não era esse o caso? Ela também não teria ficado particularmente preocupada com os sentimentos de um cachorro.

— Achou que vou dar uma caminhada no parque — murmurou ele, ainda abraçando-a. — Quer ir comigo?

Ele estava lhe dando uma opção? O que aconteceria se dissesse que não? — Não sei — respondeu ela. — Tenho que estudar algumas coisas e queria conversar com os meus pais. Quarta-feira é o dia em que normalmente nos falamos pelo Skype...

Ela não conseguia ver a expressão dele, o que a deixou feliz. Agora, pensou ela, ele vai mostrar como realmente é.

— Está bem — disse ele —, parece uma boa ideia.

Mia piscou surpresa. Ele continuou: — Para hoje à noite, fiz uma reserva no Le Bernardin às 19 horas. Pego você às 18h30. Como parece que você não tem roupas bonitas, mandarei entregar alguma coisa apropriada no seu apartamento.

Aquele era o ditador que ela conhecia e que, agora, realmente odiava.

— Não preciso de roupas — protestou ela. — Tenho roupas melhores. Só não quis usá-las naquele dia.

Virando-a nos braços dele, Korum olhou para baixo e sorriu. — Mia, não quero ofendê-la, mas não vi você usar nem uma única peça de roupa que a favorecesse. Você é uma garota muito bonita, mas suas roupas fazem com que pareça um garoto de dez anos de idade na maior parte do tempo. Acho que pode-se dizer seguramente que se vestir bem não é um dos seus pontos fortes.

Mia corou de raiva e vergonha, mas decidiu segurar a língua. Se ele quisesse vesti-la como uma boneca, que o fizesse. De qualquer forma, essa não era a pior coisa que poderia fazer com ela.

Ao ver a expressão rebelde no rosto dela, o sorriso dele se alargou e os olhos brilharam com um tom dourado. Erguendo-a pela cintura, ele a puxou para perto e beijou-a novamente. Os lábios dele eram macios contra os dela e a língua explorou os recessos da boca de Mia com tal perícia que ela sentiu uma fagulha de desejo surgindo. Aliviada por não ter mais que fingir, ela colocou os braços em volta do pescoço de Korum, deixando que a mente ficasse vazia ao se concentrar nas sensações. O corpo, já acostumado ao toque dele, reagiu com instinto animal e ela o beijou com toda a paixão que conseguiu reunir.

Com a resposta dela, ele gemeu e apertou-a ainda mais, esfregando os quadris contra ela e deixando que sentisse o volume endurecido que se desenvolvera dentro da calça. As partes internas de Mia se contraíram e ela se viu esfregando-se contra ele como uma gata no cio. Subitamente, ele não ficou mais satisfeito apenas com os beijos. Mia sentiu a mudança na gravidade quando ele a deitou sobre a mesa, com as nádegas perto da beirada e as pernas penduradas. Colocando-se entre as pernas abertas de Mia, Korum abriu o roupão dela com mãos impacientes. Antes mesmo que ela percebesse a intenção dele, Korum já abrira a calça e tentava penetrá-la.

Mia estava molhada, mas não o suficiente, e ele só conseguiu penetrar a ponta do pênis antes que gritasse de dor. Afastando-se, ele se abaixou até ficar ajoelhado, colocou a cabeça entre as coxas abertas dela e lambeu-lhe as dobras, espalhando umidade em volta da entrada da vagina. Ela arqueou o corpo, atônita com a súbita intensidade, e ele colocou o dedo dentro dela, esfregando o ponto sensível até que os músculos internos se contraíram incontrolavelmente em espasmos. Antes mesmo que as pulsações parassem, ele estava sobre ela, pressionando o pênis grosso contra a abertura e empurrando-o para dentro em um deslizar lento e agonizante.

Mia se contorceu sob ele, soltando pequenos gritos enquanto o canal interior tentava se expandir em volta dele. Apesar do orgasmo, a penetração não foi nada fácil, e ela pôde ver a tensão no rosto dele devido ao esforço para se mover devagar.

Não houve dor dessa vez, apenas uma sensação desconfortável de invasão e preenchimento extremo. Ele era muito grande e o pênis parecia um cano quente entrando no corpo dela. Ainda assim, havia a promessa de algo mais por trás do desconforto. Korum continuou o avanço inexorável e Mia gemeu quando os músculos internos cederam, permitindo que ele se enterrasse inteiramente dentro dela. Ele fez uma pausa, deixando que ela se ajustasse à sensação pouco familiar. Em seguida, retirou o pênis lentamente e empurrou-o novamente para dentro. Uma onda de calor percorreu as veias de Mia quando o pênis dele encostou no mesmo ponto sensível e ela gritou de prazer intenso, enterrando as unhas nos ombros dele.

Ao sentir as unhas afiadas sobre a pele, o último traço de contenção pareceu desaparecer. Com um gemido rouco, ele começou a se mover em ritmo mais intenso, com cada movimento empurrando-a para a frente e para trás sobre a mesa lisa. Em algum lugar à distância, gritos de uma mulher pareciam ecoar os movimentos dele e Mia percebeu vagamente que eram dela. Cada célula do corpo dela parecia gritar em desespero para que a tensão terrível que apertava cada músculo fosse liberada. E, subitamente, isso aconteceu, um clímax tão poderoso que pareceu rasgá-la no meio, deixando-a estremecendo incontrolavelmente nos braços dele enquanto ele gozava com um gemido gutural.

CAPÍTULO 8

Mia caminhou de volta até o apartamento dela, precisando desesperadamente de algum tempo sozinha antes de enfrentar Jessie e suas perguntas.

Ela se sentia ferida e emocional, repleta de nojo de si mesma. Racionalmente, sabia que responder a ele daquele jeito tornava a tarefa mais fácil e mais tolerável. Teria sido infinitamente pior se ela o achasse repulsivo ou se tivesse que fingir uma paixão que não existisse. No entanto, a adolescente romântica enterrada dentro dela chorava com a perversão daquela história de amor. Não havia herói no romance e o vilão a fazia sentir coisas que nunca imaginara existir.

Depois que terminou de fodê-la sobre a mesa da cozinha, ele a carregou para o banheiro e limpou-a gentilmente. Depois, deixou que ela se vestisse e fosse para casa, dando-lhe um beijo de despedida e insistindo que estivesse pronta às 18h30. Mia concordara fracamente, querendo apenas ir embora, com o corpo ainda latejando depois do episódio.

Ela ponderou quanto deveria contar a Jessie. A última coisa que queria era arrastar a amiga para aquela confusão toda. Por outro lado, Jessie já estava envolvida por meio de Jason e podia-se argumentar que ela deixara as coisas piores para Mia ao levá-la, de forma não intencional, para o movimento anti-K.

Entrando no apartamento, ela ficou feliz e aliviada ao ver que não havia ninguém. Jessie provavelmente estava fora estudando ou resolvendo alguma coisa.

Suspirando, Mia decidiu usar o tempo em silêncio para conversar com a família. A última vez que falara com eles fora no sábado anterior e parecia que uma vida se passara desde então. Os pais provavelmente achavam que ela estava ocupada com os estudos e não a incomodaram, além de mandar algumas mensagens de texto. A resposta de Mia fora uma mensagem genérica do tipo "está tudo bem, amo vocês".

Ela ligou o computador antigo e viu que a mãe já a aguardava no Skype. O pai estava no fundo da sala, lendo alguma coisa. Vendo Mia se conectar, um sorriso largo se abriu no rosto da mãe.

— Querida! Como você está? Não tivemos notícias suas a semana inteira!

Se havia uma coisa que Mia agradecia aos Ks era o impacto que tiveram nos pais dela e em outros americanos de meia ideia no país inteiro. A nova dieta imposta pelos Ks fizera maravilhas para a saúde deles, revertendo o diabete do pai e reduzindo drasticamente os níveis anormalmente altos do colesterol da mãe. Com cinquenta e poucos anos, os pais dela estavam mais magros, mais cheios de energia e com aparência mais jovem do que nunca.

Mia sorriu para a câmera com prazer. A pior coisa sobre morar em Nova Iorque era ver os pais com tão pouca frequência. Apesar de voltar para casa sempre que tinha a oportunidade, pois voar até a Flórida nas férias não era difícil, ela ainda sentia saudades deles. Um dia, ela esperava se mudar para mais perto deles, talvez quando terminasse a universidade.

— Estou bem, mamãe. Como estão as coisas com vocês?

— Ah, você sabe, tudo na mesma. Todas as novidades são de vocês, jovens, hoje em dia. Você já falou com a sua irmã?

— Ainda não — respondeu Mia. — Por quê?

O sorriso da mãe aumentou ainda mais. — Ah, não sei se eu deveria lhe contar. Telefone para ela, ok?

Mia assentiu, morrendo de curiosidade.

— Como estão as coisas na faculdade? Terminou aquele trabalho? — perguntou a mãe.

Mia mal se lembrava do trabalho. — O trabalho? Ah, sim, o trabalho de sociologia. Eu o terminei no domingo.

— Você teve outros trabalhos depois desse? — perguntou a mãe desaprovadoramente. Sem esperar a resposta, ela continuou: — Mia, querida, você estuda demais. Tem só vinte e um anos, deveria estar saindo e divertindo-se na cidade grande, não sentada o tempo todo naquela biblioteca. Quando foi a última vez que teve um encontro?

Mia corou um pouco. Essa era uma discussão antiga que surgia com frequência cada vez maior. Por algum motivo, diferentemente dos outros pais que adorariam ter uma filha estudiosa e responsável, a mãe se preocupava com a falta de vida social de Mia.

Mia tentou imaginar a reação dos pais se contasse a ele como a vida amorosa dela estivera na semana anterior. — Mamãe — disse ela exasperada —, eu saio de vez em quando. Mas não necessariamente conto a você sobre cada uma das vezes.

— É, sei — disse a mãe sem acreditar nela. — Eu me lembro perfeitamente bem do seu último encontro. Foi com aquele garoto da biologia, certo? Como era o nome dele? Ethan?

Mia sorriu tristemente em resposta. A mãe a conhecia muito bem. Ou, pelo menos, sabia como Mia era antes do último sábado, quando o mundo dela virara do avesso.

— Por falar nisso — disse a mãe —, você está com uma aparência ótima. Fez alguma coisa no cabelo? — Virando-se para trás, ela disse ao pai de Mia: — Dan, venha aqui olhar sua filha! Mia não está linda?

O pai se aproximou da câmera e sorriu. — Ela está sempre linda. Como vai, querida? Já encontrou algum rapaz bacana?

— Pai — resmungou Mia. — Você também?

— Mia, eu já lhe falei, os melhores rapazes são escolhidos cedo. — Quando a mãe entrava nesse tópico, era difícil fazê-la parar. — Mais um ano e você terminará a universidade. Onde pretende conhecer um rapaz bacana depois disso?

— Na rua, na internet, em uma festa, em um clube, em um bar ou no trabalho — respondeu Mia, listando os lugares óbvios. — Olhe, mamãe, só porque Marisa conheceu Connor na universidade, isso não significa que seja a única forma de conhecer alguém. — Também era possível conhecer um alienígena no parque, ela própria era prova disso.

A mãe balançou a cabeça em reprovação, mas sabiamente mudou de assunto. Eles conversaram sobre outras coisas inconsequentes e Mia ficou sabendo que os pais estavam pensando em passar férias na Europa no aniversário de casamento de trinta anos e que a mãe continuava procurando emprego. Foi uma conversa maravilhosamente normal e Mia ficou feliz com ela, querendo lembrar de cada momento dela caso fosse a última vez que conversaria com os pais daquela forma. Depois de algum tempo, ela relutantemente se despediu dos pais, prometendo telefonar para Marisa imediatamente.

A capacidade de atuação dela devia ter melhorado drasticamente nos últimos dias, pensou Mia. Apesar do tumulto interno, os pais não suspeitaram de nada.

Tentar falar com Marisa no Skype era sempre um desafio e Mia optou por telefonar para o celular dela.

— Mia! Olá, maninha, como você está? Viu alguma das minhas publicações no Facebook? — A irmã soava incrivelmente animada.

— Ahm, não... — disse Mia lentamente. — Aconteceu alguma coisa?

— Ah, meu Deus, você estuda demais! Não acredito que nem entra no Facebook mais! Bem, sim, aconteceu alguma coisa. Você vai ser titia!

— Ah, meu Deus! — Mia pulou, quase gritando de empolgação. — Você está grávida?

— É claro que estou! Ah, eu sei que você provavelmente dirá que acha que sou muito jovem, que acabamos de nos casar e blá blá blá. Mas estou muito feliz!

— Não, eu acho ótimo! Estou muito feliz por você — disse Mia em tom sincero. — Não acredito que a minha irmã favorita terá um bebê!

Aos vinte e nove anos de idade, Marisa tinha exatamente o tipo de vida que Mia sempre quisera ter. Tinha um casamento feliz com um homem maravilhoso que a adorava, morava a uma hora de carro da casa dos pais na Flórida e trabalhava como professora de música em um colégio de ensino fundamental. E, agora, estava esperando um filho. A vida dela não podia ser mais perfeita e Mia estava muito feliz por ela. E, mesmo que sentisse uma pontinha — ok, mais do que apenas uma pontinha — de inveja, nunca deixaria que isso interferisse com a felicidade de Marisa. Não era culpa da irmã que a vida de Mia tinha se transformado em um desastre na semana anterior.

Elas conversaram mais um pouco e Mia ficou sabendo tudo sobre os enjoos do primeiro trimestre e os desejos por comidas especiais. Depois, Marisa teve que desligar, pois o intervalo para o almoço acabara. Mia se despediu, já sentindo saudades da voz alegre da irmã, e decidiu usar o restante do tempo para estudar.

Uma hora depois, Mia fizera todos os exercícios de estatística e acabara de começar a ler um livro sobre psicologia infantil quando Jessie apareceu.

— Mia! — exclamou ela com alívio, vendo-a encolhida no sofá. — Ah, graças a Deus! Eu fiquei tão preocupada quando não voltou para casa ontem à noite! Telefonei para Jason, mas ele disse que você provavelmente estava bem e que eu não devia me preocupar. O que aconteceu? John disse alguma coisa de útil?

Mia ficou olhando para Jessie, mais uma vez ponderando quanto deveria contar à garota que fora a melhor amiga nos últimos três anos. — Sim, disse — respondeu ela lentamente, tentando inventar alguma coisa que tranquilizasse Jessie.

— Bem, e o que ele disse? E onde você estava na noite passada? Foi com aquele K?

Mia suspirou, decidindo usar uma história plausível. — Bem, basicamente, John me disse que os Ks, de vez em quando, ficam interessados em humanos dessa forma. É normalmente algo passageiro, eles se cansam do relacionamento e vão adiante bem depressa. Não há nada com o que me preocupar. Só preciso continuar com ele e aproveitar enquanto durar.

— Aproveitar o quê? Dormir com o K? — Jessie arregalou os olhos em choque.

— Mais ou menos isso, sim — confirmou Mia. — Não é tão ruim, na verdade. Ele também me leva a lugares bacanas. Vamos ao Le Bernardin hoje à noite.

— Espere, Mia. Você está dormindo com ele agora? — Jessie levantou a voz incrédula. — Mas você nunca dormiu com ninguém antes! Está me dizendo que já perdeu a virgindade com ele?

Mia corou, sentindo-se constrangida. Naquele momento, ela estava o mais longe possível de ser ainda virgem. Vendo a resposta na cor do rosto de Mia, Jessie disse em tom suave: — Ah, meu Deus. E como foi? Ele não machucou você, não é?

Mia corou ainda mais. — Jessie — disse ela desesperadamente —, realmente não estou a fim de discutir isso em detalhes. Fizemos sexo e foi bom. Agora, podemos mudar de assunto?

Jessie hesitou e, relutantemente, concordou. Mia viu que a amiga estava morrendo de curiosidade e sabia que não conseguiria manter aquela história por muito tempo. Mais do que tudo, Mia queria contar a história inteira a Jessie, revelar o medo doentio que sentira com a possibilidade de acabar como uma escrava sexual ou de ser pega espionando para a Resistência. Mas isso provavelmente também colocaria Jessie em perigo e aquilo era a última coisa que Mia queria.

Mentir era um preço pequeno a pagar para manter seguras as pessoas de quem gostava.

Antes que Mia tivesse a oportunidade de estudar mais um pouco, foi interrompida pela campainha. Abrindo a porta, ela ficou surpresa ao ver uma mulher de meia idade, vestida com uma roupa sóbria, e um jovem parados do lado de fora. O homem segurava uma embalagem de roupa com zíper que era quase da altura dele. — Sim? — disse ela, esperando que dissessem que tinham batido no apartamento errado.

— Mia Stalis? — perguntou a mulher com um sotaque ligeiramente britânico.

— Ahm, sim — respondeu Mia. — Sou eu.

— Excelente — disse a mulher. — Sou Bridget e esse é Claude. Somos da Saks Fifth Avenue e viemos aqui para refazer o seu guarda-roupa.

Uma luz se acendeu no cérebro de Mia.

Tentando controlar o temperamento, Mia perguntou: — Korum mandou vocês aqui? Achei que ele só pretendia comprar um vestido para hoje à noite.

— Sim, mandou. Esse aqui é o seu vestido. Vamos garantir que ele vista perfeitamente e, depois, tiraremos algumas medidas adicionais. — Bridget soava um pouco esnobe, mas talvez fosse por causa do sotaque britânico.

Mia respirou fundo. — Está bem — concordou ela. — Podem entrar. — Naquele momento, Jessie já saíra do quarto e observava a movimentação com grande interesse e Mia não queria fazer uma cena sobre algo tão inconsequente.

Eles entraram e Claude abriu o zíper da embalagem com um floreio. — Uau — disse Jessie em um tom reverente. — Acho que vi esse vestido em uma passarela...

O vestido era realmente lindo, feito de um tecido azul brilhante que parecia flutuar com cada movimento. Ele tinha mangas três quartos, perfeita para um restaurante com ambiente frio, e a saia parecia ir até pouco acima dos joelhos. Também parecia minúsculo e Mia duvidava de que conseguisse entrar nele.

Mesmo assim, ela foi até o quarto para experimentá-lo. Girando em frente ao espelho, ela ficou atônita ao ver que o vestido realmente caía como uma luva. Era bem modesto na parte da frente, mas tinha um decote profundo nas costas e ela não poderia usar sutiã. No entanto, ele era tão bem feito, com os suportes para os seios já costurados, que alguém do tamanho de Mia não precisaria usar sutiã. A jovem refletida no espelho era mais do que apenas bonita. Parecia muito sensual, com todas as pequenas curvas destacadas e mostradas da melhor forma possível.

Sentindo-se tímida, Mia saiu do quarto e mostrou o vestido para o público que a aguardava. Claude e Bridget soltaram exclamações admiradas e Jessie assoviou ao vê-la. — Uau, Mia, você está incrível! — exclamou ela, andando em torno de Mia para vê-la por todos os ângulos.

— Pegue — disse Bridget, com o tom menos esnobe. — Você pode usar essas meias e esses sapatos com ele. — Ela segurava um par de meias de seda pretas e sapatos de salto alto pretos simples, com as solas vermelhas.

Experimentando os sapatos e as meias, Mia descobriu que também serviam perfeitamente. Ela ficou imaginando como Korum sabia o tamanho dela de forma tão precisa.

Se ela tivesse que escolher as roupas, nunca teria pensado naquele vestido, pois teria certeza de que seria muito pequeno. Ainda enlevada pela beleza do vestido, Mia graciosamente deixou que Bridget tirasse todas as suas medidas.

Olhando para o relógio, Mia ficou surpresa ao ver que já eram seis horas. Ela só tinha meia hora para se arrumar — não que precisasse daquele tempo todo, pois já estava vestida. O cabelo, magicamente, estava comportado e ela só precisaria se preocupar com a maquiagem. Dois minutos depois, estava pronta, tendo passado duas camadas de base, um pouco de pó de arroz para esconder as sardas e um batom de cor leve. Satisfeita, ela se sentou no sofá para terminar de estudar e esperar que Korum aparecesse para buscá-la.

* * *

Cumprimentando Korum na porta, ela ficou feliz ao ver os olhos dele tomarem um tom âmbar mais claro ao vê-la com o vestido.

— Mia — disse ele baixinho —, eu sempre soube que era linda, mas você está simplesmente incrível hoje.

Mia corou ao ouvir o elogio e resmungou um agradecimento.

O jantar foi o evento mais inacreditável da vida de Mia. O *Le Bernardin* era muito sofisticado e os garçons antecipavam cada desejo deles com uma atenção quase sobrenatural e com uma comida de outro mundo. Eles receberam um cardápio de degustação especial e Mia experimentou tudo, do *carpaccio* de lagosta quente à flor de abobrinha recheada. O vinho que acompanhou os pratos também era delicioso, apesar de Korum regular rigorosamente o consumo de álcool dela dessa vez, evitando que o garçom enchesse o copo com muita frequência.

Manter a conversa neutra foi surpreendentemente fácil. Korum era um excelente ouvinte e parecia genuinamente interessado na vida dela, apesar de ter parecido simples e monótona. Como ele já sabia de tudo sobre ela e Mia não estava tentando fazer com que gostasse dela, acabou por se abrir com ele de uma forma que nunca fizera antes com ninguém. Contou a ele sobre o primeiro garoto que beijara — um menino de oito anos de idade de quem gostara quando tinha seis anos — e como tinha ciúmes da irmã mais velha perfeita quando era criança. Falou sobre as expectativas dos pais e do próprio desejo de influenciar jovens trabalhando com aconselhamento.

Descobriu também que ele normalmente morava na Costa Rica. Supostamente, o clima lá era mais parecido com a área de Krina onde ele morara. — Nosso Centro em Guanacaste é a coisa mais parecida que temos de uma capital na Terra. Nós o chamamos de Lenkarda — explicou ele. Ela se lembrou de que fora na Costa Rica que John dissera que a irmã dele era mantida e ficou imaginando se Korum já a vira lá. Era possível, pois ele dissera que só havia cerca de cinco mil Ks morando em cada um dos Centros.

À medida que o jantar avançava, ela se viu afastando-se cada vez mais dos tópicos seguros. Incapaz de conter a curiosidade, perguntou a ele sobre a vida em Krina e como era o planeta, de forma geral.

— Krina é um lugar lindo — Korum disse a ela. — É como se fosse uma Terra muito verdejante. Temos muito mais espécies de plantas e animais, considerando nossa história evolucionária mais longa. Também conseguimos preservar a maior parte da nossa biodiversidade lá, evitando as extinções em massa que aconteceram aqui em séculos recentes. — Pelas quais os humanos eram responsáveis e ele não precisou dizer isso em voz alta.

— A maioria, com a exceção dos primatas parecidos com os humanos, certo? — perguntou Mia em tom ácido, tentando acabar com a atitude superior dele.

— Com exceção deles, sim — concordou Korum. — E de mais algumas espécies que eram particularmente mal preparadas para sobreviver.

Mia suspirou e decidiu passar para algo menos controverso. — E como são as cidades de vocês? Como vocês vivem por tanto tempo, o planeta deve ter uma população muito densa.

Ele balançou a cabeça negativamente. — Na verdade, não. Não somos tão férteis quanto a sua espécie e poucos casais hoje em dia estão interessados em ter mais de um ou dois filhos. Como resultado, nossa taxa de natalidade nos tempos modernos tem sido muito baixa, pouco acima dos níveis necessários para manter os números atuais, e a população não cresceu de forma significativa em milhões de anos. — Fazendo uma pausa para beber um gole da bebida, ele continuou: — Nossas cidades são muito diferentes das de vocês. Não gostamos de viver uns sobre os outros. Somos muito territoriais e gostamos de ter bastante espaço próprio. Nossas cidades são mais parecidas com os subúrbios de vocês, onde os Krinars moram espalhados e vão para o centro mais denso, que só serve para atividades comerciais. E não importa para onde você vá, o ar é limpo e sem poluição alguma. Gostamos de ter árvores e plantas à toda volta e até mesmo as áreas mais densas de nossas cidades são quase tão verdes quanto os parques de vocês.

Mia ouviu com fascinação. Aquilo explicava as plantas espalhadas por todo o apartamento dele. — Parece muito bacana — disse ela. Em seguida, uma pergunta óbvia surgiu na cabeça dela. — Por que deixaram isso tudo para vir para a Terra, com toda a nossa poluição e superpopulação? Deve ser muito desagradável para você estar em Nova Iorque, por exemplo.

Ele sorriu e pegou a mão dela, acariciando-lhe a palma. — Bem, descobri recentemente algumas coisas muito boas nessa cidade.

— Não, estou falando sério, por que vir para a Terra? — insistiu ela. — Não acredito que tenham desistido do planeta natal de vocês para vir aqui beber nosso sangue. — Algo que, por algum motivo, ele ainda não fizera com ela, percebeu Mia.

Ele suspirou e olhou para ela, parecendo ter chegado a uma decisão. — Bem, Mia, as coisas são assim: apesar de nosso planeta ser muito belo, ele não é imortal. Nosso sol, que é uma estrela muito mais velha que o de vocês, começará a morrer daqui a uns cem milhões de anos. Se ainda estivermos em Krina nessa época, toda a nossa raça morrerá. Portanto, não temos outra opção a não ser procurar algumas alternativas.

— Em cem milhões de anos? — Aquilo parecia muito tempo para Mia. — Mas isso está tão distante. Por que vir aqui agora? Por que não aproveitar o seu belo planeta, digamos, por mais noventa milhões de anos?

— Porque, minha querida, se tivéssemos que deixar a Terra na mão dos humanos por mais noventa milhões de anos, talvez não houvesse um planeta habitável depois disso. — Ele se inclinou para a frente com a expressão fria. — A sua raça acabou sendo incrivelmente destrutiva, com a tecnologia evoluindo muito mais depressa do que a moral e o senso comum. Quando a Revolução Industrial de vocês começou, sabíamos que teríamos que intervir em algum momento, pois estavam usando os recursos do seu planeta em um ritmo sem precedentes. Portanto, começamos as preparações para vir aqui porque percebemos o que aconteceria. — Ele fez uma pausa, respirando fundo. — E estávamos certos. Cada geração é mais e mais gananciosa do que a anterior, cada avanço sucessivo na tecnologia de vocês causa mais danos ao meio ambiente. Como vivem muito pouco, pensam apenas em questão de décadas, nem mesmo em séculos, e isso faz com que não se preocupem com o futuro. São como crianças que destroem um brinquedo pelo simples prazer de fazer isso, sem se preocupar com o fato de que, no dia seguinte, não terão mais o brinquedo.

Mia ficou parada, sentindo-se como uma criança sendo repreendida pelo professor. A ponta das orelhas queimavam de raiva e vergonha. Talvez ele estivesse dizendo a verdade, mas não tinha o direito de sentar lá e julgar a espécie inteira dela, particularmente considerando o que ela sabia sobre a raça dele. Os humanos podiam ser primitivos e de visão curta quando comparados aos Krinars, mas, pelo menos, tiveram a sabedoria — e a moral — de parar de escravizar seres humanos.

— Então vocês vieram para o nosso planeta para tomá-lo para uso próprio? — perguntou ela em tom ressentido. — Tudo sob a desculpa de salvá-lo de nossos modos que agridem o meio ambiente?

— Não, Mia — disse ele pacientemente, como se estivesse explicando o óbvio para uma criança pequena. — Viemos para compartilhar do seu planeta. Se nós quiséssemos tomá-lo, acredite, teríamos feito isso. Fomos extremamente generosos com a sua espécie. Além de banir algumas práticas particularmente idiotas, de forma geral, deixamos vocês em paz para viverem como preferirem. Isso é muito melhor do que a forma como vocês trataram a própria espécie.

Vendo o olhar teimoso no rosto dela, ele acrescentou:
— Quando os europeus vieram para a América, eles deixaram os nativos viverem em paz? Respeitaram as tradições e a forma de viver nativas o suficiente para que continuassem, ou tentaram impor a religião, os valores e a moral deles? Eles os trataram como seres humanos iguais ou como animais selvagens?

Mia balançou a cabeça em negação. — Isso foi há muito tempo. Nós mudamos e aprendemos a lição. Nunca faríamos algo assim novamente.

— Talvez não — concordou ele. — Mas não veem problema algum em exterminar outras espécies por causa de negligência e ignorância. Recentemente, até poucos anos atrás, vocês tratavam os animais que criavam para alimento como se não fossem criaturas vivas. E não vou nem começar a falar sobre o holocausto e outras atrocidades que perpetraram contra outros seres humanos no último século. Vocês não são tão esclarecidos quanto acham.

Ele tinha razão e Mia o odiou por isso. Ela teria adorado jogar na cara dele que usavam escravos humanos, mas não deveria saber disso. Portanto, perguntou: — Se somos tão horríveis, por que você me quer? Eu certamente não gostaria de ficar com uma pessoa sobre quem tivesse uma opinião tão ruim.

Korum suspirou exasperado. — Mia, eu nunca disse que você é horrível. Em especial, não você especificamente. A sua espécie ainda é imatura e precisa de orientação, só isso.

— Além do mais, sou só um brinquedinho que você pode foder, certo? — disse Mia em tom amargo, sem saber ao certo por que dissera aquilo. — Acho que, nesse caso, não importa muito o que você pensa sobre os humanos como um todo.

Ele a encarou impassivamente. — Se é assim que prefere pensar, que seja. Eu certamente gosto muito de foder você. — Os olhos dele assumiram um tom dourado mais profundo e ele se inclinou na direção dela. — E você adora ser fodida. Então, por que não para de tentar rotular tudo o que vê e aproveita as coisas como são?

Recostando-se na cadeira, ele acenou para o garçom pedindo a conta. O rosto de Mia queimava de vergonha, mesmo enquanto o corpo respondia involuntariamente às palavras dele com excitação.

Korum pagou a conta e eles saíram, voltando para o apartamento dele.

Assim que entraram na limusine, Korum a puxou para o colo e beijou-a intensamente até que ela só conseguisse pensar em chegar ao quarto. As mãos dele abriram caminho sob a saia do vestido, pressionando ritmicamente entre as pernas dela até que ela estivesse gemendo suavemente e contorcendo-se nos braços dele. Antes que ela atingisse o orgasmo, chegaram ao destino.

Ele a carregou rapidamente pelo saguão do prédio e Mia escondeu o rosto no peito dele, fingindo não ver os olhares chocados do recepcionista e dos moradores que passavam. Assim que estavam sozinhos no elevador, ele a beijou novamente, com a língua lentamente explorando-lhe a boca até que ela estivesse perto de ter um orgasmo novamente. Sem parar para tirar as roupas, ele a levou para o quarto e jogou-a sobre a cama.

Ao entrarem, a música de fundo e a iluminação leves foram ligadas, criando um ambiente romântico. Mia mal notou devido à intensa excitação. Ela observou vorazmente enquanto ele tirara as roupas com velocidade inumana, revelando o corpo musculoso. Não era de surpreender que estivesse tão fascinada por ele, pensou Mia com uma parte ainda racional da mente. Ele provavelmente era a pessoa mais bela com quem teria um relacionamento na vida inteira.

Ele se aproximou dela e tirou-lhe o vestido, mal parando para abrir o zíper. Ela ficou deitada apenas com a meia-calça preta e os sapatos de salto alto, e com o corpo completamente exposto ao olhar faminto dele. — Você é tão gostosa — disse ele com a voz rouca de luxúria. O pênis grosso e inchado apontando na direção dela corroborou as palavras. Inclinando-se sobre os seios dela, ele colocou a boca sobre o mamilo esquerdo e sugou com força, fazendo com que ela se arqueasse sobre a cama com a intensidade da sensação. Fazendo o mesmo com o outro mamilo, ele pressionou o local latejante entre as pernas dela e Mia gritou ao gozar, com o corpo inteiro estremecendo devido à intensidade do orgasmo.

Antes que pudesse se recuperar, ele começou a beijá-la novamente com um olhar estranhamente intenso no rosto. Começando com os lábios dela, a boca quente desceu pelo rosto e pelo pescoço, pairando ligeiramente sobre a junção sensível com o ombro e fazendo com que ela estremesse de prazer.

Subitamente, ela sentiu uma dor aguda breve e Mia percebeu que ele a mordera. Ela arquejou em choque, mas, antes que conseguisse sentir algo além de uma pontada de medo, um êxtase quente correu pelas suas veias. Cada músculo no corpo de Mia se contraiu e imediatamente relaxou. A pele parecia ter sido incendiada por dentro. O último pensamento racional era que aquilo provavelmente se devia à substância química na saliva dele. Depois, não conseguiu pensar em mais nada, com o corpo inteiro concentrado apenas na sensação da boca de Korum no pescoço e a sensação do corpo dele entrando no seu com uma investida poderosa.

O restante da noite se passou em um borrão de sensações e imagens. Ela estava vagamente consciente de que gozara repetidamente, com os sentidos aguçados a um nível quase insuportável. Todas as cores pareciam mais brilhantes e ela se sentia como se estivesse flutuando em um oceano quente, com as correntes acariciando-lhe a pele e banhando-lhe as entranhas, fazendo com que se contraíssem e relaxassem em êxtase. A paixão dele era incansável, com o pênis imprimindo um ritmo selvagem e infinito até que ela não era nada além de pura sensação, com a essência reduzida aos instintos mais básicos.

Talvez tivessem se passado horas ou dias. Mia não sabia e não se importava. Em algum momento, a voz desapareceu devido aos gritos constantes e ela não conseguiu mais gozar, com o corpo exaurido devido aos orgasmos incessantes. Ele também gozou intensamente, estremecendo sobre ela várias vezes durante a noite para penetrá-la novamente alguns momentos depois. Finalmente exausta, Mia literalmente desmaiou, caindo em um sono profundo e sem sonhos que encerrou a experiência sexual mais incrível da vida dela.

CAPÍTULO 9

Nas semanas seguintes, Mia entrou em uma rotina, se é que dormir com um extraterrestre enquanto tentava espioná-lo poderia ser chamado de algo tão mundano.

Ele insistiu em vê-la todas as noites a partir do horário do jantar. Ela passou todas as noites no apartamento dele, sem voltar mais para o próprio apartamento para dormir. Durante o dia, ele deixava que ela fosse às aulas, voltasse para casa para estudar ou passasse algum tempo conversando com a família no Skype. A vida social de Mia, que nunca fora particularmente ativa, agora girava em torno do relacionamento com ele, o que deixou Jessie horrorizada.

— Estou falando, Mia — tentava ela incessantemente convencê-la —, eu sei que você disse que era apenas temporário, mas estou realmente preocupada. Só o que você faz é ir até ele, é como se não tivesse mais uma vida. A forma como ele simplesmente tomou todo o seu tempo livre não é saudável. Eu quase não a vejo mais, e nós dividimos um apartamento. Não pode passar uma noite sequer longe dele, passar algum tempo comigo ou ir a uma festa? Você está na universidade, pelo amor de Deus!

Mia dava de ombros, sem querer entrar em uma discussão com Jessie. Que ela pensasse que Mia estava simplesmente obcecada pelo primeiro amante. Era melhor do que explicar a realidade da situação precária em que se encontrava.

John entrara em contato com ela na quinta-feira, perguntando se tinha alguma informação útil. Mia não tinha. Leeta e Rezav foram ao apartamento de Korum algumas vezes, mas ficaram fechados naquela sala e Mia ficara assustada demais para tentar espioná-los novamente. Ao passear no Central Park, uma vez Korum e Mia foram abordados por um grupo de três Ks que ela nunca vira antes. A atitude deles em relação a Korum fora de certa forma submissa, dando a Mia uma ideia do poder que ele supostamente tinha sobre os krinars que estavam no planeta. No entanto, eles conversaram no idioma nativo deles e Mia não fazia ideia do que fora dito. Mas ela ficou surpresa ao vê-los, pois não sabia que Manhattan era um lugar tão popular entre os Ks.

Nas sextas-feiras e nos sábados, ele a levava para shows na Broadway e estreias de filmes no cinema. Mia gostou muito disso. Por algum motivo, apesar de morar na cidade de Nova Iorque, raramente tinha a oportunidade de ir aos shows, e era divertido fingir ser turista por uma noite. Ele também a levava a restaurantes caros ou fazia pratos sofisticados em casa nos dias em que não saíam.

Para alguém de fora, a vida de Mia correspondia à fantasia de toda garota: completa com um amante bonito e rico que a levava para andar de limusine e, de forma geral, tratava-a como uma princesa.

O guarda-roupa dela também tinha passado por uma mudança completa. Os assistentes da Saks tinham ido às compras e substituído cada peça de roupa de Mia por algo mais bonito, mais encantador e infinitamente mais caro. Novos casacos curtos e longos elegantes a mantinham aquecida e confortável no clima imprevisível da primavera. Todas as roupas íntimas agora eram de seda e renda, com algumas peças de algodão ainda presentes para que usasse ao fazer exercícios. Os velhos suéteres e calças folgadas foram trocados por calças justas e confortáveis e por camisetas macias. Até mesmo as calças *jeans* foram consideradas velhas demais e pouco elegantes, e as prateleiras estavam orgulhosamente cheias de calças de marca. E, claro, os belos vestidos agora pendurados no armário dela eram uma categoria à parte. Os sapatos também não tinham escapado, e as velhas botas e tênis gastos da época da escola foram substituídos por botas, tênis, sandálias e sapatos de salto alto sofisticados.

As objeções veementes de Mia aos gastos extravagantes de Korum com ela foram completamente ignoradas.

— Você acha que isso é algo mais do que apenas trocados para mim? — perguntou ele arrogantemente, arqueando uma sobrancelha escura ao ouvir os protestos dela. — Eu gosto de vê-la bem vestida e quero que use todas essas coisas.

E foi o fim da conversa.

O sexo entre eles era explosivo, literal e figurativamente de outro mundo. Korum era um amante muito variado. Um dia, podia ser divertido e carinhoso, passando horas massageando Mia com óleos perfumados até que ela ronronasse de prazer. No outro, não tinha misericórdia, penetrando-a com força até que ela gritasse em êxtase. Nos dias em que ele bebia o sangue dela — não todos os dias, pois isso seria viciante para os dois, explicara ele — ela achava que poderia facilmente perder o juízo por causa da intensidade da experiência. Apesar de Mia nunca ter experimentado drogas pesadas, conhecia os efeitos das várias substâncias no cérebro por causa das aulas de Psicologia do Vício, e imaginava que a combinação de sexo e sangue com Korum provavelmente era semelhante a usar heroína com êxtase.

Ela frequentemente sentia uma espécie de amargura por causa disso, sabendo que nunca conseguiria se sentir da mesma forma com um humano. Mesmo que conseguisse, algum dia, voltar à vida normal, sabia que nunca seria a mesma, que ele estava profundamente entranhado na mente e no corpo dela. A cada novo dia, ela gostava mais do toque dele, cada célula do corpo pulsava sentindo falta dele quando não estava por perto. Bastava ele sorrir ou olhar para ela com aqueles olhos âmbar e Mia estava pronta, com o corpo amaciando e derretendo em preparação para o dele.

A Mia Stalis calma e racional que existira durante os vinte e poucos anos anteriores fora substituída por um desastre emocional. Quando estava com Korum, sentindo o toque dele e absorvendo-lhe a presença, Mia se sentia flutuando. Assim que se afastava, no entanto, sentia uma onda de nojo de si mesma e um medo intenso, medo de ser pega espionando, de não ser capaz de cumprir a missão antes que ele se cansasse dela e, acima de tudo, medo de perdê-lo.

Ela sabia que era inevitável. Mesmo se ele não fosse o inimigo, mesmo que a espécie dele não estivesse escravizando a dela, não havia futuro para eles. Eram de espécies diferentes e, se isso não fosse obstáculo suficiente, a expectativa de vida dela era a de uma mosca em comparação à dele. Em mais alguns anos, em cerca de uma década, ela começaria o inevitável processo de envelhecimento e a atração que ele sentia desapareceria, supondo que durasse tanto tempo.

Nos momentos mais sombrios, uma vozinha venenosa dentro da cabeça dela perguntava se seria realmente tão terrível ser a *caerle* dele na Costa Rica. Será que ele a trataria de forma muito diferente de como a tratava agora? Se não, que importância tinha o rótulo que fosse colocado no relacionamento deles, desde que pudesse continuar com ele? Depois, ela sentia nojo de si mesma por até mesmo aventar essa ideia.

Apesar dos esforços de permanecer animada para a família, eles começaram a notar que havia alguma coisa errada. A mãe atribuiu ao estresse por causa da proximidade das provas finais, mas o pai foi mais observador. — Você conheceu alguém, querida? — perguntou ele um dia inesperadamente, causando um sobressalto em Mia. Ela negara veementemente, é claro, mas viu que ele ainda tinha dúvidas. De toda a família, o pai era o único que conseguia ler nas entrelinhas das mudanças de humor de Mia e ela tinha certeza de que o sorriso animado artificial não conseguira esconder a confusão interna dos olhos aguçados dele.

O único momento em que ela se sentia normal era quando se enterrava na biblioteca, absorta nos estudos. O fim do semestre se aproximava rapidamente e a carga dela triplicou, com trabalhos e provas pairando no futuro próximo. Sob circunstâncias normais, ela estaria tensa e irritadiça por causa do estresse. Mas, naqueles dias, estudar lhe dava um alívio bem-vindo do drama do restante da vida e ela se debruçava com prazer sobre os livros, praticando regressão linear sempre que podia.

Os primeiros dias de maio chegaram com um clima excepcionalmente quente em Nova Iorque e toda a cidade criou vida, com os moradores rapidamente mostrando as novas roupas de verão e os turistas chegando em bandos.

Apesar de Mia gostar da ideia de se juntar aos outros alunos que deitavam na grama com os livros, ela precisava de quatro paredes para conseguir se concentrar. Korum ficava cada vez mais relutante em deixá-la ir à biblioteca, dada a tendência que tinha de se esquecer da hora quando estava lá, e ela tentou estudar mais no apartamento dele. Ele colocou uma escrivaninha e uma poltrona confortável em uma salinha ensolarada perto do escritório dele — o local onde se reunira com Leeta e Rezav — e ela começou a estudar lá por horas a fio.

Ela também começava a pensar sobre o verão. Depois das provas finais, ela deveria voar até a Flórida para ver os pais. Tivera sorte ao conseguir um estágio em um acampamento para crianças problemáticas em Orlando, onde seria uma das aconselhadoras. Como Orlando ficava a apenas noventa minutos de Ormond Beach, poderia facilmente visitar os pais nos fins de semana ou quando tivesse um dia de folga. Apesar de lidar com crianças problemáticas não ser uma tarefa muito fácil, a experiência era considerada valiosa para alguém na área dela e seria um grande auxílio no futuro.

Ela não sabia como Korum reagiria ao fato de que ela ficaria longe por dois meses. Era possível que, em uma ou duas semanas, ele se cansasse dela e o problema nunca surgiria. Até aquele momento, ele não a impedira de continuar com os estudos e ela esperava que também conseguissem chegar a uma solução viável para o verão, se o relacionamento deles durasse até lá. Por enquanto, ela decidiu não tocar no assunto para não criar um clima desagradável.

Dois dias antes da prova de estatística, com Mia começando a pensar e sonhar com correlações, Korum foi chamado por causa de alguma emergência desconhecida. Sentada na sala de estudo, ela ouviu vozes alteradas falando em Krinar do outro lado da parede. Minutos depois, ele entrou na sala dela e disse que ficaria fora de casa pelo resto do dia.

— Se precisar ir para casa estudar ou se quiser passar algum tempo com a sua amiga hoje à noite, fique à vontade — acrescentou ele. — Talvez eu não volte para casa hoje.

Surpresa, Mia assentiu e observou-o partir rapidamente dando-lhe apenas um beijo leve no rosto.

O coração dela saltou no peito ao perceber que talvez fosse a oportunidade que estivera esperando.

Ela ficou sentada por alguns minutos para ter certeza de que ele realmente partira. Como garantia, andou lentamente até o banheiro e jogou água fria no rosto, tentando convencer a si mesma de que não havia com o que se preocupar... que estava completamente sozinha no apartamento. As mãos tremiam ligeiramente, notou ela ao erguê-las, e os olhos se destacavam no rosto incomumente pálido. *Você consegue fazer isso, Mia. Só o que precisa fazer é dar uma olhada por aí.*

Ela andou casualmente na direção do escritório dele, pronta para correr para a salinha de estudo ao primeiro sinal de retorno dele. A cobertura estava assustadoramente quieta e somente os passos dela quebravam o silêncio inquietante. Com o coração batendo com força, Mia andou na ponta dos pés até a porta do escritório.

Como antes, a porta se abriu automaticamente quando ela se aproximou. Apesar de esperar que aquilo acontecesse, Mia saltou ao ouvir o barulho que a porta fez ao deslizar para o lado. Entrando, ela inspecionou rapidamente os arredores.

A sala estava completamente vazia.

Uma mesa polida grande ficava bem no centro, dominando o espaço. Havia algumas cadeiras posicionadas em volta dela, lembrando uma sala de conferência corporativa. Mia não sabia ao certo o que esperara ver, talvez alguns papéis largados sobre a mesa ou um computador descuidadamente ligado. Mas não havia nada.

É claro, percebeu ela, ele não usaria nada tão primitivo quanto papel ou um computador portátil. Ela provavelmente não reconheceria o equivalente dos Ks para um computador, dado o estado da tecnologia deles.

Como sempre o fazia, Mia amaldiçoou a própria ignorância tecnológica. Alguém que tinha dificuldade em acompanhar os dispositivos humanos mais avançados era particularmente inapto a espionar um alienígena de uma civilização muito mais avançada.

Caminhando para dentro da sala, ela se aproximou da mesa com cuidado. Parecia ter a superfície de uma mesa comum, mas Mia se lembrou da imagem tridimensional que vira sobre ela antes. Ela tentou recordar o que Korum fizera para que a imagem desaparecesse. Fora um aceno da mão?

Tentando imitar o gesto, ela moveu o braço direito. Nada. Em seguida, acenou com o braço esquerdo. Ainda nada. Frustrada, ela bateu o pé no chão. De forma nada surpreendente, aquilo também não teve resultado.

Mia circundou a mesa, estudando cada recesso e protuberância. Ajoelhando-se, rastejou sob ela, tentando examinar a parte de baixo na esperança louca de que houvesse um botão facilmente reconhecível em algum lugar. Não havia, claro. A superfície acima dela era completamente inócua, feita de nada mais misterioso do que madeira comum.

Tentando sair de sob a mesa, Mia bateu em uma das cadeiras. Exatamente como uma cadeira de escritório, ela tinha rodinhas e encosto reclinável. Um dos suéteres que Korum usava de vez em quando em casa estava pendurado nas costas dela. Mia rastejou em volta da cadeira, sem querer mexer em nada caso Korum tivesse uma boa memória e soubesse exatamente como os móveis estavam posicionados.

Sentando-se no chão frio perto da cadeira, Mia olhou em volta da sala. Era inútil. Fora loucura de John achar que Mia poderia ajudar de alguma forma. Se estava realmente contando com ela, ele estava condenado. Ela era, de forma bem simples, a pior espiã do mundo.

O traseiro dela estava ficando frio e, de qualquer forma, a coisa toda era completamente inútil.

Tentando se levantar, Mia inadvertidamente bateu contra a cadeira e perdeu o equilíbrio por um momento. Segurando-se nela para se apoiar, puxou acidentalmente o suéter de Korum.

Excelente. Não só era uma espiã inútil, era também desajeitada. Erguendo o suéter, ela o colocou próximo ao nariz e inalou o perfume familiar. Leve e masculino, ele a deixou quente por dentro. *Você está encrencada, Mia. Pare de gemer por causa do inimigo que está espionando.*

Ela tentou colocar o suéter de volta na posição original e os dedos sentiram algo diferente. Uma pequena protrusão na beira da manga que não parecia pertencer a um suéter tão macio.

O coração bateu mais depressa e Mia levantou o suéter para olhar mais de perto.

Na parte de baixo da manga, havia um pequeno *chip* embutido no tecido. Era do tamanho de um pequeno botão e fora por pura sorte que Mia encostara os dedos nele. Caso contrário, nunca o teria notado.

Ela teve uma ideia. Korum usara aquele suéter quando acenara com o braço e fizera a imagem desaparecer, lembrou-se Mia com uma onda de adrenalina. Ele literalmente tinha um truque dentro da manga!

Quase pulando de empolgação, Mia examinou o pequeno computador — pelo menos, era o que achava ser — com atenção cuidadosa. A coisa era minúscula e não havia um botão óbvio para ligar e desligar.

— Ligar — comandou Mia, ponderando se ele responderia a comandos de voz.

Nada.

Mia tentou de novo. — Ligue!

Também não houve resposta.

Aquilo era frustrante. Ou o *chip* não respondia a comandos de voz, ou não entendia inglês. Por outro lado, podia estar programado para responder somente à voz ou ao toque de Korum.

Talvez se ela passasse os dedos sobre ele?

Ela tentou. Nada.

Soprando furiosamente alguns fios de cabelo que caíram sobre o olho, Mia considerou as opções. Se a coisa respondia ao toque de Korum, provavelmente sabia a assinatura do DNA dele ou algo parecido. Nesse caso, ela nunca conseguiria fazer com que funcionasse.

Desencorajada, ela se sentou no chão novamente. Parecera ajudar na última vez em que não soubera o que fazer. Se pelo menos houvesse algum jeito de testar essa teoria, alguns fios de cabelo dele ou algo assim...

Subitamente esperançosa, Mia se levantou com um salto e correu para o quarto para ver se encontraria alguns fios de cabelo. Para seu desapontamento, o quarto não tinha um único fio de cabelo, exceto alguns fios longos e crespos que provavelmente eram dela mesma. Korum era fanático por limpeza ou os cabelos dele simplesmente não caíam como o dos humanos.

Pensando furiosamente, Mia correu para o banheiro e pegou a escova de dentes elétrica dele. Talvez ela contivesse alguns traços da saliva ou tecido das gengivas... Ela segurou a escova perto do pequeno dispositivo, prendendo a respiração.

O dispositivo piscou, ligou por um segundo e desligou novamente.

Mia quase gritou de empolgação.

Ela segurou a escova de dentes ainda mais perto, quase esfregando-a no suéter, mas o *chip* permaneceu silencioso e escuro.

Mia cerrou o maxilar em frustração. Ela estava no caminho certo, mas precisava de uma quantidade maior de DNA dele. Talvez as roupas dele tivessem um pouco, os sapatos, os lençóis na cama... Mas provavelmente seriam quantidades mínimas, como a da escova de dentes.

Os lençóis da cama! Um sorriso largo lentamente se abriu no rosto dela. Sabia exatamente onde conseguiria aquela quantidade grande.

Andando até a lavanderia, ela vasculhou a pilha de toalhas e lençóis sujos que se acumularam na semana anterior. Por algum motivo estranho, Korum preferia lavar roupa em casa e geralmente fazia isso nas segundas-feiras. Como hoje era sábado, o lugar estava cheio de peças sujas repletas de DNA, cortesia da vida sexual ativa deles.

Mia pegou uma fronha particularmente suja, corando ligeiramente ao se lembrar de como ela ficara assim. Levando-a até o escritório, ela segurou a fronha perto do pequeno dispositivo e esperou, sem ousar ter esperanças.

Sem qualquer som, o *chip* piscou e ligou. Uma imagem tridimensional imensa surgiu sobre a superfície da mesa. Com o coração na garganta, Mia lentamente pendurou o suéter novamente na cadeira — o que não afetou em nada a imagem — e andou em volta da mesa, tentando entender o que via.

CAPÍTULO 10

Aberto em frente a ela, havia um mapa tridimensional gigante da Manhattan e dos bairros vizinhos. Era como uma versão muito mais sofisticada e realista do Google Earth.

Andando lentamente em volta da mesa, Mia observou a paisagem familiar à sua frente. Lá estava o Central Park, bem no meio da ilha estreita e alta que ainda era o centro cultural e financeiro dos Estados Unidos. Muito mais baixo, na parte oeste, Mia viu o prédio luxuoso de Korum, desenhado com detalhes perfeitos.

Fascinada, ela estendeu a mão na direção da imagem do prédio baixo, imaginando se ele teria alguma substância. Os dedos passaram através dele, mas ela sentiu um pequeno pulso elétrico percorrendo a palma da mão. Subitamente, a realidade mudou e ajustou-se... e Mia gritou em pânico ao se ver parada na rua, olhando diretamente para o prédio em si — não para a imagem dele, mas para o prédio real.

Arquejando, ela tropeçou para trás, caindo e apoiando-se nas mãos.

Não houve dor no contato com a superfície áspera da calçada. Na verdade, não havia qualquer sensação da calçada. Tudo parecia estranhamente silencioso. Não havia carros passando na rua nem pedestres passeando.

Tinha que ser um sonho, percebeu Mia com um arrepio, ou uma alucinação realmente vívida. Talvez ela estivesse morrendo por causa do contato com a tecnologia alienígena e aquele fosse o último grito do cérebro. Mas não parecia ser isso. Era simplesmente estranho, como se ela tivesse caído em uma piscina reflexiva e os reflexos se tornassem reais.

Realidade virtual.

Mia soube disso com uma certeza súbita. Até mesmo a tecnologia humana conseguia fazer uma imitação fraca disso com os filmes e videogames tridimensionais. Os Ks, obviamente, conseguiam fazer isso muito melhor, fazendo com que ela se sentisse realmente dentro da imagem. Aquela devia ser a versão dos Ks do Google Maps em que, em vez de colocar o bonequinho laranja no mapa digital para olhar em volta com fotografias, o mapa simplesmente colocava o espectador dentro da realidade tridimensional.

O problema era como sair dela.

Talvez se fechasse e reabrisse os olhos, ela voltasse ao escritório. Fechando as pálpebras com força, Mia tentou contar até cinco. No meio do caminho, ela perdeu a paciência e espiou. Não, decididamente ainda estava na frente do prédio.

A próxima iniciativa foi beliscar o braço... com força.

Ai!

Ela certamente sentiu a dor, mas a visão não mudou. Em seguida, bateu o pé no chão. A perna também enviou aquela sensação ao cérebro, mas Mia ainda estava naquele mundo misterioso.

Droga. Ela estava começando a entrar em pânico. E se nunca mais conseguisse sair daquele lugar? Pior, e se ainda estivesse nele quando Korum voltasse para casa? Ele saberia imediatamente que ela estivera bisbilhotando. Não havia como encarar aquilo sob uma luz positiva nem como convencê-lo de que fora mera curiosidade. Ela claramente fizera um esforço extraordinário para acessar os arquivos dele.

Pense, Mia, pense. Se conseguira entrar naquele mundo tão facilmente, deveria haver uma forma igualmente fácil de sair dele. Alguma coisa tinha que ser real naquele lugar surreal, mesmo que tudo parecesse falso.

Levantando os braços nos lados do corpo, Mia lentamente girou em um círculo amplo. Inicialmente, as mãos estendidas não encontraram nada além de ar. Ela deu um passo para a direita e repetiu o processo. Depois mais um passo, e outro. Na quinta tentativa, os dedos encostaram em algo macio e familiar. O suéter! Ela não conseguia vê-lo, mas com certeza conseguia senti-lo.

Agarrando-o desesperadamente, Mia tentou localizar o dispositivo. E lá estava ele, um pequeno ressalto perto da beira da manga. Assim que Mia o tocou, o pulso elétrico familiar correu pela mão dela. Por um segundo, ela teve aquela sensação de desorientação e, em seguida, estava parada em chão sólido — no chão do escritório de Korum dentro do prédio para o qual estava olhando um segundo antes.

Tremendo aliviada, ela olhou para o mapa ainda exibido à sua frente. Ela conseguira! Ela — Mia Stalis, a quem fora preciso ensinar como usar os iPads mais novos — conseguira de fato entrar em um mundo de realidade virtual alienígena e sair dele intacta.

É claro, ela ainda não descobrira nada de útil. Apesar de querer parar e voltar ao estudo da fórmula de desvio padrão, precisava explorar aquela oportunidade um pouco mais.

Dessa vez, Mia sabia que tinha que evitar se perder naquele mundo estranho. Ela vestiu o suéter de Korum, que ficava imenso, quase chegando à altura dos joelhos. O perfume deliciosamente familiar a envolveu, quase como se estivesse envolta nos braços dele. Por algum motivo, aquilo era muito confortante, apesar de saber que ele talvez a matasse se a visse naquele momento.

Andando em volta da mesa, ela examinou o mapa em detalhes. A imagem parecia pulsar ligeiramente e havia áreas que eram mais claras do que outras. Um prédio particular no Brooklyn parecia quase brilhar.

Um brilho? Mia precisava investigá-lo um pouco mais.

Estendendo a mão na direção da imagem minúscula, ela fechou os olhos e preparou-se para a mudança de realidade. Quando os abriu novamente, estava na rua, olhando para um quarteirão residencial silencioso, com uma fileira de casas de tijolos vermelhos e rodeado de árvores.

Para surpresa dela, a cena não estava vazia. Sufocando uma exclamação atônita, ela observou um homem correr para dentro de uma das casas. Ele passou bem ao lado de Mia na rua, sem nem mesmo olhar para o lado para reconhecer a presença dela. É claro, percebeu Mia, do ponto de vista dele, ela não estava realmente lá. Estava assistindo a um vídeo em tempo real — e muito realista — ou, o que era mais provável, um vídeo que fora gravado anteriormente.

Uma frase que ouvira algum tempo antes voltou à mente de Mia. Alguma coisa sobre a tecnologia avançada não ser distinguível de mágica. Era exatamente assim com os Ks, pensou Mia. Ela se sentiu um pouco como Harry Potter em um manto de invisibilidade — apesar de o adversário ser obviamente muito mais bonito que Voldemort.

Reunindo coragem, ela seguiu o homem pelos degraus e para dentro da casa. *Isso não é real, Mia. Eles não podem vê-la. Você pode sair daqui no momento em que quiser.* Ela abriu a porta que, por algum motivo, estava destrancada e entrou.

Não havia ninguém no corredor, mas ela ouviu vozes na sala de estar. Com o coração batendo forte no peito, Mia lentamente se aproximou do grupo. O suéter imenso envolvendo o corpo parecia uma coberta de segurança, dando a ela a coragem para avançar.

Entrando devagar na sala, Mia ficou parada perto da porta, esperando que alguém gritasse "Intruso!". Mas os ocupantes da sala não tinham ciência da presença dela. Sentindo-se muito mais calma, Mia começou a observar o que acontecia.

Havia cerca de quinze pessoas reunidas, de várias idades e nacionalidades. Apenas três eram mulheres, incluindo uma senhora de meia idade que parecia uma professora. As outras duas mulheres eram jovens, provavelmente com idade próxima à de Mia, apesar de o olhar tenso no rosto delas fazer com que parecessem mais velhas. Um homem loiro e magro estava sentado de costas para Mia, mas havia algo nele que parecia familiar.

— John — disse a mulher de meia idade, falando com o homem loiro. — Nós realmente precisamos discutir esses detalhes. Não podemos simplesmente confiar neles...

Ele virou a cabeça para responder e Mia percebeu, com as entranhas se contorcendo, que conhecia esse John, que falara com ele duas vezes nas últimas semanas. E aquilo só podia significar uma coisa: ela estava observando o que provavelmente era uma reunião da Resistência. E, se ela os observava no vídeo de realidade virtual de Korum, obviamente ele estava ciente das atividades deles.

Ah, meu Deus. Eles achavam que estavam seguros, que não eram rastreados. Por que mais estariam reunidos ali daquele jeito? John dissera que Korum estava em Nova Iorque especificamente para acabar com o movimento da Resistência... pois estavam chegando perto de alguma coisa importante. Mas, claramente, Korum estava ainda mais perto do objetivo dele de caçar os que lutavam pela liberdade.

Ela precisava avisá-los. Eram um alvo fácil naquela casa do Brooklyn. Korum poderia emboscá-los a qualquer momento.

Subitamente, Mia sentiu os cabelos da nuca arrepiando-se. As peças do quebra-cabeça caíram no lugar e ela arquejou horrorizada ao perceber.

Talvez fosse tarde demais para John e os amigos dele.

Por que mais Korum teria partido tão abruptamente naquele dia? Ele sabia exatamente onde estavam. Não havia motivo para que esperasse mais tempo. A emboscada, se é que não acontecera ainda, estava prestes a acontecer.

Sem esperar mais um segundo, Mia tocou no pequeno dispositivo na luva e foi transportada imediatamente de volta para o escritório de Korum. Acenando a mão, como vira Korum fazer, ela quase desmaiou de alívio quando a ação funcionou e o mapa piscou, desaparecendo logo em seguida. Tirando depressa o suéter, ela o pendurou nas costas da cadeira, verificando se não havia nenhum fio de cabelo no tecido peludo. Em seguida, posicionou as cadeiras como se lembrava de tê-las encontrado e correu para fora da sala. No último minuto, ela se lembrou da fronha e agarrou-a, jogando-a de volta na pilha de roupas sujas antes de sair do apartamento. Dois minutos depois, estava calçada, com a bolsa pendurada no ombro e esperando o elevador.

Ela precisava entrar em contato com John imediatamente.

Tirando do bolso o celular antigo, Mia enviou um *e-mail* para Jessie, escrevendo "Olá" na linha do assunto. No corpo do texto, ela mencionou que ficaria em casa à noite e perguntou se Jessie gostaria de passar algum tempo com ela. Mia achou que aquilo deixaria John em alerta, se estivesse realmente monitorando a conta de Jessie. Agora, só o que podia fazer era ter esperanças e rezar para que não fosse tarde demais.

Querendo chegar em casa o mais depressa possível, Mia pegou um táxi. Era uma extravagância e um desperdício, mas era um excelente motivo para se apressar. Entrando no carro, ela deu ao motorista o endereço de casa e recostou-se no banco, fechando os olhos.

Pensamentos e ideias corriam pelo cérebro, saltando de um tópico a outro. Como Korum sabia onde eram as reuniões da Resistência? Ele devia ter grampeado a casa dos combatentes sem o conhecimento deles... Mas John garantira a ela que sabia dizer se um aposento estava grampeado ou não. John mentira para ela ou Korum estava dez passos à frente do que a equipe de John achava que estava. Aquela última parte fazia sentido. Os humanos não tinham esperança alguma de vencer contra a tecnologia dos Ks. Se Korum quisesse vigiar a Resistência, obviamente poderia fazê-lo sem o conhecimento deles.

Mia percebeu o perigo completo do jogo de que participava. Dependendo do tempo durante o qual

Korum os vigiara, poderia já estar ciente de todos os planos deles... e poderia estar ciente do envolvimento de Mia, apesar de ter sido bastante limitado até aquele dia. Ao pensar nisso, as entranhas de Mia se reviraram e ela sentiu um frio doentio espalhando-se até a ponta dos dedos dos pés. Ela nunca vira Korum realmente furioso, mas não tinha dúvidas de que não seria uma visão agradável.

Chegando ao destino, Mia pagou ao motorista com dedos gelados e suados. Em seguida, subiu os cinco andares de escada até o apartamento. Jessie não estava em casa e Mia, com inveja, achou que provavelmente estava aproveitando o dia bonito com amigos. Ou estava estudando para as provas finais. Naquele momento, as duas opções soavam como atividades maravilhosas para Mia.

Ela se sentou para esperar.

Cerca de meia hora se passara e Mia já quase abrira um buraco no carpete, andando de um lado a outro na sala de estar. Finalmente, quando estava prestes a perder o juízo por causa da frustração, a campainha tocou.

John e uma das jovens da reunião estavam na porta. O cabelo da garota tinha um tom castanho claro e era cortado bem curto, quase um corte masculino. Ela também parecia muito atlética. Se não fosse pelas feições suaves, poderia passar facilmente por um garoto adolescente.

— Mia, essa é Leslie — disse John. — Leslie, essa é Mia, a garota sobre quem falei.

Mia acenou com a cabeça, cumprimentando Leslie, e pediu que entrassem no apartamento.

— John — disse ela sem preâmbulos. — Acabei de descobrir que vocês estão em perigo.

— Não diga — falou Leslie sarcasticamente. — Não fazíamos a menor ideia.

Mia ficou atônita. A garota não tinha motivo algum para não gostar dela, mas o tom que usou era quase insolente. Ela sentiu a irritação crescer. — É isso mesmo — disse friamente. — Vocês obviamente não tinham a menor ideia. Caso contrário, não teriam feito aquela reunião da qual Korum conseguiu um vídeo muito bacana de todos vocês. Incluindo você, Leslie.

John arregalou os olhos em choque. — Do que está falando? Que vídeo?

— Nem mesmo sei se vídeo é a palavra certa. É, na verdade, mais como um *show* de realidade virtual...

Ela contou a eles exatamente o que vira naquele dia. Quando terminou, John estava pálido e o sorriso arrogante do rosto de Leslie desaparecera completamente.

— Eu não estou entendendo — disse ele lentamente. — Como ele sabia onde nos encontrar? Todos os nossos locais de encontro regulares são varridos diariamente em busca de escutas e dispositivos de rastreamento. Todos nós também passamos por varreduras...

— Obviamente não é o suficiente — disse Leslie. — Ou isso, ou fomos traídos.

Eles se entreolharam angustiados.

— Como vocês fazem isso? — perguntou Mia. — Como sabem o que procurar quando fazem essas varreduras? Eles podem esconder dispositivos de rastreamento em qualquer coisa. Você mesmo me disse que tenho um em mim...

— Isso é verdade — assentiu John. — Mas ainda podemos encontrá-los...

— Normalmente — acrescentou Leslie.

— Isso, normalmente, porque não estamos confiando apenas na nossa tecnologia moderna...

— John — disse Leslie em tom de advertência.

— Leslie, Mia tem que saber. Ela claramente arriscou muito para conseguir essas informações para nós hoje...

— Mas como você pode confiar nela? Ela dorme com ele todos os dias!

— Ela não tem escolha nessa questão! E como acha que ela teria conseguido essas informações hoje se não fosse assim? Você deveria estar agradecendo a ela por ter arriscado a vida dessa forma...

— Com licença — interrompeu Mia com o rosto corado de raiva e vergonha —, o que acha que eu deveria saber?

Leslie manteve o olhar furioso, parecendo que queria bater em John. Ele a ignorou e disse: — Olhe, Mia... não quero que ache que somos um bando de idiotas batendo cabeça por aí sem saber o que estamos fazendo. Talvez o movimento fosse assim nos estágios iniciais, quando não tínhamos ideia do que eles eram nem do que eram capazes de fazer. Agora é diferente. Conhecemos bem nosso adversário. E temos ajuda...

— Ajuda dos Ks? — interrompeu Mia com o coração batendo mais depressa do que nunca.

— Ajuda dos Ks — confirmou John. — Como eu disse antes, eles não são todos iguais. Alguns deles acham que foi errada a forma como os Ks vieram a esse planeta para roubá-lo de nós... para escravizar o nosso povo. Eles querem nos ajudar, compartilhar a tecnologia deles conosco, querem nos auxiliar a avançar até que estejamos em pé de igualdade com eles...

— Eles são como a versão dos Ks da Sociedade Protetora dos Animais — disse Leslie, aceitando o inevitável, mas ainda com a testa franzida. — Nós os chamamos de KPHs, Ks Protetores dos Humanos.

— KPHs, ou Kapas, para ficar mais fácil de pronunciar — esclareceu John.

Mia os encarou com incredulidade. Ele mencionara brevemente os aliados poderosos antes, mas isso claramente ia muito além de apenas um ou dois Ks aleatórios.

— Que tipo de influência os Kapas têm dentro da sociedade deles? — perguntou ela, tentando colocar as coisas em perspectiva.

— Não é muita — admitiu John.

— Eles são um tipo de grupo marginal, pelo que entendemos — acrescentou Leslie. — Mas eles têm acesso à tecnologia dos Ks e fornecem a nós aquilo de que precisamos para nos mantermos à frente: as ferramentas de tecnologia que usamos, a tecnologia de furtividade...

— Mas para quê? — perguntou Mia, ainda não compreendendo. — Então vocês andam por aí sem serem vistos, ou nem tanto, como vimos hoje, mas o que um grupo marginal pode fazer que realmente signifique alguma coisa? Vocês ainda não podem lutar contra eles, mesmo que tenham alguns dispositivos de varredura de escuta. A não ser que...

Ela parou subitamente ao perceber.

— A não ser que estejam fornecendo a nós mais do que apenas alguns dispositivos de varredura, isso mesmo — disse John.

— Já chega, John — disse Leslie em tom áspero. — Agora ela sabe o mesmo que a maioria dos membros do nosso grupo. Se você contar mais alguma coisa e ela for pega...

John suspirou. — Leslie tem razão. Seu amante já sabe de tudo o que contamos a você até agora. Não posso contar mais nada sem colocá-la em perigo. Em um perigo ainda maior, quero dizer...

Mia assentiu indicando compreensão. Não havia motivos para que ela soubesse dos aspectos particulares dos planos da Resistência. A última coisa de que precisava era ser torturada para dar informações. É claro, ela não tinha ideia se conseguiria suportar até mesmo a ameaça de tortura. Só de pensar em Korum furioso com ela era suficientemente assustador.

— Está bem — disse ela. — Preciso perguntar uma coisa a você... Como a sua segurança não é tão boa como achou que fosse, há alguma chance de que Korum saiba sobre mim? Você falou sobre mim em algum momento naquele lugar no Brooklyn? Porque, se fez isso...

— Não, Mia, você está segura. — John entendeu imediatamente onde ela queria chegar. — Sempre há uma chance de que ele saiba... mas eu realmente duvido disso.

Você é a nossa arma secreta. Nunca falei sobre você com ninguém. Exceto por Jason, e Leslie, claro, pois ela estava comigo hoje quando vi o seu *e-mail*, ninguém mais sabe que está trabalhando para nós.

Vendo o olhar surpreso no rosto de Mia, ele explicou:
— Não quis colocar você em perigo desnecessariamente. Se formos pegos e interrogados, o seu nome não será mencionado.

Ele fez uma pausa, parecendo pensar sobre as próximas palavras. — E, francamente, eu não tinha certeza se você conseguiria encontrar alguma coisa de útil. O que nos disse hoje vai tão além das minhas expectativas... não consigo nem expressar como estamos agradecidos. Veja bem, hoje à noite, deveríamos ter uma sessão final de discussões e mais de trinta de nossos principais combatentes deveriam participar. Korum deve saber disso... Conversamos sobre ela na última reunião, aquela que você viu parcialmente. Se ele nos emboscasse hoje à noite, teria desferido um golpe grave no movimento. Você provavelmente salvou muitas vidas hoje, Mia.

Mia olhou para ele, com o rosto quente devido a emoções mistas. Ela estava feliz por poder ajudar a Resistência e imensamente aliviada pelo fato de que o segredo dela estava seguro por enquanto. Mas também estava um pouco ofendida com a opinião ruim dele sobre as capacidades dela. Por outro lado, fora por pura sorte que ela encontrara aquelas informações. Antes disso, ela fora totalmente inútil para o movimento e não podia culpá-lo por pensar assim.

— Muito bem — disse ela. — Espero que possam reagendar o que tinham planejado para hoje à noite. Korum disse que talvez não voltasse para casa hoje. Seja lá o que for que está fazendo, deve ser algo grande.

CAPÍTULO 11

— Ei, estranha, seja bem-vinda de volta!

Pelo jeito, Jessie recebera o *e-mail* e voltara para casa, cheia de entusiasmo.

Mia sorriu de volta e deu um abraço apertado na amiga, genuinamente feliz por ver o rosto animado dela. O encontro com os combatentes da Resistência a deixara inquieta e Jessie era exatamente a distração de que precisava.

— Então, conte-me — brincou Jessie —, como o grande e malvado K deixou que você saísse por uma noite? Eu tinha certeza de que ele a mantinha a sete chaves.

Mia corou. Jessie chegara perto demais da verdade para que se sentisse confortável. Dando de ombros, ela disse: — Acho que ele tinha que trabalhar hoje à noite ou algo assim. Não sabia se voltaria para casa e sugeriu que passássemos algum tempo juntas.

— Nossa, que gentil da parte dele — disse Jessie, arregalando os olhos de forma cômica. — Sabe o que isso quer dizer?

— Não, o quê? — perguntou Mia, rindo da expressão dramática no rosto de Jessie.

— Significa que vamos sair! É sábado à noite e vamos festejar!

Mia franziu ligeiramente o nariz. — De verdade? Logo antes das provas finais?

— Isso mesmo! Ah, não me olhe desse jeito. Eu sei que você está estudando há semanas. Uma noite fora não fará a menor diferença para as suas notas. Mas, como o seu mestre K decidiu deixá-la sair apenas por uma noite, vamos nos divertir muito!

Mia riu. O entusiasmo de Jessie era contagiante e, subitamente, a ideia de dançar e beber a noite inteira pareceu perfeita.

Duas horas depois, as garotas começaram a se preparar para sair. Mia tomou um banho, depilou cada centímetro do corpo, lavou os cabelos e passou condicionador cuidadosamente. O uso regular do xampu de Korum os deixaram macios e sedosos, infinitamente mais tratáveis, e secá-los com o secador resultou em cachos escuros bem definidos caindo pelas costas.

Em seguida, foi o momento da maquiagem e Mia optou pelo visual dramático de olhar escuro, mantendo o restante do rosto neutro. O guarda-roupa, no entanto, era um dilema, e ela ainda precisava de conselhos de uma especialista. — Jessie! — gritou ela, chamando a especialista.

A amiga entrou, completamente pronta. Com um vestido vermelho curto e sapatos de salto alto, ela parecia muito sofisticada. — Deixe-me adivinhar. Você ainda não sabe o que vestir? — perguntou ela com um sorriso largo.

— Preciso da sua ajuda. — Mia olhou para ela desesperada, acenando na direção do armário.

— Ok, vejamos o que temos aqui... Prada, Gucci, BadgleyMischka. Ah, coitadinha, você realmente não tem nada para vestir! — Jessie sacudiu a cabeça em reprovação. — Isso é inacreditável, Mia, ele está mimando você demais. Não é de se espantar que não venha mais para casa.

Vasculhando o armário de Mia, Jessie tirou um vestido Dolce & Gabbana e jogou-o para Mia. — Experimente esse.

Mia olhou o vestido em dúvida. — Será que ficarei com frio? — O vestido não tinha muito tecido. Parecia mais dois fiapos de tecido roxo presos com alguns ganchos e zíperes.

— Dançando em uma boate quente e cheia? Ora, pelo amor de Deus — disse Jessie. — E, se você usar esse vestido, garanto que não precisaremos ficar na fila do lado de fora.

Mia decidiu dar ouvidos à especialista. Enfiando-se dentro do vestido, ela saiu do quarto para mostrá-lo a Jessie.

— Uau. — Jessie ficou praticamente sem palavras. — Não sei o que ele lhe dá para comer, mas você está incrível. Quero dizer, você sempre foi bonita, mas isso é algo totalmente diferente.

Mia corou de leve. O vestido era decididamente sensual, mostrando as pernas e expondo as costas e os ombros. Era um pouco provocante demais para o gosto de Mia, com as tiras finas em volta do pescoço sendo as únicas coisas que o seguravam no lugar. Ela não podia usar sutiã por causa do decote baixo nas costas e sentia como se os mamilos estivessem visíveis sob o tecido diáfano. Para completar o visual, ela colocou um par de sapatos de salto sensuais e pegou uma pequena bolsa brilhante.

Ela estava pronta para se divertir.

∗ ∗ ∗

Elas escolheram a boate mais badalada do Meatpacking District. Era um destino popular para celebridades, modelos e todas as outras pessoas bonitas que gostavam de se divertir. Antes de Korum, Mia nunca teria ido a um lugar como aquele, certa de que nem conseguiria chegar até a porta sem esperar pelo menos durante duas horas no frio. No entanto, a nova Mia, bem vestida e autoconfiante, não tinha tais problemas.

Andando diretamente até o funcionário parado na porta, Mia e Jessie abriram sorrisos amplos e sensuais. Ele as observou com apreciação puramente masculina e levantou a corda, deixando-as entrar sem dizer uma palavra.

— Muito bem — sussurrou Jessie ao descerem os degraus em direção à música ensurdecedora.

Mesmo às 11 horas da noite, a boate estava lotada e animada. A música era excelente, uma mistura de antigos sucessos e algumas das músicas dançantes mais recentes. A pista de dança não era particularmente grande e cada centímetro dela estava coberto de mulheres deslumbrantes encostando umas nas outras e alguns homens sortudos que conseguiram passar pelo funcionário na porta. Algumas vezes, era realmente agradável ser uma garota, pensou Mia. A única forma pela qual a maioria dos homens conseguiria entrar em um lugar daqueles era gastando uma quantidade ridícula de dinheiro, enquanto que as mulheres podiam entrar de graça — como isca, é claro.

Encaminhando-se para o bar, as duas garotas rapidamente encontraram dois bancos e pediram quatro doses de vodca. Dois rapazes imediatamente se ofereceram para pagar bebidas a elas e Jessie recusou com uma risada. — É muito cedo para isso — disse ela a Mia. — Queremos dançar, não ficar com esses palhaços a noite inteira.

Mia concordou rindo e elas viraram a primeira dose, chupando um limão logo em seguida.

A noite ficou ainda mais animada, adquirindo aquele brilho especial que apenas a primeira dose de álcool e a perspectiva de uma noite divertida podiam criar. Mia se sentia jovem e bonita e, por enquanto, totalmente despreocupada. No dia seguinte, ela se preocuparia novamente. Mas, naquela noite, ela pretendia se divertir.

— Saúde!

A segunda dose desceu ainda mais fácil e as coisas adquiriram um brilho difuso agradável na mente de Mia. A pista de dança a chamava, com o ritmo pulsante da música reverberando nos ossos dela. Agarrando a mão de Jessie, ela a puxou em direção à multidão que dançava.

Durante a hora seguinte, elas dançaram sem parar. Uma música boa atrás da outra tocava, deixando a pista de dança frenética. Mia dançou com Jessie, com duas outras garotas que se aproximaram dançando, com um grupo de tipos de Wall Street que tentavam tocar nas costas nuas dela e novamente com Jessie. Ela dançou até ficar com calor, suada e sem fôlego, com os músculos das pernas trêmulos por causa dos movimentos que aquele tipo de dança exigia. Ela dançou até não conseguir mais se lembrar do motivo pelo qual se sentira tão mal durante o dia nem do que poderia acontecer no dia seguinte.

— Preciso de água! — gritou Jessie, tentando ser ouvida acima da música. Rindo, Mia a acompanhou de volta ao bar. Elas pediram um copo de água e mais uma rodada de vodca. Dessa vez, Jessie estava ligeiramente embriagada para recusar quando um jovem bonito, que parecia vagamente familiar — talvez uma estrela de um programa realista da TV — ofereceu-se para pagar as bebidas.

Edgar, que era, na verdade, ator de um drama recentemente cancelado, começou a flertar com Jessie imediatamente. A amiga, envaidecida com a atenção de uma celebridade, flertou de volta e riu como se não houvesse amanhã. Sentindo-se um pouco deixada de lado, Mia foi ao banheiro sozinha.

Quando voltou, dois amigos de Edgar tinham se juntado a eles no bar. Eles eram bonitos, daquele jeito ligeiramente infantil que era popular, e pareciam estar em excelente forma. Eles se apresentaram e Mia descobriu que também eram do mesmo programa de TV. Peter era um dublê e Sean era membro do elenco de apoio. Mia fez uma brincadeira em referência a um antigo programa e todos riram, concordando que realmente se parecia com a vida deles.

Percebendo que tinham se envolvido em uma noite somente das garotas, eles pediram outra rodada de bebidas para todos. Dessa vez, foi tequila e Mia quase engasgou com o gosto forte, que permaneceu na boca mesmo depois de morder o limão. O nariz dela já passara muito do ponto de coçar e ela sabia que provavelmente se arrependeria no dia seguinte. Mas, naquele momento particular, com vodca e tequila percorrendo-lhe o corpo, ela não conseguia se importar.

Mia não planejava conversar muito com nenhum dos rapazes, mas Peter acabou provando ter um papo surpreendentemente agradável. A voz era grave o suficiente para ser ouvida acima da música alta e ela descobriu que tinham ancestrais poloneses em comum. Os pais dele tinham ido para os Estados Unidos em um passado bastante recente, apesar de ele ser cidadão norte-americano e não ter sotaque algum. Recentemente, ele se formara na Universidade de Nova Iorque, na Escola de

Artes Tisch, e queria seguir a profissão de produtor de filmes. Como sempre fora muito atlético, a profissão de dublê era a melhor forma de entrar no ramo e começar a conhecer as pessoas. E tivera sorte suficiente de conseguir uma ponta no programa recentemente cancelado.

Ele também parecia genuinamente interessado em Mia, com os olhos azuis brilhando sempre que olhava para ela. Com os cabelos loiros ondulados, ele parecia um anjo travesso e Mia não conseguiu conter a risada com alguns dos elogios exagerados dele. Em circunstâncias normais, um rapaz divertido e saliente como ele nunca teria se interessado por alguém tão tímida e estudiosa como Mia, e ela não pôde deixar de se sentir envaidecida com a atenção dele. Portanto, quando Peter pediu o número do telefone dela, Mia lhe disse sem pensar duas vezes, com o álcool nas veias deixando-a lenta o suficiente para acabar com toda a precaução.

Mia e Jessie voltaram para a pista de dança, com Edgar e Peter juntando-se a elas. Sean, provavelmente sentindo-se como se estivesse segurando vela, saiu para se juntar a um outro grupo de garotas. No começo, dançaram em grupo. Depois, Peter começou a dançar mais perto de Mia, com movimentos graciosos e atléticos. Ela sorriu, fechando os olhos e dançando ao ritmo pulsante, e não pensou em se afastar quando ele colocou as mãos na cintura dela.

Era uma sensação boa dançar com um rapaz comum de quem gostara e cujas intenções não precisavam ser adivinhadas. Aquilo não iria adiante, é claro, mas uma parte boba e bêbada de Mia esperava que, se sobrevivesse àquilo tudo e ainda estivesse em Nova Iorque quando Korum inevitavelmente se cansasse dela, pudesse procurar Peter no Facebook algum dia. De todos os rapazes que conhecera em anos recentes, fora dele que gostara mais e conseguia imaginar facilmente desenvolvendo uma amizade com ele... e talvez alguma coisa mais.

Uma música nova começou, com a letra ainda mais explícita. A multidão gritou e o movimento na pista de dança ficou mais agitado. Peter chegou mais perto de Mia, com o quadril encostando sugestivamente no dela. Ele era de altura média e os saltos altos de Mia deixavam o topo da cabeça dela na altura das têmporas dele. Peter sorriu para ela, com os olhos brilhando, e Mia sorriu de volta, sentindo uma atração agradavelmente leve, nada parecido com o calor enlouquecedor e devorador que Korum provocava nela. E, apesar de o corpo idiota dela desejar que fosse Korum segurando-a daquele jeito, ainda assim gostou da dança sensual com um jovem bonito... que, em circunstâncias diferentes, poderia ser namorado dela.

— Você é muito bonita — disse Peter, praticamente gritando por causa da música alta.

Mia sorriu, movendo-se com o ritmo da música. Era sempre agradável ouvir elogios. — Obrigada — ela gritou de volta. — Você também é!

A cabeça dela girava por causa das bebidas e a noite inteira parecia um pouco surreal, incluindo o jovem angelicalmente bonito que dançava com ela. Ainda dançando, ela fechou os olhos por um segundo e segurou-se na cintura de Peter para combater uma tontura ligeira. Interpretando a ação dela de forma errada, ele se inclinou na direção de Mia, encostando os lábios nos dela por um breve segundo.

Assustada, Mia empurrou Peter para longe e recuou um passo. Constrangida, ela olhou para o lado e, subitamente, ficou imóvel, paralisada de terror.

Olhando diretamente para ela da beira da pista de dança, estava um par de olhos cor de âmbar bem familiar. E a fúria gelada que eles refletiam foi a coisa mais terrível que ela vira na vida.

CAPÍTULO 12

Ele sabia.

No pânico sufocante que a engoliu, Mia só tinha um pensamento claro: Korum sabia. De alguma forma, descobrira o que acontecera naquele dia, o que ela fizera pelos combatentes da Resistência, e fora à boate para encontrá-la.

O instinto de sobrevivência de Mia foi mais forte e uma onda de adrenalina removeu a névoa induzida pelo álcool da mente. Ela lutou contra uma ânsia desesperada de fugir, sabendo que ele a pegaria em questão de segundos. Em vez disso, ficou parada no mesmo lugar, observando enquanto ele andava em sua direção, abrindo caminho pela multidão na pista de dança e com os olhos quase amarelos por causa da fúria.

Acima da música ensurdecedora e do bater alucinado do coração, ela ouviu o nome dela sendo chamado.

— Mia! Mia! — Era Peter que falava com ela. — Ei, Mia, escute, eu não pretendia ser tão abusado...

Ele interrompeu o pedido de desculpas e seguiu o olhar dela. — Mas que diabos... é seu namorado ou algo parecido?

— Algo parecido — disse Mia sem expressão, vendo Korum abrir caminho com facilidade pela multidão normalmente impenetrável. Ela sentiu uma onda de náusea e medo. Será que ele a mataria ali mesmo ou a levaria para outro lugar para interrogá-la primeiro?

Um segundo depois, ele estava parado bem em frente a ela.

— Ei, cara, escute, acho que houve um mal entendido... — Peter avançou corajosamente, sem perceber no escuro com o que estava lidando. Em um piscar de olhos, a mão de Korum estava em volta do pescoço de Peter.

— Não! — gritou Mia quando Peter foi erguido do chão, com os pés chutando o ar e as mãos agarrando inutilmente a mão de ferro em volta do pescoço. — Não, por favor, largue-o...

— Você quer que eu o largue? — perguntou Korum calmamente, como se não estivesse quase matando um homem adulto com uma mão em uma boate cheia de gente.

— Por favor! Ele não teve nada a ver com isso — implorou Mia, com lágrimas de terror correndo pelo rosto.

— Ah, é mesmo? — disse Korum, com a voz repleta de sarcasmo. — Então meus olhos me enganaram. Não era ele que estava com as patas em você... Foi outra pessoa?

Com as patas nela? Korum estava irritado porque ela dançara com Peter? O cérebro dela mal conseguiu processar as implicações daquilo.

— Korum, por favor — tentou ela novamente. — Você está furioso *comigo*. Ele não fez nada...

— Ele tocou em algo que me pertence. — As palavras soaram como um veredito.

— Korum, por favor, ele não sabia! Foi culpa minha...

As pessoas que dançavam perto deles perceberam que algo incomum estava acontecendo e um círculo de espectadores começou a se formar.

— Por favor, não o mate! — implorou ela, agarrando o braço de Korum em desespero. — Por favor, eu farei qualquer coisa...

— Ah, sim, fará — disse ele em tom suave. — Você fará qualquer coisa que eu quiser, não importa o que aconteça.

O rosto de Peter estava começando a ficar roxo e os movimentos frenéticos dos dedos diminuíram. Ela ouviu alguns gritos de pânico da multidão, mas ninguém ousou intervir.

— POR FAVOR! — gritou Mia histericamente, puxando o braço dele inutilmente. Ele nem mesmo olhou para ela.

Subitamente, ele soltou Peter, deixando que o corpo dele caísse no chão com um baque surdo.

A multidão gritou quando Peter respirou pela primeira vez, engasgando e tossindo.

Chorando, Mia quase desabou de alívio. As mãos ainda seguravam o braço de Korum e ela o soltou, recuando um passo.

Ele não deixou que ela fosse mais além, estendendo o braço e envolvendo o braço dela com dedos de aço.

— Vamos embora — disse ele baixinho, com um tom que não deixava margem para discussão.

E Mia o acompanhou, ignorando os olhares chocados das pessoas em volta.

Ela tinha certeza de que não sobreviveria àquela noite.

Não havia limusine esperando do lado de fora. Em vez disso, ele chamou um táxi e, em voz tensa, deu ao motorista o endereço do prédio onde morava.

O percurso foi misericordiosamente curto. Ele não disse uma única palavra e o silêncio dentro do veículo foi interrompido apenas pelos soluços de Mia.

Ela sempre soubera que os Ks tinham grande capacidade de violência, mas nunca a presenciara pessoalmente. Korum sempre fora tão cuidadoso, tão gentil com ela... Fora difícil imaginá-lo destruindo um ser humano, como aqueles Ks fizeram com os árabes. Mas agora sabia que ele não era diferente, que poderia acabar com uma vida humana com tanta facilidade como se estivesse matando uma mosca.

Ela não queria morrer. Sentia-se como se tivesse acabado de começar a viver. Os pensamentos se atropelavam na mente, buscando freneticamente uma saída, mas sem encontrar nenhuma. Será que ele a interrogaria primeiro? Ela não sabia de nada que tivesse importância, mas talvez ele não acreditasse nisso. Ela estremeceu ao pensar em tortura. Nunca sentira dor de verdade e não sabia se aguentaria. A última coisa que queria era morrer assim, rastejando e implorando para ser poupada. Se pelo menos fosse um pouco mais corajosa...

Eles chegaram ao prédio e Korum a arrastou para fora do táxi, ainda segurando o braço dela. As pernas de Mia estavam fracas por causa do medo e ela tropeçou na escada. Ele a agarrou e ergueu-a nos braços, carregando-a pelo saguão até o elevador da cobertura. O calor do corpo dele transmitiu uma sensação maravilhosa à pele gelada de Mia, fazendo com que se lembrasse da outra noite em que ele a carregara daquela forma — sob circunstâncias totalmente diferentes.

Quando entraram no apartamento, ele a colocou no sofá e foi até o armário para pendurar o casaco. É claro, pensou Mia com ressentimento, ele queria ficar o mais confortável possível para a tortura e a mutilação que aconteceriam.

Mortificada, ela sentiu uma vontade súbita de urinar, com a bexiga quase explodindo depois de todos os drinques que bebera. Ela queria se prender aos últimos resquícios de dignidade e morrer urinando nas calças parecia a humilhação final.

— Por favor — sussurrou ela com voz trêmula —, posso ir ao banheiro?

Korum assentiu e um sorriso leve e sardônico surgiu nos lábios dele.

Mia caminhou o mais depressa que as pernas trêmulas permitiram. Dentro do banheiro, ela rapidamente se aliviou e lavou as mãos. Ela notou que as unhas tinham um tom ligeiramente azulado e a água morna parecia quase escaldante nas mãos geladas.

Ao terminar, ela olhou para a porta fechada e para a fechadura delicada. Ela sabia que era inútil. Mas não queria sair do banheiro. Por algum motivo estranho, a ideia do sangue dela espalhado pela mobília cor de creme era perturbadora demais. Decidiu esperar dentro do banheiro. Sem dúvida, ele viria buscá-la em alguns minutos. Mas, como aqueles talvez fossem os últimos momentos de vida que teria, cada segundo era importante.

Ela se sentou na beirada da banheira e esperou. Pareceu se passar uma eternidade. O reflexo dela na parede espelhada não parecia ser a Mia de sempre, do vestido roxo provocante aos círculos escuros em volta dos olhos por causa do rímel borrado. Era uma ironia estranha que ela morresse assim, nada parecida com a Mia Stalis da Flórida que a família conhecia e amava. Ao pensar na tristeza deles, ela sentiu uma dor aguda no peito e quase dobrou o corpo com a intensidade dela. Ela não podia pensar naquilo. Se o fizesse, acabaria cedendo e imploraria para ser poupada. Estranhamente, era importante que conseguisse manter pelo menos um pouco do orgulho...

Ela ouviu uma batida na porta.

Mia segurou uma risada histérica. Ele estava sendo educado antes de matá-la.

— Mia? O que está fazendo? Abra a porta e saia daí. — Ele parecia irritado.

Mia não respondeu, com os olhos fixos na porta.

— Mia, abra a maldita porta.

Ela esperou.

— Mia, se fizer com que eu mesmo abra essa porta, você se arrependerá.

Ela acreditou nele, mas decidiu não se render docemente, como um carneiro indo para o abatedouro. No mínimo, queria que ele tivesse que lidar com alguns reparos na casa depois de tudo.

A porta voou das dobradiças, caindo no chão com um estrondo. Apesar de esperar que aquilo acontecesse, Mia ainda deu um salto com a ação violenta repentina.

Korum estava parado em frente ao banheiro, parecendo magnífico e furioso. As maçãs do rosto estavam coradas e os olhos pareciam ouro puro.

— Você está mesmo escondendo-se de mim dentro do meu banheiro? — perguntou ele em um tom perigosamente suave.

Mia assentiu, temendo que a voz tremesse se dissesse alguma coisa. Apesar das melhores intenções que tinha, lágrimas grossas deslizaram pelo rosto dela.

Ele andou na direção dela e Mia fechou os olhos, torcendo para que tudo acabasse depressa. Em vez disso, ela sentiu as mãos dele nos ombros nus, acariciando-lhe a pele de leve.

Ela abriu os olhos e encarou-o.

— Entre no banho — disse ele. — O fedor dele está por toda parte em você.

No banho? Ele a queria limpa. Mia sentiu uma onda de náusea ao perceber que ele pretendia fazer sexo com ela — talvez pela última vez — antes de matá-la.

Ela sacudiu a cabeça, recusando-se a obedecer.

A expressão dele ficou sombria. Antes que Mia conseguisse pensar se aquilo era sábio, o vestido minúsculo estava aos trapos no chão e ele a carregava, nua e contorcendo-se, para o chuveiro. Ela sentiu uma onda de adrenalina e arqueou o corpo em pânico irracional, chutando e arranhando furiosamente tudo o que conseguia alcançar. Subitamente, viu-se de pé sob o chuveiro, com Korum encarando-a com um olhar incrédulo no rosto.

— Você está maluca? — perguntou ele suavemente. — Aquele álcool todo fodeu com o seu cérebro?

Arquejando por causa do esforço e do medo, ela o encarou desafiadoramente através das lágrimas que lhe borravam a visão. — Se pretende me matar, acabe logo com isso! Não quero que me foda primeiro!

Ele ergueu as sobrancelhas e pareceu genuinamente chocado. — Você acha que vou matá-la? — perguntou ele lentamente, como se não estivesse acreditando no que ouvira.

— E não vai? — Foi a vez de Mia ficar surpresa. O coração batia como se tivesse acabado de correr uma maratona e ela mal conseguia pensar direito.

Ele recuou um passo. Ela notou que Korum ainda estava vestido. A expressão no rosto dele era estranha. Se não o conhecesse bem, acharia que ele ficara magoado.

— Mia — disse ele em tom cansado —, só porque estou bravo com você, não significa que pretendo machucá-la de alguma forma. E muito menos matá-la.

— Você não vai?

Ela estava com dificuldade para processar a situação. Desde que botara os olhos nele na boate, tivera certeza absoluta de que não sobreviveria.

— É claro que não — disse ele, ainda olhando para ela com aquela expressão estranha. — Você traiu a minha confiança hoje à noite, mas estava bêbada e agiu de forma burra...

Mia piscou algumas vezes. Alguma coisa não estava certa.

— ...e eu deveria saber que não podia deixá-la sair daquele jeito em um sábado à noite.

Ela o encarou confusa, mal ousando ter esperança. — Você está chateado porque eu saí para uma boate?

— Chateado é muito leve para descrever o que estou sentindo nesse minuto — disse ele baixinho. — Deixou aquele verme bonito botar as mãos em você e beijou-o bem diante dos meus olhos. Não, Mia, chateado não chega nem perto do que sinto.

Ele não sabia.

Os joelhos de Mia quase cederam de alívio e ela se apoiou na parede para não cair. Apesar de parecer inacreditável, a raiva dele era por causa de ciúmes e não tinha nada a ver com o movimento da Resistência.

Era uma percepção enlouquecedora e Mia desejou desesperadamente que conseguisse afastar a névoa que parecia permear cada pensamento. Ela sacudiu a cabeça tentando removê-la. — Eu sinto muito — disse ela cuidadosamente. — Não achei que você se importaria se eu saísse hoje à noite. Só queria me divertir com Jessie e... não achei que você se importaria. Eu não pretendia fazer nada além de dançar, eu juro...

Ele continuou olhando para Mia como se estivesse tentando decifrar os pensamentos dela.

— Está bem, Mia — disse ele lentamente. — Tome o seu banho agora, ok? Conversaremos quando você terminar.

E, em seguida, ele saiu, dando a volta na porta quebrada que estava no chão.

CAPÍTULO 13

Ela viveria. Ele dissera que não a machucaria, apesar da raiva que sentia.

Korum não sabia sobre a verdadeira traição dela. Mia tivera uma sorte incrível.

A cabeça dela girava e cada músculo do corpo tremia depois que a adrenalina se fora. Parada sob o chuveiro, ela sentiu o estômago se contorcer com uma náusea súbita. Correndo até o vaso sanitário, Mia quase não chegou a tempo e vomitou tudo o que ingerira. A mistura tóxica de álcool e terror foi demais para que o corpo aguentasse.

Mortificada, ela se ajoelhou nua em frente ao vaso sanitário, tremendo incontrolavelmente. Dando descarga na mistura nojenta, ela usou a força restante para se arrastar até o chuveiro e ligar a água, estremecendo de alívio quando o jato quente escorreu pelo corpo gelado.

O chuveiro quente operou um milagre. Depois de alguns minutos, Mia se sentia bem o suficiente para levantar do chão. Ela ensaboou cada centímetro do corpo, removendo todos os traços da noite horrível. Ao terminar, ela se secou, vestiu um roupão felpudo e escovou os dentes duas vezes para remover o gosto desagradável da boca. Agora, estava pronta para enfrentar Korum novamente, apesar de só querer desmaiar e dormir pelas dez horas seguintes.

Ele a esperava na sala de estar, novamente olhando para algo que tinha na palma da mão. Quando Mia entrou devagar, ele olhou para cima e acenou para que ela chegasse mais perto. Mia se aproximou cuidadosamente, ainda desconfiada.

— Tome, beba isso.

Ele pegou um copo cheio de um líquido cor de rosa da mesa ao lado e estendeu-o para ela.

— O que é isso? — perguntou ela com nervosismo patente.

— Não é veneno, pode relaxar. — Ao vê-la ainda relutante, ele acrescentou: — É só uma coisa para aliviar a tensão no fígado por causa de todas as porcarias que bebeu essa noite.

Mia corou de vergonha. Ele claramente a ouvira vomitando mais cedo. Sem nenhuma discussão, ela pegou o copo e experimentou o líquido. Parecia água ligeiramente adoçada e era maravilhosamente refrescante. Ela bebeu o restante do líquido rapidamente.

— Excelente — disse Korum. — Agora, sente-se e vamos conversar sobre as expectativas em nosso relacionamento. Especificamente, as minhas expectativas em relação ao seu comportamento.

Mia engoliu em seco nervosamente e sentou-se ao lado dele. O líquido já estava sendo absorvido pelo corpo e ela sentiu as teias de aranha desaparecendo da mente.

Ele se virou para Mia e pegou uma das mãos dela, acariciando a palma de leve. Os olhos dele estavam quase de volta ao tom âmbar normal, com apenas leves traços dos brilhos amarelos perigosos.

— Você é minha, Mia — disse ele, com o polegar acariciando a parte interna do pulso ela. — Você passou a ser minha desde o momento em que a vi no parque naquele dia. Não divido o que é meu. Nunca. Se você sequer olhar para outro macho, homem ou krinar, farei com que se arrependa. E, se alguém encostar a mão em você, estará assinando a própria sentença de morte. Fui bem claro?

Mia assentiu, incapaz de falar por causa da mistura volátil de emoções que se acumulava no peito.

— Ótimo. Aquele garoto bonito com quem você estava dançando teve muita sorte. Se acontecer uma próxima vez, não serei tão misericordioso.

A mão livre dela se fechou em um punho sobre o sofá.

— Você agiu de forma tola hoje. Duas garotas bonitas saindo vestidas daquele jeito, várias coisas ruins poderiam ter acontecido. E beber até vomitar. Desse jeito, você acabará precisando de um transplante de fígado no futuro próximo. Seu corpo humano já é frágil e não deixarei que abuse dele dessa forma.

As unhas de Mia se enterraram na palma da mão de raiva e frustração. Receber um sermão daquele, como se ela fosse uma adolescente burra, era muito mais do que humilhante.

— Se quiser sair para dançar, eu a levarei. E chega de sair à noite com a sua amiga. Claramente, não posso confiar em vocês duas.

Mia ficou encarando Korum com um olhar rebelde no rosto.

— E agora — disse ele em tom suave — discutiremos aquela impressão errada que você teve mais cedo... o fato de ter realmente acreditado que eu a mataria por beijar um rapaz no clube.

— Você quase matou Peter — disse Mia, procurando freneticamente uma explicação para o ataque de pânico que tivera mais cedo. — Por que está tão surpreso por eu ter me assustado?

— *Peter* mereceu tudo o que recebeu por tocar no que é meu. — Ele se inclinou na direção dela. — *Você*, por outro lado, não precisa ter medo de mim. Quando foi que machuquei você, exceto pelo dia em que perdeu a virgindade?

Era verdade. Ele nunca causara dor física nela, pelo menos, não do tipo desagradável. Sempre tivera muito cuidado para não machucá-la com a força muito maior que tinha. É claro, ele não sabia que ela estava ajudando a Resistência.

— Mia, eu sei que somos literalmente de mundos diferentes, mas algumas coisas são universais entre as duas espécies. Dormimos juntos todas as noites, beijo e acaricio seu corpo, tenho muito prazer em fazer sexo com você... e ainda assim acha que eu poderia acabar com a sua vida assim, sem arrependimento algum?

Ele ainda poderia, sim, se descobrisse a verdadeira traição dela.

Tomando o silêncio dela como afirmativa, ele balançou a cabeça em desapontamento. — Mia, de verdade, não sou o monstro que você criou na sua mente. Eu não machucaria você. Nunca. Em circunstância nenhuma. Você entendeu?

— Sim — sussurrou ela, reprimindo um leve bocejo. Ela se sentia completamente drenada e a exaustão tomara conta dela durante a conversa. Mesmo depois da poção restauradora que ele lhe dera, estava mais do que pronta para dormir. No dia seguinte, ela analisaria com prazer todos os aspectos, bons e ruins, das palavras dele. Mas, naquele momento, não tinha mais condições de ficar acordada.

— Muito bem — disse ele. — Vejo que você está cansada. Vamos para a cama. Você se sentirá muito melhor depois de descansar um pouco.

Mia assentiu grata e ele a pegou no colo, carregando-a para o quarto.

Entrando nele, Korum a colocou gentilmente sobre a cama.

Cansada demais para se mexer, Mia ficou deitada observando enquanto ele tirava a roupa. O corpo dele era realmente muito bonito: só músculos cobertos com aquela pele dourada lisa. Todos os movimentos eram graciosos de uma forma inumana e cuidadosamente controlados. Pela primeira vez, Mia percebeu que ele provavelmente exercia muito esforço para controlar a força imensa que ela testemunhara mais cedo.

Ele se aproximou dela, com o pênis já rígido, e abriu o roupão que ela usava. — Você é tão adorável — murmurou ele, estudando o corpo dela com apreciação óbvia. Apesar da exaustão, ela sentiu os músculos internos contraindo-se em antecipação.

Ficando sobre ela, ele se abaixou e beijou a parte sensível do pescoço. Mia prendeu a respiração, esperando a onda familiar de êxtase induzido pela mordida, mas ele simplesmente continuou beijando o resto do corpo dela, tocando-a apenas com os lábios e a língua. Ela gemeu suavemente, querendo mais, mas ele continuou implacavelmente devagar, marcando cada centímetro da pele dela com a boca.

Ele chegou aos pés dela e Mia riu, sentindo os lábios dele fechando-se sobre os dedos. Em seguida, as mãos quentes dele tocaram no pé dela, massageando com uma pressão leve, mas firme, e Mia arqueou o corpo com prazer inesperado quando o polegar encontrou um ponto que enviou sensações diretamente às regiões íntimas. Subitamente, ela não sentiu mais vontade de rir quando a tensão começou a se acumular no sexo dela. Korum deu ao outro pé o mesmo tratamento e ela gritou, sentindo-se como se ele estivesse tocando diretamente no clitóris.

Ele virou o corpo dela e removeu completamente o roupão. Pegou um travesseiro e colocou-o sob os quadris dela, deixando a bunda elevada. Por algum motivo, Mia se sentiu muito vulnerável, deitada de bruços, com as costas expostas ao predador com quem dormia.

Inclinando-se sobre ela, Korum ergueu a massa escura de cabelos cacheados que repousava sobre os ombros dela, revelando o ponto macio da nuca. Abaixando a cabeça, ele a beijou de leve, com a boca quente contra a pele sensível. Ela estremeceu com a sensação e ele desceu pelas costas dela, beijando cada vértebra até chegar na altura da cintura. As mãos de Korum tocaram-lhe as nádegas, apertando ligeiramente os globos pálidos, e ela sentiu a boca dele descendo preguiçosamente até chegar à abertura da vagina, com a língua passando pelo rego. Ela saltou, sobressaltada com a sensação nada familiar, e ele riu baixinho da reação dela. — Não se preocupe — sussurrou ele. — Deixaremos isso para outra hora.

Isso colocou um fim nas preliminares.

Ele se colocou sobre ela, com as pernas forçando as dela, abrindo-a mais. Mia soltou um gemido ao sentir a força do pênis dele penetrando-a. Apesar de estar molhada, ele parecia impossivelmente grande naquela posição e ela gemeu de leve, com os músculos contraindo-se e tentando se ajustar à intrusão. Sentindo a dificuldade de Mia, ele parou por um segundo e colocou a mão sob os quadris dela, aplicando pressão no clitóris ao mesmo tempo em que movia a pélvis em uma série de investidas curtas, lentamente penetrando mais fundo. Com o corpo muito maior sobre ela naquela posição, ela se sentiu completamente dominada, incapaz de se mover um centímetro sequer, e resmungou frustrada, perto do momento do alívio, mas sem gozar. Ele se moveu ainda mais fundo, tocando no colo do útero, e ela ficou imóvel, com cada extremidade nervosa tensa, esperando alguma coisa... prazer, dor, não importava, desde que chegasse ao orgasmo.

Ele recuou um pouco e penetrou-a novamente devagar. A tensão estava ficando insuportável e Mia começou a implorar que ele fizesse alguma coisa, que a fizesse gozar. — Ainda não — disse ele, movendo-se naquele ritmo lento e enlouquecedor que a mantinha em um nível de intensidade agonizante. Sempre que sentia que ela estava perto do orgasmo, ele se movia ainda mais devagar e, quando a sensação recuava um pouco, investia mais depressa. Era literalmente uma tortura e Mia percebeu que aquela era a punição pelo que acontecera mais cedo.

— Korum, por favor — implorou ela, mas ele não lhe deu ouvidos. O movimento lento do pênis entrando e saindo a deixava louca. Em qualquer outra posição, ela teria conseguido fazer alguma coisa, poderia mover os quadris de forma que acelerasse o clímax. Mas deitada naquela posição, com o corpo pesado sobre o seu, ela só podia gritar de frustração.

— Você é minha, entende isso agora? — disse ele com voz rouca, ainda mantendo aquele ritmo impiedosamente lento. — Só eu posso dar isso a você, só eu posso dar a você o que o seu corpo quer. Ninguém mais... Você entende isso agora?

— SIM! Por favor, deixe que eu...

— Deixe que você o quê? — perguntou ele com a respiração pesada, também sentindo os efeitos da tortura.

— Deixe-me gozar! Por favor!

E ele deixou. As investidas gradualmente se aceleraram, deixando-a ainda mais tensa, e os gritos de Mia ficaram mais altos... até que ela ultrapassou a barreira, com o corpo inteiro pulsando e tendo espasmos em uma liberação tão intensa que cada músculo estremeceu. O orgasmo dela fez com que ele também gozasse nas profundezas do corpo dela com um gemido rouco, com o sêmen jorrando em jatos quentes.

Mia ficou deitada, sentindo o peso do corpo dele sobre o seu. Não conseguia respirar com facilidade, mas não se importou. Ela se sentia totalmente exaurida, incapaz de se mover mesmo que pudesse. Em seguida, Korum rolou para o lado, deixando-a livre. Ela estremeceu ligeiramente ao sentir o ar frio nas costas suadas. Ele a pegou no colo e levou-a novamente para o chuveiro para um banho rápido. Finalmente, eles pegaram no sono, com Korum segurando-a possessivamente mesmo dormindo.

CAPÍTULO 14

Mia acordou na manhã seguinte sentindo-se surpreendentemente bem. A boca seca, a dor de cabeça latejante e o estado geral ruim que sempre apareciam na manhã seguinte a uma noite na boate — nada disso estava presente naquele dia, provavelmente por causa da poção mágica de Korum.

Como sempre, estava sozinha no quarto. Ela descobrira que os Ks precisavam de muito menos tempo de sono que os humanos — para alguns deles, bastava duas ou três horas por noite — e Korum acordava muito cedo. O que não era algo ruim. Ela não tinha certeza se queria enfrentá-lo naquela manhã.

Por algum motivo, ela nunca esperara que ele sentisse ciúmes. Com a aparência que tinha e as habilidades na cama, ela não conseguia imaginar como uma mulher preferiria outro homem. O que acontecera com Peter na noite anterior não passara de um flerte leve, uma diversão inofensiva que nunca levaria a nada.

Na maior parte do tempo, ela tinha problemas em decifrar as emoções dele. Korum normalmente parecia tão calmo e controlado, com aquela expressão ligeiramente zombeteira no rosto bonito. Ela sabia que ele se divertia com ela frequentemente e gostava de implicar apenas para vê-la irritada. Imaginou que fosse algo como um gatinho para ele, uma criaturinha que ele gostava de acariciar e, de vez em quando, com quem gostava de brincar. Mas a reação dele na noite anterior não combinava com aquela atitude casual. A possessividade extrema que demonstrara não fazia sentido em vista do relacionamento que tinham. Ele decididamente gostava de fazer sexo com ela, mas Mia não conseguia imaginar que significava alguma coisa além disso para Korum.

Por outro lado, apesar de talvez ter interpretado incorretamente a expressão dele na noite anterior, ele parecera genuinamente magoado por ela ter achado que seria capaz de matá-la. Seria possível? Ele realmente se importava com ela como pessoa, como algo mais que o brinquedinho humano dele? Ao pensar nisso, uma dor estranha surgiu no peito de Mia. Não podia ser, é claro, mas, se ele realmente se importasse com ela...

Em seguida, ela se lembrou daquele aspecto sobre a vida em Krina. Eles eram territoriais, dissera ele, e não gostavam de morar uns sobre os outros.

Ela teve vontade de chorar.

Subitamente, as coisas ficaram claras. É claro que ele ficara furioso com Peter na noite anterior. O pobre rapaz inadvertidamente invadira o território de Korum. Para Korum, ela era propriedade dele pelo tempo que ele quisesse mantê-la.

Ela era apenas outra das posses dele. E ele não gostava de dividir.

Apesar de ter vontade de ficar na cama o dia inteiro, havia coisas a serem feitas. A prova final de estatística era no dia seguinte e ela ainda não se sentia pronta. A última coisa de que precisava era a distração do desastre que era sua vida amorosa.

Levantando-se, Mia escovou os dentes e tomou café da manhã. Korum não estava em casa e ela ficou imaginando onde ele estaria.

Antes de se sentar para estudar, Mia decidiu verificar o telefone para ter certeza de que Jessie chegara em casa em segurança na noite anterior. É claro, havia uma dezena de chamadas perdidas da amiga e um número igual de mensagens de texto e *e-mails*, cada um deles progressivamente mais preocupado que os anteriores. Mia resmungou. Deveria ter enviado uma mensagem para Jessie na noite anterior antes de dormir, mas aquilo nem sequer passara por sua mente.

Não havia como escapar. Os estudos teriam que esperar. Ela telefonou para Jessie.

A amiga atendeu no primeiro toque. — Ah, meu Deus, Mia, você está bem?!? O que diabos aconteceu ontem à noite? Se aquele alienígena imbecil machucou você de alguma forma...

— Não, Jessie, ele não me machucou! Olhe, eu estou muito bem...

— Muito bem? Todo mundo estava comentando sobre isso na noite passada. Como ele arrastou você para fora depois de quase matar Peter! Eu voltei do banheiro, você tinha desaparecido e o coitado ainda estava jogado no chão tossindo...

— Ele está bem agora? — interrompeu Mia, com uma onda súbita de culpa.

— Ele foi levado para o hospital, mas disseram que só sofreu algumas escoriações e inchaço. Provavelmente terá dificuldades para falar por alguns dias e tenho certeza de que ficou morrendo de medo...

— Ah, meu Deus, eu sinto tanto — resmungou Mia. — Eu nunca deveria ter colocado Peter em perigo daquele jeito...

— Ele? E você? Mia, esse seu K é maluco! Ele estava prestes a matar um homem que estava dançando com você...

— Que estava me beijando, na verdade...

— Que seja! Não é como se você tivesse dormido com o coitado do rapaz, mas mesmo se tivesse... é simplesmente loucura!

Mia suspirou. — Eu sei. Descobri tarde demais que, pelo jeito, eles são muito territoriais e possessivos. Se eu soubesse disso antes, obviamente nunca teria nem ido àquela boate...

— Territorial e possessivo? Que tal homicida? Mia... você realmente precisa deixá-lo. Estou com medo por você...

— Jessie — disse Mia com voz suave, tentando achar a melhor forma de dizer aquilo. — Não sei se posso deixá-lo ainda.

— O que quer dizer com isso? Ele forçaria você a ficar de alguma forma?

— Eu não sei, de verdade, mas não acho que terminar com ele seja a melhor coisa a fazer agora...

— Ah, meu Deus, eu sabia! Você *está* com medo dele! Ele ameaçou você?

— Não, Jessie, as coisas não são assim... Ele disse que nunca me machucaria. Eu só acho que é melhor deixar o relacionamento prosseguir de forma natural. Tenho certeza de que ele ficará entediado em breve e irá embora...

— E você não tem problemas com isso? Esperar até que ele se canse de você? Espere, e as férias de verão, quando você for para a Flórida?

— Ahm, ainda não sei como isso será... ainda não conversei com ele sobre isso...

— Bem, é melhor conversar, porque está muito próximo! As provas finais são na semana que vem e, depois, você partirá. O que ele fará então? Não deixará que você vá para casa?

Jessie tocou em um ponto válido. Mia não tinha a menor ideia do que aconteceria no fim da semana seguinte. Por algum motivo, achara que Korum talvez se cansasse dela antes que a Flórida se tornasse um problema. Mas as atitudes dele na noite anterior não eram as de alguém que estava prestes a se cansar do brinquedo novo. Na verdade, ele parecera muito determinado a mantê-lo. Mia estava começando a ficar preocupada, mas Jessie não precisava saber disso.

— Não, tenho certeza de que resolveremos isso de alguma forma. Olhe, Jessie, sei que parece ruim, mas ele não está me tratando mal nem nada parecido. Se eu agir de forma um pouco menos impulsiva, as coisas ficarão perfeitamente bem. Ele voltará para o Centro dos Ks em breve e terei montes de histórias interessantes para contar aos meus netos...

— Não sei, não, Mia. Está começando a soar como se ele estivesse mantendo você prisioneira...

— Não seja tola! É claro que não está!

— Ahã — disse Jessie em tom cético. — Claro que não. Você pode ir aonde quiser, fazer o que quiser...

— Bem, não — admitiu Mia. — Não exatamente.

— É claro que não! Ele está mantendo você prisioneira...

— Não, não está — protestou Mia. Respirando fundo, ela acrescentou: — Mas, mesmo se estivesse, não há nada que ninguém possa fazer a respeito. Você viu na noite passada, eles podem praticamente matar alguém em público e ninguém abre a boca. Gostando ou não, eles não estão sujeitos às nossas leis. Jessie, por favor, deixe isso para lá... Eu sei como lidar com o meu relacionamento com ele. Obviamente, não é como namorar um aluno da universidade, mas não é tão ruim assim...

— Não é tão ruim? Você quer dizer que o sexo é bom?

Mia corou, feliz por Jessie não conseguir vê-la naquele momento. — Bem, decididamente... na verdade, é muito incrível... mas também a companhia dele. Ele pode ser muito divertido... e romântico... e ele cozinha muito bem...

— Ah, não, não me diga... você está se apaixonando por ele?

— Não! Claro que não! — Mia esperou sinceramente que não estivesse mentindo. — Ele nem mesmo é humano...

— É isso mesmo! Ele não é humano! Mia, ele é perigoso. Por favor, tenha cuidado, ok? Se acha que não pode terminar com ele ainda, então não termine. Mas não se apaixone por ele, ok? Não quero vê-la magoada...

— É claro, Jessie. Por favor, não se preocupe tanto, eu estou bem. Mas chega de falar de mim — disse Mia com animação falsa. — E como foram as coisas com aquele ator bonitão com quem você flertou a noite inteira?

— Ah, ele é um amor! Dei a ele o número do meu telefone, que disse que me telefonará hoje...

E Jessie contou tudo sobre o rapaz bonito, que ficaria na cidade por mais alguns meses, que os dois gostavam muito de comida chinesa e tinham o mesmo gosto por músicas dos anos noventa. Era tudo sem complicação alguma e Mia ficou com inveja da amiga, que podia se preocupar com algo tão comum quanto a possibilidade de Edgar telefonar mais tarde, como prometera.

Elas encerraram a conversa e Mia prometeu encontrar com Jessie na manhã seguinte depois da prova de estatística. Em seguida, sentou-se para estudar pelo restante do dia.

CAPÍTULO 15

Na manhã de segunda-feira, Mia saiu da prova final de estatística sentindo-se como se tivesse conquistado o mundo. Ela soubera a resposta de cada uma das perguntas e terminara o teste na metade do tempo. Agora, só precisava entregar três trabalhos e o semestre estaria oficialmente encerrado.

Animada, ela enviou uma mensagem para Jessie avisando que tinha terminado. A amiga provavelmente ainda estava fazendo a prova final de bioquímica e Mia decidiu passear no parque enquanto esperava que Jessie terminasse.

Sentando-se em um banco, ela pegou o celular para telefonar para os pais e avisar que fora bem na prova. Mas, antes mesmo que pressionasse um botão, um homem se sentou ao lado dela e Mia se encontrou olhando para um par familiar de olhos azuis.

— John! O que está fazendo aqui? — perguntou Mia surpresa. Todas as vezes, ela o encontrara dentro do apartamento e foi um certo choque vê-lo em um ambiente aberto daquela forma.

— Eu queria conversar com você sobre algo importante e não sabia ao certo quando voltaria para casa — disse ele. — Mas, primeiro, deixe-me perguntar uma coisa... você está bem?

— Ahm, sim. — Mia corou ligeiramente. — Por que pergunta? Jessie falou com Jason de novo?

— Não, mas ouvimos falar sobre o que aconteceu. Sua aventura de sábado à noite saiu nos jornais locais.

Mia estremeceu. Aquilo era constrangedor. Um pensamento assustador cruzou-lhe a mente. — Meu nome estava nos jornais? Se meus pais descobrirem...

— Não, havia só uma descrição do que aconteceu. Duvido que a sua família faça a conexão.

Mia suspirou aliviada. — Sim. Bem, como pode ver, estou perfeitamente bem.

— Por que ele atacou o cara daquele jeito?

Mia deu de ombros. — Ele só é possessivo demais, acho. Eu estava muito assustada, na verdade. Achei que ele descobrira que eu estava ajudando vocês. No fim das contas, eu estava errada, mas houve um momento bem desagradável em que achei que ele me mataria.

John a estudou com um olhar muito calmo. — É um risco que todos corremos, infelizmente — disse ele.

Mia estremeceu novamente. Não queria pensar no terror quase paralisante que a invadira naquela noite. Em vez disso, perguntou a ele animada: — E como foram as coisas para vocês no fim de semana? Mudaram a reunião de lugar, certo?

— Sim, mudamos. É por isso que estou aqui para falar com você hoje. Houve uma mudança nos planos.

— Que tipo de mudança? Mas primeiro, espere. Você descobriu como ele filmou vocês?

— Você se lembra dos Kapas que mencionamos na última vez?

Mia assentiu.

— Eles conseguiram encontrar os dispositivos. Estavam embutidos nas cortinas e no tecido do sofá, até mesmo nos galhos das árvores do lado de fora. Era uma tecnologia nova e diferente, algo que devem ter desenvolvido recentemente. Tivemos sorte, pois um dos Kapas tinha formação em projeto e conseguiu descobrir como essas coisas foram feitas com base na nova nanoassinatura delas.

Mia ouviu fascinada. — E agora?

— Tivemos muita sorte por você ter encontrado essas informações. Os Kapas também acharam isso...

— Eles sabem sobre mim agora? — Mia não sabia ao certo se devia se preocupar com isso.

— Sim. Tivemos que explicar como descobrimos que estávamos sendo gravados, para começo de conversa.

A expressão no rosto dela provavelmente mostrou a preocupação, pois ele acrescentou: — Olhe, prometo a você que eles não são todos iguais. Os Kapas realmente acreditam em nossa causa. Não farão nada para colocá-la em perigo.

— Tem uma coisa que não entendo — disse Mia. — Esses Kapas andam abertamente nas comunidades deles falando sobre o que pensam e o fato de que estão ajudando vocês?

— Não, claro que não! Se Korum soubesse quem eles são, rapidamente os neutralizaria. Eles têm muito a perder se a identidade deles for descoberta antes de colocarmos nosso plano em ação.

— Ok — disse Mia. — Então, qual é o plano? E eu devo saber qual é, considerando a minha proximidade com você sabe quem?

— Infelizmente, sim, precisa saber... porque, agora, você é uma parte grande do plano.

Mia sentiu o coração parar por um momento. — Está bem — disse ela lentamente. — Sou toda ouvidos.

— Lembra-se de quando eu lhe disse que Korum é um dos principais motivos pelos quais eles vieram para cá? Que, essencialmente, a empresa dele administra os Centros dos Ks?

Mia assentiu.

— Bem, o motivo pelo qual ele tem todo esse poder é que a empresa dele desenvolve muitas tecnologias proprietárias e confidenciais que não estão disponíveis para a população geral dos krinars. Não sabemos muito sobre a ciência deles, mas achamos que eles provavelmente têm nanotecnologia madura...

— O que isso quer dizer, nanotecnologia madura? — perguntou Mia.

— Basicamente, acreditamos que eles conseguem manipular a matéria em nível atômico. Como os Kapas nos explicaram, eles podem criar praticamente qualquer coisa usando tecnologia que fica bem na casa deles, desde que tenham matérias-primas simples e o projeto certo. Os projetistas deles, que são mais ou menos como nossos engenheiros de software, criam os projetos de nanotecnologia para todas as coisas que usam no dia a dia, bem como para as armas, as naves, as casas etc. Está entendendo o que estou dizendo?

Mia não entendeu completamente, mas assentiu mesmo assim.

— Korum é dos projetistas mais brilhantes deles. Vários dos projetos que ele e a empresa criaram não estão disponíveis para o público geral. Isso inclui o projeto das naves deles, que são informações altamente confidenciais, e muitos dos detalhes de segurança, incluindo escudos e armas dos Centros dos Ks. Se você é um K comum, pode acessar facilmente a versão krinar da internet e conseguir um projeto das armas e tecnologias padrão deles. É assim que os Kapas têm nos ajudado até agora, fornecendo a nós as ferramentas básicas de que precisamos para evitar a captura e algumas armas simples. Em última instância, o objetivo era usar as próprias armas deles para atacar os Centros e chutá-los para fora do nosso planeta.

— Mas, como eu disse, os Centros dos Ks são protegidos por tecnologias a que somente Korum e os capangas dele têm acesso. Um dos Kapas passou meses tentando invadir os arquivos deles, mas sem sucesso. Achamos que estávamos perto de conseguir penetrar as defesas deles, mas descobrimos nesse fim de semana que estamos tão longe disso como sempre estivemos. Korum continua a desenvolver projetos mais novos e mais complicados. Os dispositivos que ele usou para nos espionar são particularmente engenhosos...

— Os Kapas não conseguem fazer engenharia reversa desses projetos? — interrompeu Mia. Não que ela soubesse qualquer coisa relacionada a tecnologia, mas aquilo parecia lógico.

— A maioria dos projetos de Korum contém um recurso de autodestruição que é acionado quando você tenta desmontar o dispositivo no nível molecular. E é isso que precisaria ser feito para descobrir a estrutura dele. E é por isso que ele tem o monopólio dessas coisas, a proteção de patente ou de direitos autorais é integrada no próprio dispositivo.

— Ok, então, deixe-me ver se eu entendi isso direito. Os Kapas estão dispostos a ajudar vocês a atacar os próprios Centros deles, mas não conseguem quebrar o código na tecnologia que protege os assentamentos? Entendi corretamente?

— Exatamente isso. Há cinquenta mil Ks e bilhões de nós. Eles podem ser mais fortes e mais rápidos, mas poderíamos facilmente superá-los se não tivessem essas tecnologias. Se, de alguma forma, conseguíssemos desativar os escudos e colocar as mãos em algumas das armas deles, poderíamos tomar o nosso planeta de volta.

Mia esfregou as têmporas. — Mas por que os Kapas ajudariam tanto vocês contra a própria espécie deles? Quero dizer, eu entendo que eles pensam que a forma como os humanos foram tratados está errada. Mas colocar em perigo a vida de cinquenta mil Ks só para nos ajudar? Isso não faz muito sentido para mim...

— Nós prometemos minimizar as mortes dos krinars o máximo possível e conceder a eles passagem segura de volta para Krina. Também prometemos que os Kapas, e quem mais eles acharem digno de confiança, podem ficar aqui na Terra e viver entre os humanos, desde que obedeçam às nossas leis.

— Veja bem, Mia, eles poderiam ser nossos professores, nossos guias. Poderiam nos levar a uma nova era tecnológica e acelerar bastante nosso progresso natural. Eles seriam os heróis de toda a humanidade e teriam os nomes reverenciados por eras. Poderiam nos ajudar a curar o câncer e outras doenças e dar formas para aumentarmos nossa expectativa de vida. — O rosto dele brilhava com fervor. — Mia, eles seriam como deus aqui na Terra depois que todos os outros Ks forem embora. Por que não aceitariam isso com os braços abertos em vez de levar uma vidinha comum que já se arrasta por milhares de anos?

Mia estava chegando às próprias conclusões. — Então, eles estão entediados e procurando fazer alguma coisa épica?

— Se prefere pensar nas coisas dessa forma. Acredito que sejam sinceros no desejo de ajudar a nossa espécie a evoluir para um nível mais alto.

— Ok, vamos voltar por um segundo. Se eles não conseguem invadir os arquivos, o que vocês pretendem fazer? Para mim, parece que Korum está vencendo a guerra antes mesmo que vocês tenham a chance de participar de uma única batalha.

— Não exatamente — disse John com os olhos brilhando com empolgação. — Não conseguimos invadir os arquivos, mas ainda assim podemos roubar as informações.

Mia não gostou do rumo que a conversa tomava. — Roubar como? — perguntou ela lentamente.

— Bem, o rumor é que Korum mantém muitos dos projetos particularmente confidenciais com ele o tempo inteiro. Por exemplo, você já o viu fazer algo como olhar para a palma da mão ou para o antebraço?

— Eu já o vi olhando para a palma da mão — disse Mia de forma relutante, começando a ter uma sensação muito ruim sobre aquilo tudo.

— Então, é nela que ele tem um dos computadores embutidos. Estou usando o termo computador de forma ampla, é claro. Tem tão pouco em comum com os computadores dos humanos quanto os nossos têm com o ábaco original. Ainda assim, ele tem informações guardadas lá, literalmente na palma da mão. Não temos a menor esperança de conseguir chegar nele porque, mesmo que fosse capturado e imobilizado, o que é uma tarefa praticamente impossível, provavelmente ele conseguiria apagar os dados em questão de segundos.

— Então, o que vocês podem fazer? — perguntou Mia confusa.

— *Nós* não podemos fazer nada... mas *você* pode. Você é a única que chega perto dele o suficiente para conseguir acesso a essas informações...

— O quê? Você ficou maluco? Fica na palma da mão dele. Como eu conseguiria chegar nele? Ele não vai simplesmente me entregar aquela coisa!

— Não, é claro que não — suspirou John. — Mas temos isto...

Ele segurava um pequeno anel de prata.

— O que é isso? — perguntou Mia desconfiada.

— É um dispositivo que faz uma varredura de dados. Os Kapas deliberadamente o fizeram para que parecesse uma joia. Assim, você pode usá-lo sem levantar suspeitas. Se conseguir, de alguma forma, segurar a palma da mão de Korum por cerca de um minuto, o dispositivo poderá acessar os arquivos e conseguir os projetos para nós.

— Segurá-lo por um minuto inteiro contra a palma da mão dele? E você acha que não suspeitaria de nada?

— Não se ele estiver distraído com alguma outra coisa... — Ele reduziu a voz sugestivamente.

— Ah, meu Deus, você está falando sério? Quer que eu roube os dados dele durante o sexo? — As entranhas de Mia se retorceram com aquela ideia.

— Olhe, é você quem decide o momento. Pode ser quando ele estiver dormindo...

— Ele só dorme por poucas horas e normalmente eu estou desmaiada durante esse tempo.

— Ok, então, você vai a algum lugar com ele em que ele apenas segura a sua mão?

Mia pensou sobre a pergunta. Quando caminhavam juntos, ela normalmente colocava o braço na curva do cotovelo dele. Algumas vezes, ele colocava a mão nas costas dela, perto da cintura. Quando segurava a mão dela, era apenas por momentos breves. — Na verdade, não.

— Bem, então precisará ser em algum momento em que não seria estranho que você estivesse tocando nele...

— Você quer dizer durante o sexo?

— Se for o único momento, então sim.

Mia olhou para John em choque, incapaz de acreditar que ele estivesse lhe pedindo para fazer aquilo. — John — disse ela lentamente. — Não sou alguma *femme fatale* que pode simplesmente fazer esse tipo de coisa. Na última vez, quando achei que Korum tinha descoberto tudo, fiquei totalmente desesperada. Não fui feita para ser espiã nem nada parecido com isso. E Korum já me conhece. Se eu começar subitamente a agir de forma estranha, ele saberá imediatamente...

— Olhe, eu entendo que não será fácil. Você tem razão, não é uma agente experiente. Mas você é literalmente nossa última esperança. Os Kapas acreditam que Korum está chegando perto de descobrir quem eles são. Ele sabe que estamos conseguindo ajuda de dentro e os Kapas acham que o conselho regente não encarará com bons olhos aqueles que são uma ameaça para os Centros aqui na Terra. Na melhor das hipóteses, eles enfrentarão uma deportação forçada para Krina e algumas punições severas ao chegarem lá. Na pior, bem...

— John — disse Mia em tom assustado, sentindo o início de uma dor de cabeça. — Eu simplesmente não posso...

— Mia, por favor, só use o anel. É tudo o que lhe pedirei que faça. Se conseguir uma oportunidade, ótimo. Se não, bem, pelo menos, nós tentamos.

— E se eu for pega usando esse dispositivo? Se Korum é tão brilhante como você diz, ele não reconhecerá a tecnologia deles a quilômetros de distância?

— Ele não tem motivo para suspeitar de você. É apenas a *caerle* dele. Ele não esperará ameaça nenhuma vinda de você. E veja só, o anel é realmente bonito. Pode dizer que foi um presente da sua irmã, se ele perguntar.

Mia olhou fixamente para o dispositivo. O pequeno círculo prateado era fino e elegante, e provavelmente não pareceria deslocado no dedo dela. Para confirmar aquela teoria, ela estendeu a mão. — Está bem, deixe-me experimentá-lo. Quero ver se ele pelo menos é do tamanho certo.

John entregou o anel a ela com um sorriso aliviado. Mia o colocou no dedo médio da mão direita. Ele coube perfeitamente. Se ela não soubesse para que servia, nunca teria achado que era qualquer coisa além de uma joia simples. Ela esperava que Korum pudesse ser enganado tão facilmente.

Com a missão cumprida, John se levantou. — Mia — disse ele —, espero que perceba que, se isso der certo, se você tiver sucesso, nossa espécie entrará em uma era completamente nova. Teremos nosso planeta de volta, bem como a nossa liberdade. E teremos muito mais conhecimento, muito mais ciência e tecnologia que não conseguiríamos por centenas, talvez milhares de anos.

Você será uma heroína, seu nome será escrito nos livros de história por gerações...

Mia sentiu calafrios descendo pela espinha.

— ... e não terá nada a temer dele nunca mais na vida. Garotas como a minha irmã finalmente poderão voltar para a família e levar uma vida normal de novo. Como você poderá fazer.

Ele pintava uma imagem atraente, mas Mia não conseguia imaginar como conseguiria fazer algo parecido com aquilo. — John — disse ela. — Eu vou tentar. É tudo o que posso prometer.

— É só o que quero. — Ele colocou a mão no ombro dela e apertou-o de forma encorajadora. — Boa sorte.

Em seguida, ele foi embora, deixando Mia com o dispositivo alienígena, que deveria determinar o futuro da humanidade, repousando inofensivamente no dedo.

CAPÍTULO 16

Jessie se juntou a Mia no parque alguns minutos depois.

— Ai — disse ela —, eu odeio bioquímica. Estou feliz porque a tortura acabou.

Mia sorriu para ela. — Ninguém disse que a faculdade de medicina seria fácil.

— Sim, bem, nem todos escolhem o caminho fácil do curso de psicologia...

— Fácil? Pelo amor de Deus! Preciso entregar três trabalhos até quinta-feira e só fiz um deles até agora!

— Meu coração chora por você... de verdade...

— Ora, cale a boca — disse Mia e elas sorriram uma para a outra.

— Então, o que pretende fazer agora? Ir à biblioteca? — perguntou Jessie, torcendo o nariz.

— Não, acho que vou voltar para o apartamento de Korum. Todos os meus livros e as minhas coisas estão lá agora...

A expressão de Jessie ficou imediatamente sombria. — É claro. Eu deveria ter imaginado.

— Jessie — disse Mia em tom cansado. — Por favor, não comece uma discussão por causa disso. De uma forma ou de outra, tenho certeza de que esse relacionamento acabará em breve...

— Mia, há alguma coisa que você não me contou? — Jessie olhava para ela desconfiada.

— Não! Só quis dizer que irei para casa, na Flórida, e que talvez ele não queira continuar comigo quando eu voltar, só isso.

— Você já conversou com ele sobre isso?

Mia balançou a cabeça negativamente. — Farei isso hoje à noite.

— Ok, boa sorte. Depois me diga como foi. — Ela fez uma pausa e acrescentou: — Ah, e por falar nisso, Edgar disse que Peter perguntou por você.

— O quê? Por quê?

Jessie deu de ombros. — Acho que ele tem tendências suicidas. Ou isso, ou ele realmente gostou de você. É meio difícil dizer, sabia?

— Ele está se sentindo melhor?

Jessie assentiu. — Ele parece bem, só tem ainda alguns hematomas.

— Bem, fico feliz. Escute, diga a Edgar que Peter deve esquecer que eu existo. Se algum dia for seguro, quando essa coisa toda com Korum acabar, entrarei em contato com ele.

Jessie prometeu que faria isso e elas conversaram mais um pouco sobre Edgar. Jessie deveria encontrá-lo naquela noite e Mia, novamente, ficou com inveja da facilidade e da simplicidade da vida da amiga.

Mia estava agora literalmente usando o destino da espécie no dedo e o fardo parecia muito mais pesado do que o círculo leve de prata seria por si só.

* * *

Naquela noite, Korum fez o jantar novamente para eles. Depois de agonizar sobre a melhor maneira de abordar o assunto dos planos para o verão, Mia decidiu ser direta. Mas, primeiro, queria ter certeza de que ele estaria de bom humor e receptivo à ideia.

Como sempre, o jantar estava delicioso. Mia consumiu com prazer outra salada feita de forma criativa — decididamente passara a adorar salada — e um crepe de vagens enroladas em algas marinhas com um molho temperado de cogumelos.

Se ela tivesse sucesso na missão, não haveria mais jantares como aquele. Korum seria forçado a voltar para Krina se conseguisse sobreviver ao ataque aos assentamentos.

Com aquele pensamento, Mia sentiu uma estranha sensação de aperto no peito. Não queria que ele fosse morto. Podia ser o inimigo, mas não queria que ele fosse ferido de forma alguma.

Pensando furiosamente sobre aquilo, ela resolveu pedir a John que concedesse a Korum uma passagem segura, caso conseguisse colocar as mãos nos dados. É claro, até mesmo a simples ideia de ele deixar o planeta era estranhamente dolorosa. *Sua boba, ele realmente conquistou você.*

— Um tostão por seus pensamentos — brincou Korum, parecendo notar o olhar introspectivo no rosto de Mia.

— Ahm, só estava pensando sobre todas as coisas que ainda preciso fazer antes do fim da semana, entregar todos aqueles trabalhos e começar a fazer as malas... — Mia deixou a voz morrer gradualmente. Parecera uma boa maneira de entrar no assunto que queria discutir.

— Fazer as malas? — A testa lisa dele se franziu ligeiramente.

— Sim, bem, você sabe que o semestre acabará em breve — disse Mia cuidadosamente, com o coração batendo mais forte. — Depois das provas finais, preciso voltar para casa, para a Flórida, ver os meus pais. E consegui um estágio em Orlando...

A expressão dele ficou visivelmente sombria. — E quando você pretendia me contar isso? — disse, com a voz enganadoramente calma.

Mia mastigou lentamente a última garfada de comida e engoliu. — Achei que você já soubesse de tudo sobre mim, incluindo os meus planos para o verão. — A neutralidade no tom dela foi igual à dele, apesar da força com que o coração batia.

— A verificação que fiz sobre você há um mês, pelo jeito, não foi abrangente o suficiente — disse ele ainda perigosamente calmo.

Mia deu de ombros. — Acho que não. — Ela ficou orgulhosa da forma corajosa com a qual lidava com a discussão. Afinal de contas, talvez fosse uma espiã decente.

— Não quero que você vá — disse ele em tom baixo. Nos olhos dele, surgiu aquele tom dourado que ela agora associava com todo tipo de emoção forte.

— Korum, eu preciso ir. — Mia tentou pensar em formas de convencê-lo. — Preciso visitar meus pais e minha irmã. Por falar nisso, ela está grávida. E consegui um estágio realmente bom em um acampamento local, onde eu daria assistência a crianças que estão passando por momentos difíceis...

Ele olhou para ela. A falta de expressão a deixou mais assustada do que qualquer perigo direto.

— Está bem — disse ele. — Eu a levarei para ver sua família neste verão... só não na semana que vem. Não posso sair de Nova Iorque agora. E, se quiser, conseguirei um estágio para você aqui também, alguma coisa na sua área que lhe agrade.

Mia sentiu uma sensação gelada irradiando do peito e descendo até a ponta dos dedos dos pés. Até o momento, apesar de ela saber que ele a considerava um brinquedo de prazer, o relacionamento deles tivera uma semelhança com a normalidade. Talvez ele a considerasse como um animal de estimação humano, mas ela ainda podia fingir que era namorado dela. Claro, um namorado arrogante e dominador, mas, mesmo assim, apenas um namorado. Agora aquela ilusão se despedaçara. Se ele realmente fosse tão longe a ponto de desconsiderar os planos que ela fizera para o verão com meses de antecedência, era sinal de que não tinha respeito algum pelos direitos dela como pessoa. E, provavelmente, não teria problema algum em mantê-la como *caerle* indefinidamente, até que se cansasse dela.

Ela notou que tinha os punhos firmemente cerrados sobre a mesa e forçou-se a relaxar os dedos antes de prosseguir. — E quando você terminar os negócios em Nova Iorque? — perguntou ela baixinho. — O que acontecerá então?

Ele a estudou com um olhar neutro. — Por que não cruzamos essa ponte quando chegarmos nela? — sugeriu ele gentilmente. — Talvez isso demore algum tempo.

— Não — disse Mia sem se importar com a sugestão. — Quero falar sobre isso agora. Se os seus negócios terminarem na semana que vem, o que acontecerá?

Ele não respondeu.

Mia sentiu o corpo ficando ainda mais gelado por dentro. Levantando-se da mesa lentamente, ela procurou algo para dizer. Não havia nada. Ela queria gritar e berrar, jogar alguma coisa nele, mas isso não resolveria nada. A Mia ignorante que deveria ser não veria nada de particularmente sinistro no silêncio dele. Apenas a Mia espiã saberia o que poderia acontecer com uma garota que um K considerasse como *caerle*.

Portanto, ela agiu da forma como ele esperaria que qualquer garota normal agisse quando o namorado não era razoável. — Korum — disse ela com uma expressão teimosa no rosto. — Eu vou para a Flórida nesse verão, e ponto final. A minha vida não gira somente em torno de você. Fiz esses planos vários meses antes de conhecê-lo e não posso mudar as coisas simplesmente porque você quer que eu...

— Mia — disse ele suavemente —, você *pode* mudar as coisas. E mudará. Se tentar partir no fim da semana, eu a impedirei. Você me entendeu?

Ela entendeu. Ela o entendia perfeitamente. Mas a Mia que fingia ser não entenderia.

— O quê? Você pretende me impedir de entrar no avião? Isso é ridículo — disse ela, apesar de as entranhas se retorcerem de medo.

— É claro — respondeu ele. — A única coisa que preciso fazer é dar um telefonema e seu nome estará em uma lista de pessoas proibidas de voar em todos os aeroportos dos humanos.

Ela o encarou em choque. De certa forma, não esperara que ele fosse tão longe apenas para detê-la. Achou que talvez fosse prendê-la no apartamento ou algo parecido. Mas fazia perfeito sentido... Por que fazer algo tão primitivo como prendê-la fisicamente quando ele podia simplesmente exercer o poder que tinha sobre o governo dos EUA?

Ela sentiu as lágrimas acumulando-se nos olhos e impediu-as de cair com grande esforço. — Eu odeio você — disse ela, mal conseguindo falar por causa do nó que sentia na garganta. E realmente o odiava naquele momento. Se tivera alguma dúvida sobre ajudar a Resistência, ela desapareceu quando Mia olhou para a expressão dele. Ele não tinha o direito de fazer aquilo com ela, de assumir o comando da vida dela daquele jeito, e a espécie de Korum merecia tudo o que aconteceria com eles. Se Mia pudesse realmente fazer alguma diferença na luta contra os Ks, tinha a obrigação de fazê-la, mesmo que isso significasse perder a própria vida.

Ele se levantou e andou na direção dela. — Você não me odeia — disse ele com tom sedoso. — Talvez deseje me odiar, mas não me odeia... — Ele segurou o queixo dela, forçando-a a olhar para os olhos dele, que estavam praticamente amarelos. — Você é minha — disse ele baixinho — e não vai a lugar algum sem mim. Quanto mais depressa entender e aceitar isso, mais fácil será para você.

Foi nesse momento que as coisas ficaram às claras. Ele não esconderia mais as verdadeiras intenções.

Os punhos de Mia se cerraram com fúria impotente.

— Não vou aceitar coisa alguma — disse ela por entre os dentes. — Sou um ser humano. Tenho direitos. Você não pode me dar ordens desse jeito...

— É isso mesmo, Mia — disse ele no mesmo tom perigosamente suave. — Você é um ser humano, uma criação da minha raça. Nós fizemos vocês. Se não fosse pelos krinars, a sua espécie não existiria. O seu povo inventou todo o tipo de divindade imaginária para adorar, para explicar como vocês apareceram na Terra. As coisas que fizeram em nome dos chamados deuses são simplesmente absurdas. Mas *nós* somos os verdadeiros criadores de vocês, *nós* os fizemos à nossa imagem. O único motivo pelo qual você tem os direitos que acredita ter é porque deixamos que os tivesse. E fomos extremamente tolerantes com a sua espécie, interferindo o mínimo possível desde que viemos para o seu planeta. —

Ele chegou mais perto dela. — Portanto, se eu quiser manter uma garota humana ao meu lado, e se tiver que dar ordens a ela porque é inexperiente demais para perceber que o que temos é especial... bem, então é assim que será.

Mia mal conseguia pensar devido à fúria que lhe enevoava o cérebro. Olhando para o rosto bonito dele, ela sentiu uma onda de ódio tão forte que o teria esfaqueado com prazer naquele momento, se tivesse uma faca por perto. — Vá se foder — disse ela com a voz amarga, dando um passo para trás para evitar o toque dele. — Você e sua espécie deveriam voltar para o maldito lugar de onde vieram e deixar-nos em paz.

Ele sorriu ironicamente em resposta, deixando-a se afastar. — Isso não acontecerá, Mia. Estamos aqui e ficaremos aqui. É melhor se acostumar com isso.

Não, não ficariam. Ela ajudaria a garantir que isso não acontecesse.

Mas ele não sabia disso ainda e ela não disse nada. Simplesmente ficou olhando para ele em desafio.

— E, Mia — acrescentou ele gentilmente —, eu posso ser muito gentil... ou não. Só depende de você.

— Vá se foder — disse ela furiosamente e viu os olhos dele ficarem ainda mais claros.

— Ah, isso acontecerá e você terá muito prazer. — Ele sorriu com a ideia.

Mia queria bater nele. Se ele achava que ela derreteria com um simples toque dele, estava muito enganado. A não ser que...

— Muito bem — disse ela lentamente. — Mas eu decido como as coisas serão hoje à noite. — E sorriu de volta para ele, ignorando o bater forte do coração.

Os olhos dele brilharam com interesse súbito. — Ah, é mesmo? E por quê?

— Porque é a única forma de fazer sexo comigo hoje à noite... quero dizer, voluntariamente. — O sorriso dela ficou provocante. — É claro, você pode me forçar, talvez até mesmo fazer com que eu goste. Mas eu o odiarei por isso... e, no fim das contas, você se arrependerá.

— Ok — disse ele suavemente, com o volume da calça crescendo diante dos olhos dela. — Vamos fingir que você toma as decisões... O que gostaria de fazer?

Mia umedeceu os lábios subitamente secos com a ponta da língua e viu quando ele seguiu o movimento com um olhar faminto. — Vamos para o quarto — disse ela com voz rouca. Em seguida, passou por ele, supondo seguramente que ele a seguiria.

CAPÍTULO 17

Eles entraram no quarto.

Mia andou até a cama e sentou-se, totalmente vestida. Ele estava prestes a fazer o mesmo, mas ela o deteve com um balançar da cabeça. — Ainda não — murmurou e viu-o parar em resposta.

— Quero que você tire a roupa — disse ela baixinho e esperou para ver o que aconteceria.

Para surpresa e crescente excitação dela, ele fez o que Mia pediu, tirando a camiseta com um movimento suavemente controlado. Ela respirou fundo, com a visão do corpo forte seminu fazendo com que os músculos internos dela se contraíssem de desejo. Observando-a com um meio sorriso divertido, ele abriu o zíper da calça *jeans* e baixou-a até o chão, dando um passo gracioso para o lado. A ereção dele agora estava coberta apenas pela cueca e Mia se sentiu mais molhada ainda.

— Ok — disse ele em tom suave. — E agora?

O coração de Mia batia descontrolado dentro do peito.

— Deite-se na cama — disse ela, esperando que não soasse tão nervosa quanto se sentia.

Ele sorriu e obedeceu, deitando-se de costas e colocando as mãos atrás da cabeça.

Mia se levantou e começou a tirar a roupa, vendo o volume na cueca dele crescendo ainda mais enquanto ela tirava a calça jeans e desabotoava a camisa. Ainda de sutiã e calcinha, ela se sentou sobre os quadris dele. Subitamente, ele não parecia mais estar levando as coisas na brincadeira. O corpo inteiro de Korum ficou tenso quando ela pressionou o sexo contra a ereção dele, com apenas duas camadas de tecido no caminho.

Mia sorriu triunfalmente e colocou as mãos sobre o peito dele, sentindo os músculos poderosos sob os dedos. O jogo que encenava era incrivelmente perigoso, mas ela não conseguiu evitar a excitação devido ao controle que exercia sobre o amante normalmente dominante. Correndo as mãos pelo peito dele, Mia se inclinou para a frente e tocou no mamilo masculino com a língua, adorando a forma como o pênis saltou sobre ela com aquela ação simples.

— Dê-me as suas mãos — sussurrou ela, com os cabelos encostando de leve no peito nu. Ele estendeu as mãos, mas ela o interceptou, agarrando-lhe os pulsos. Ele ergueu as sobrancelhas surpreso, mas deixou que ela o detivesse, observando as ações dela com o olhar âmbar tenso.

Ela entrelaçou os dedos nos dele e pressionou as mãos no travesseiro acima da cabeça de Korum, apesar de as mãos pequenas não serem capaz de conter a força do krinar nem mesmo por um segundo. Os olhos dourados queimaram com lascívia, mas ele não resistiu, deixando-a segurá-lo por enquanto. Ela se aproximou e beijou o pescoço dele, que arqueou o corpo sob ela com um gemido alto. Saboreando a resposta dele, ela arranhou a área ligeiramente com os dentes, sendo recompensada com um rosnado baixo. Erguendo-se um pouco, ela repetiu a ação no outro lado do pescoço dele. O corpo de Korum praticamente vibrava com a tensão e ela ponderou quanto tempo mais ele permitiria que o provocasse daquele jeito. Ainda segurando-lhe as mãos, ela o beijou nos lábios, enfiando a língua devagar na boca de Korum. Ele a beijou de volta com uma agressão quase fora de controle e Mia chupou a língua dele de leve, fazendo com arqueasse o corpo sob ela. Deixando a boca, ela lambeu o pescoço dele novamente, concentrando-se no músculo tenso que descia até o ombro, e ele gemeu como se estivesse sentindo dor.

Adorando o poder recém-descoberto, Mia lambeu o lado do pescoço e a orelha, mordendo de leve o lóbulo. Os quadris dele se ergueram em resposta, mas o tecido das roupas íntimas estava no caminho da penetração. Ela gemeu, sentindo a calcinha encharcada quando ele esfregou a ereção contra o clitóris dela.

— Fique com os braços para cima — sussurrou ela, finalmente soltando as mãos dele.

Ele ficou e Mia notou o esforço que teve que fazer para não tocá-la ao ver gotas de suor acumulando-se na testa dele. Ela desceu pelo corpo de Korum, lambendo e beijando cada centímetro de pele até chegar ao abdômen rígido. Os músculos tremeram em expectativa e ela sorriu excitada, apertando gentilmente os testículos dele por cima da cueca, enquanto os lábios seguiam a trilha escura de pelos que desapareciam sob a roupa. Ele gemeu, dizendo o nome dela com voz rouca, e Mia colocou os dedos na cintura da cueca, puxando-a lentamente para baixo. Quando ele ergueu os quadris para ajudá-la, o pênis subiu, rígido e com a cabeça brilhante.

Mia engoliu em seco devido ao nervosismo e à excitação, imaginando o que aconteceria se ele perdesse o controle. Se ela conseguisse enlouquecê-lo da mesma forma como ele a fazia sentir.

Segurando o pênis com uma mão, ela abaixou a cabeça e lentamente lambeu a parte de baixo dos testículos, que estavam firmemente contraídos contra o corpo com excitação extrema. Ele gemeu, arqueando o corpo, e o pênis saltou na mão dela. Ela o largou e usou as duas mãos para segurar os testículos. Ao mesmo tempo, colocou os lábios em volta da cabeça do pênis e moveu-se para colocá-lo dentro da boca, parando apenas quando ele chegou à garganta. Ela sentiu o gosto salgado e os músculos internos se contraíram de excitação. Com o corpo vibrando devido à tensão, ele soltou um grunhido baixo, erguendo os quadris em uma exigência silenciosa para colocar o pênis mais fundo na boca de Mia. Mas ela resistiu, movendo os lábios para cima e para baixo em um ritmo torturante.

Naquele momento, ele perdeu o controle.

Antes mesmo que ela percebesse o que estava acontecendo, ele a jogara de costas, rasgara a calcinha e introduzira o pênis em uma investida rápida. Mia gritou em choque, enterrando as unhas nos braços dele quando ele a penetrou até o fundo, sem dar a ela tempo algum para se ajustar ao tamanho dele. Ela estava completamente molhada, mas não importava, e os músculos internos tremeram em uma tentativa desesperada de acomodar a invasão. Houve dor, mas também prazer, quando os quadris dele bateram contra ela em um ritmo impiedoso. Ela gritou — de agonia, de êxtase, não sabia direito o motivo — e sentiu-o inchar ainda mais, tornando-se impossivelmente mais duro e grosso. Um segundo depois, ele gozou, jogando a cabeça para trás com um grito e pressionando os quadris contra ela. Mia gritou frustrada, com o próprio orgasmo a poucos segundos da explosão. Ele enterrou os dentes no ombro dela e o mundo inteiro explodiu com a onda súbita de êxtase aquecido correndo pelas veias.

Como sempre, aquilo não foi suficiente para ele. O gosto do sangue de Mia o deixou frenético e o pênis enrijeceu novamente dentro dela antes mesmo que as pulsações diminuíssem. Mia não conseguia mais pensar, com a droga da saliva dele transformando-lhe o corpo em um puro instrumento de prazer, a pele insuportavelmente sensível e as entranhas queimando de desejo líquido. Ele a penetrou de forma implacável e ela gritou com a tensão excruciante até chegar ao clímax, uma vez após a outra, em uma cascata sem fim de picos e vales de orgasmos. A noite se transformou em uma maratona incansável de sexo e sangue.

Finalmente exausta perto do amanhecer, Mia dormiu, com o corpo ainda unido ao dele e a mente totalmente vazia.

* * *

Mia acordou no dia seguinte ao sentir uma mão brincando gentilmente com os cabelos dela.

Surpresa, ela abriu um pouco os olhos e viu Korum sentado na beirada da cama, parecendo estranhamente preocupado.

— O q-que você está fazendo aqui? — resmungou ela sonolenta, piscando em uma tentativa de focalizar o olhar.

— Como está se sentindo? — perguntou ele baixinho, tirando um cacho de cabelos que caíra sobre o olho dela.

— Ahm... — Mia tentou pensar. Mexendo-se um pouco, ela notou vários lugares doloridos, bem como uma dor extrema entre as coxas.

Obviamente não satisfeito com a resposta dela, Korum puxou a coberta, expondo o corpo nu. Com a mente ainda embaralhada, Mia seguiu o olhar dele, que estudou lentamente os hematomas leves que cobriam-lhe os seios e o torso, muitos no formato de dedos.

O rosto dele ficou sombrio por causa da culpa e ele soltou um grunhido. — Mia, eu sinto muito por isso... Nunca deveria ter deixado você agir daquele jeito na noite passada. Eu normalmente consigo me controlar, pois sei o quanto você é pequena e frágil. Mas perdi completamente a cabeça na noite passada... Não queria machucá-la desse jeito... Por favor, acredite em mim...

Mia assentiu, ainda tentando entender o que acontecera. A única coisa de que conseguia se lembrar era do sexo selvagem, misturado com a onda de êxtase provocada pela mordida dele.

Ele acariciou gentilmente a pele macia do ombro dela. — Eu realmente sinto muito por isso tudo — murmurou ele. — Você é tão delicada... Eu nunca deveria ter perdido o controle daquele jeito. Farei com que você se sinta melhor, prometo...

Os eventos da noite anterior lentamente voltaram à lembrança de Mia. A mão dela se fechou em um punho ao se lembrar do que a levara a provocá-lo daquela forma e a sensação do anel no dedo foi reconfortante.

Ela podia estar dolorida naquela manhã, mas também tinha esperanças de que o pequeno dispositivo tivesse funcionado como prometido. Não havia garantia alguma, é claro, mas a proximidade do dedo dela com a palma da mão de Korum na noite anterior deveria ter sido suficiente para acessar os projetos necessários. Agora, só precisava entregar o anel a John e, para isso, precisava que Korum a deixasse em paz.

— Não tem problema — resmungou ela, tentando pensar em algo apropriado para dizer. Ele estava obviamente sentindo-se culpado por ter deixado alguns hematomas no corpo dela. Ela achava aquilo uma atitude hipócrita, essa preocupação extrema com o bem-estar físico dela, já que claramente não tinha problema algum em causar dores emocionais ao virar a vida inteira de Mia de cabeça para baixo. Por outro lado, as dores físicas poderiam interferir com a vida sexual deles e ele provavelmente não queria que isso acontecesse.

— Vou buscar uma coisa para você, ok? — disse ele e desapareceu do quarto com velocidade inumana.

Mia enterrou a cabeça no travesseiro enquanto esperava o retorno dele, pensando desesperadamente em uma maneira de levar as informações depressa para John. Ela ainda precisava fazer os trabalhos da universidade e talvez pudesse dizer a Korum que precisava buscar alguns livros na biblioteca.

Ele voltou um minuto depois, carregando o dispositivo familiar com que a "brilhara" e mais alguma coisa que ela nunca vira antes. O segundo objeto parecia um estojo de batom, mas era feito de um material estranho.

— Ahm, eu estou bem, de verdade. Não há necessidade alguma de usar isso — disse Mia rapidamente, sem querer que ele colocasse nenhum outro dispositivo de rastreamento nela. Como não sabia do que se tratava, o próximo lote de nanotecnologia no corpo dela poderia muito bem transmitir todos os seus pensamentos para ele. E, com certeza, Mia não queria que isso acontecesse.

— Há necessidade, sim — disse ele, obviamente surpreso com a relutância dela. — Você está machucada e posso curá-la. Por que não?

Realmente, por que não? Ela não tinha uma boa resposta e continuar protestando poderia deixá-lo desconfiado. Ser pega tão perto do fim da missão seria uma burrice e, afinal de contas, ela já tinha os dispositivos de rastreamento inseridos na palma das mãos. Que diferença fariam mais alguns?

Portanto, ela deu de ombros em resposta, deixando-o fazer o que queria.

Ele ativou o dispositivo de "brilho" e passou a luz vermelha morna sobre os hematomas. Vendo aquilo funcionar pela segunda vez ainda foi algo incrível, com as marcas na pele desaparecendo como se nunca tivessem existido. Ele foi muito metódico, inspecionando cada centímetro da pele de Mia e ela corou ao ver o corpo nu receber tanta atenção em plena luz do dia. Quando terminou, ele pegou o dispositivo em formato de tubo e aproximou-o das coxas dela.

— O que você vai fazer com isso? — perguntou ela, olhando para o objeto com desconfiança. Havia apenas um lugar no corpo dela que ainda não fora curado e a luz vermelha do dispositivo não conseguia alcançá-lo. Ela esperava que o pequeno tubo não fosse colocado onde parecia que seria.

Korum suspirou e disse: — É algo que usamos para ferimentos internos profundos. Quando é preciso curar vários órgãos antes que seja possível curar a camada externa da pele. Eu sei que é um exagero para o que você tem, mas é a única coisa que tenho no apartamento que pode alcançar os ferimentos internos e ajudá-la com a dor.

Então ele seria colocado lá dentro. Mia corou ainda mais. A coisa tinha o tamanho aproximado de um tampão e a ideia de ter um dispositivo médico como aquele inserido em plena luz do dia era constrangedora.

— É sério? — perguntou ele incrédulo. — Depois da noite passada, você fica corada com isso?

Mia se recusou a olhar para ele. — Termine logo com isso — resmungou ela, deitando-se novamente e escondendo o rosto no travesseiro.

Ele deu uma risada suave e fez o que ela pediu, deslizando o pequeno dispositivo para dentro da abertura inchada e dolorida. Ele entrou com facilidade e Mia não sentiu nada por alguns segundos, até que começou o formigamento.

— Ele dá uma sensação estranha — reclamou ela, ainda escondida no travesseiro.

— E deveria. Isso significa que está funcionando.

O formigamento continuou por alguns minutos e parou. Ela não sentia mais dor, o que era bom, mas a sensação de ter o objeto estranho dentro dela era desconcertante.

— Já deve ter terminado — disse Korum, colocando os dedos longos dentro dela e retirando o tubo. — É isso aí, terminou. Você pode parar de se esconder agora.

— Ok, obrigada — murmurou Mia, ainda recusando-se a olhar nos olhos dele. — Acho que vou tomar um banho agora.

Ele riu e beijou o ombro exposto dela. — Vá em frente. Tenho que resolver algumas coisa e ficarei fora o dia inteiro. O jantar provavelmente será tarde, portanto, coma um almoço reforçado.

Em seguida, ele saiu do quarto, finalmente deixando Mia sozinha para continuar com o restante do plano.

CAPÍTULO 18

Assim que Korum saiu, Mia entrou em ação, com o coração batendo forte pela magnitude do que estava prestes a fazer.

Antes de entrar no banho, ela mandou um rápido *e-mail* para Jessie, dizendo "Olá" e avisando que iria ao apartamento mais tarde para saber como fora a prova final de anatomia da amiga. Com sorte, John veria o *e-mail* e entraria em contato com Mia rapidamente. Já passava do meio-dia. Devido à exaustão completa, Mia dormira até muito mais tarde do que planejara e havia muito a fazer antes que escurecesse.

Korum, sempre atencioso, deixara um sanduíche para que ela almoçasse e Mia o devorou com gratidão antes de se encaminhar para a porta. Quando Korum fazia coisas como aquela, pequenos gestos de consideração, Mia quase acreditava que ele realmente se importava com ela e sentia uma onda indesejada de culpa por trair a confiança dele.

Mesmo hoje, depois de tudo o que acontecera na noite anterior, a ideia de que ele pudesse ser ferido a deixava enjoada. Era ridículo, claro. Ele provavelmente ficaria bem e, mesmo se não ficasse, era culpa dele por ter invadido a Terra e tentado escravizar a espécie dela. Ainda assim, ela preferia muito mais vê-lo deportado em segurança de volta para Krina. Assim, poderia retomar a vida normal sabendo que ele estava a milhares de anos-luz de distância e nunca a incomodaria novamente.

Pelo menos, foi o que disse a si mesma.

Bem no fundo, uma parte tolamente romântica dela queria chorar ao pensar em nunca mais ver Korum, nunca mais sentir o toque dele nem ouvi-lo rindo, nunca mais ver aquela covinha que deixava a bochecha esquerda tão linda. Ele era inimigo dela, mas também era seu amante, e, apesar de tudo, ela se apegara a Korum. O prazer que ele lhe dava ia além do sexo. Só de estar com ele, Mia se sentia excitada, viva e, quando conseguia esquecer a natureza exata do relacionamento que mantinham, estranhamente feliz.

Ela não conseguia imaginar fazer sexo com outra pessoa depois de fazer amor com Korum. Seria como comer serragem pelo resto da vida depois de experimentar ambrosia pela primeira vez. Fazia perfeito sentido que ele fosse um excelente amante, é claro. Além da química especial que ele dissera que tinham juntos, Korum também tinha milhares de anos idade e tivera tempo suficiente para aprender exatamente como dar prazer a uma mulher. Como um humano poderia se comparar a isso? E ela nem mesmo queria pensar sobre como ele a fazia sentir quando bebia o sangue dela. Ela não tinha certeza se isso era saudável, sentir um prazer tão intenso, mas a ideia de que isso nunca mais acontecesse era quase mais do que poderia aguentar.

Pela primeira vez, ela ponderou sobre os xenófilos sobre os quais ouvira falar. Os motivos daquelas pessoas, que supostamente faziam anúncios on-line com o objetivo de ter relações sexuais com os krinars, sempre fora um mistério para ela. Mas agora ponderava se talvez eram realmente viciados... se sentiram o gosto do paraíso e sabiam que tudo o mais seria pálido em comparação. Korum advertira que o vício era uma possibilidade para os dois se ele bebesse o sangue dela com muita frequência. Mia estremeceu com a ideia. Era a última coisa de que precisava, desenvolver de verdade uma necessidade física dele. Era suficiente que provavelmente sentisse a falta dele com cada fibra do corpo quando ele finalmente desaparecesse da vida dela. A última coisa de que precisava era sentir falta de um estado alucinógeno que só conseguia com ele.

Não havia outra alternativa para ela, precisava concluir a missão. O relacionamento deles estava fadado a terminar, era só uma questão de tempo. Mesmo se estivesse disposta a aguentar a natureza autocrática dele, ou mesmo se fosse tão longe a ponto de aceitar ser *caerle* dele, Korum se cansaria dela em poucos anos. Depois disso, ficaria sozinha, com o coração partido e destruída pela deserção dele.

Não, ela precisava fazer isso. Não havia outra forma. Ela não poderia viver consigo mesma sabendo que tivera a oportunidade de fazer alguma coisa real no curso da história humana e falhado por causa da fraqueza por um K em particular, por alguém que não a considerava nada além de um brinquedo.

Chegando ao apartamento, Mia ficou surpresa ao ver que John já estava lá, bem como Jessie e Edgar, com quem, pelo jeito, a amiga estava saindo.

Assim que ela entrou pela porta, John perguntou se poderiam conversar em particular. Mia assentiu e levou-o para o quarto, fechando a porta atrás de si. Antes que porta estivesse completamente fechada, Mia ouviu Edgar perguntar a Jessie se a amiga também estava saindo com John, mas não conseguiu ouvir a resposta.

— Acho que consegui — disse Mia sem preâmbulos.

O rosto de John se iluminou. — Conseguiu? Isso é ótimo! Como conseguiu tão depressa? — Vendo o rosto dela ficar vermelho, ele disse apressado: — Deixe para lá, isso não é importante.

Mia deu de ombros e tirou o anel do dedo. A pele ficou com uma pequena marca. Ela esperava sinceramente que Korum não fosse muito observador em se tratando de joias femininas. Caso contrário, poderia se perguntar por que ela usara aquele anel uma vez e nunca mais.

— Preciso que me prometa uma coisa — disse Mia lentamente, ainda segurando o anel.

— O quê?

— Prometa-me que Korum não será ferido em seja lá o que for que estão planejando fazer.

John hesitou e Mia semicerrou os olhos. — Prometa-me, John. Você me deve isso.

— Por quê? Ele não merece...

— Não importa o que ele merece ou não merece. Essa é minha condição para ajudar vocês. Korum deve ter passagem segura para casa.

John olhou para ela e suspirou pesadamente. — Está bem, Mia, se é o que realmente deseja. Nós garantiremos que ele seja deportado em segurança.

Mia assentiu e entregou o anel a ele. — E agora? — perguntou ela. — Quanto tempo você acha que levará para que os Kapas façam alguma coisa com essas informações?

Ele sorriu para ela, parecendo um garoto na noite de natal. — Eles terão que ver as informações para ter certeza de que não são mais complicadas do que pensam. Mas, se estiverem certos... talvez aconteça um ataque em questão de dias.

Dias? Era muito mais depressa do que Mia achara possível.

— Não levará algum tempo para que eles façam... bem, façam o que está nesses diagramas? — perguntou ela em tom hesitante.

Ele balançou a cabeça negativamente. — Não, não demora muito tempo. Lembra-se do que eu lhe disse sobre como eles fabricam tudo usando nanotecnologia e que podem fazer as coisas quase instantaneamente se tiverem o projeto certo?

Mia se lembrava vagamente de algo em relação àquilo e assentiu.

— Bem, agora eles terão os diagramas e já têm a tecnologia para criar esses projetos. Só precisam levar essa tecnologia para um local seguro fora dos assentamentos para que possam fabricar as armas necessárias para penetrar os escudos dos Centros dos Ks. Quando os escudos forem desativados, as forças humanas estarão prontas.

Forças?

— O governo está envolvido nisso? — perguntou Mia com surpresa.

John hesitou. — Não exatamente. Mas há aqueles dentro do governo que acreditam que foi errado assinar o Tratado de Coexistência e permitir que eles construíssem os assentamentos. Esses indivíduos são simpáticos à nossa causa e têm a capacidade de nos dar reforços. Alguns deles são pessoas nos altos escalões do exército e da marinha, bem como dentro da CIA e outras agências equivalentes no mundo inteiro.

Mia olhou para ele em choque. Ela não percebera o escopo completo do movimento anti-K. Por algum motivo, ela o vira como algumas centenas de indivíduos suicidas dentro da Resistência, ou aqueles como John, que tinham um problema pessoal com os Ks, ajudados por alguns alienígenas simpatizantes dos humanos. Mas fazia sentido, é claro, que os combatentes da liberdade não conseguissem chegar tão longe e obtido a assistência dos Kapas se não tivessem pelo menos uma chance decente de sucesso.

— Uau — disse ela baixinho. — Então realmente está acontecendo? Vamos chutá-los para fora do nosso planeta?

John assentiu com animação mal contida. — Está acontecendo, Mia. Se as informações nesse anel forem tão boas quanto esperamos que sejam, veremos a libertação da Terra em uma semana, no máximo duas.

Aquilo era loucura. Mia tentou imaginar o que aconteceria quando os Ks descobrissem que estavam sendo atacados. Ela se lembrou dos dias do Grande Pânico e estremeceu.

— John — disse ela lentamente —, eles realmente iriam embora sem uma luta grande? Você sabe o que aconteceu antes... quanto dano conseguem causar até mesmo com as mãos nuas...

— Isso é verdade — concordou John. — Eles decididamente podem lutar e talvez a situação fique bem sangrenta nos dois lados. É por isso que as informações que você conseguiu para nós são tão essenciais. Veja bem, se os Kapas estiverem certos, esses diagramas também contêm o projeto para uma das armas mais avançadas deles. Quando os escudos estiverem desativados e mostrarmos aos Ks que temos essa arma, seria suicídio se eles não se rendessem. Porque, se eles lutarem, nós *vamos* usá-la e todos os Ks nas colônias deles seriam transformados em pó.

— Transformados em pó? Que tipo de arma consegue fazer isso? — perguntou Mia horrorizada.

— É a nanotecnologia aplicada às armas em grande escala. Ela pode ser programada com restrições muito específicas e podemos configurá-la para somente destruir Ks em um certo raio e poupar os humanos que possam estar na área no mesmo instante.

Mia arregalou os olhos e John continuou: — É claro, ainda esperamos que alguns Ks tentem escapar das colônias quando descobrirem sobre o ataque. Portanto, teremos nossos combatentes estacionados à toda volta para capturá-los e contê-los. E isso pode se transformar em um banho de sangue. Talvez acabemos perdendo muitas pessoas, mas temos uma chance muito real de vencer.

Mia engoliu em seco, sentindo-se nauseada com a ideia de um banho de sangue. Ela não sabia como lidaria com a responsabilidade de saber que algo que fizera resultara em "perder muitas pessoas" ou na exterminação de milhares de seres inteligentes.

Mas não havia mais opção, não que alguma vez houvera para ela. Desde que colocara os olhos em Korum no parque, o destino dela fora decidido. A única opção que tivera fora a de aceitar docilmente ser *caerle* dele ou lutar, e ela escolhera lutar. E, agora, aquela decisão poderia resultar na perda de muitas vidas, tanto de humanos quanto de krinars.

Amargamente, ela desejou não ter ido ao parque naquele dia, desejou nunca ter descoberto o que acontecia nos Centros dos Ks. Se, de alguma forma, pudesse voltar no tempo e retornar à vida comum que tivera antes, sem saber praticamente nada sobre os Ks, faria isso com prazer e deixaria a libertação da Terra nas mãos de alguém melhor equipado para lidar com as consequências. Mas ela sabia e aquele fardo parecia insuportavelmente pesado quando ela olhou para o rosto brilhante de John e imaginou a batalha sangrenta que aconteceria.

— Mia — disse John, parecendo sentir o desespero dela. — Por favor, não se esqueça: *eles* vieram para o nosso planeta, *eles* impuseram as regras deles a nós, e mataram milhares de pessoas quando fizeram isso, até que não tivéssemos outra opção que não nos rendermos. Você se lembra de como foi durante o Grande Pânico?

Mia assentiu, pensando no caos aterrorizante e nas lutas de rua sangrentas daqueles meses sombrios.

Satisfeito, John prosseguiu: — Eu sei que a única exposição que você teve a eles foi por meio de Korum e ele provavelmente a tratou muito bem até agora... porque pensa em você como o animal de estimação favorito dele no momento. Mas eles não são nem um pouco gentis. Eles são predadores por natureza. Evoluíram como parasitas, como vampiros, sustentando-se ao consumir o sangue de outras espécies. Na verdade, eles desenvolveram os humanos com essa finalidade, para satisfazer as próprias necessidades perversas conosco...

Aquilo não fora exatamente o que Korum lhe dissera, mas ela não pretendia discutir aquele ponto no momento.

— ... e eles não têm consideração alguma por nossos direitos. A maioria deles nos vê como inferiores e não hesitariam em nos escravizar completamente se isso servisse aos propósitos deles.

— Eu sei — disse Mia, esfregando as têmporas para se livrar da tensão. — Eu sei disso tudo. É por isso que estou ajudando vocês, John. Eu só queria que houvesse outra forma... alguma forma de fazermos com que eles fossem embora sem derramar uma única gota de sangue.

— Eu também queria que houvesse — disse John, suspirando pesadamente. — Mas não há. Eles invadiram nosso planeta à força e agora nós o tomaremos de volta da mesma forma. E, se for preciso perder algumas vidas para fazer isso, bem, só podemos torcer para que não sejam muitas no nosso lado. É uma guerra, Mia. A verdadeira *Guerra dos Mundos*.

John foi embora e Mia se sentou na cama para digerir tudo o que fora conversado.

Como ela, uma aluna universitária comum, conseguira se envolver em uma guerra? Espionar era algo que ela sempre associara a agentes secretos glamorosos, homens e mulheres que receberam treinamento extenso sobre tudo, de artes marciais a como desarmar uma bomba. Uma estudante de psicologia da Universidade de Nova Iorque simplesmente não se encaixava naquele perfil. Ainda assim, lá estava ela, supostamente auxiliando a Resistência na luta mais importante contra os Ks.

Uma ideia aterrorizante passou pela cabeça dela. Quando Korum descobrisse o que estava acontecendo, que os assentamentos dos Ks estavam sendo atacados, será que perceberia que ela era a responsável? Será que ele faria a conexão entre os diagramas cuidadosamente guardados e a garota humana com quem dormia todas as noites? Porque, se fizesse, e ainda estivesse em Nova

Iorque quando isso acontecesse, provavelmente os dias dela também estavam contados.

Uma batida de leve na porta interrompeu os pensamentos sombrios dela.

— Pode entrar! — gritou ela, aliviada por ter uma distração daquela linha de raciocínio.

Para sua surpresa e angústia, não era Jessie. Em vez dela, Peter estava parado na porta do quarto, com os cabelos loiros ondulados e os olhos azuis parecendo ainda mais angelicais na luz clara do dia. Ainda havia marcas pretas e azuladas na garganta dele.

— Peter! — exclamou ela. — O que está fazendo aqui?

— Vim aqui para ver você — disse ele. — Sua amiga disse a Edgar que você viria para casa hoje e eu queria ter certeza de que estava bem depois de tudo o que aconteceu naquela noite...

— Ah, meu Deus, Peter, isso é muito gentil da sua parte — disse Mia, tentando desesperadamente pensar na maneira mais rápida de se livrar dele. Ela sabia muito bem que Korum não ficaria nada contente de saber que Peter estava perto dela naquele momento, ainda mais dentro do quarto. Ele provavelmente não descobriria, mas ela não pretendia se arriscar. Fora suficiente quase ter provocado a morte de Peter naquela boate.

Peter olhava para ela com uma expressão preocupada.

— O que aconteceu naquela noite, Mia? Aquele monstro a machucou de alguma forma?

— Não, é claro que não — ela tentou assegurá-lo. — Ele só ficou com ciúmes. Nunca esperei que ele reagisse daquele jeito, acredite. Eu realmente sinto muito por tudo o que aconteceu. Eu nunca deveria ter dançado com você naquela noite. Você se machucou por minha causa...

Ele fez um gesto com a mão, descartando a ideia. — Não foi nada demais. Uma vez, apanhei no colégio porque o capitão do time achou que eu estava flertando com a namorada dele. Acredite, isso não foi nada em comparação. — Ele sorriu para ela, um sorriso extremamente contagiante.

Ela deu um sorriso leve. Era bom saber que ele não guardava rancor. Mas Peter ainda precisava ir embora, para a própria segurança.

— Ouça, Peter, agradeço muito ter vindo me ver — disse ela. — Foi realmente gentil da sua parte. Mas sabemos agora que o meu namorado não gosta muito da ideia de sermos amigos. E, de verdade, seria melhor se ele não descobrisse que você veio aqui...

— Mia — disse Peter em tom sério, apagando completamente o sorriso. — Você está mesmo namorando aquela criatura? Nunca achei que você fosse uma xenófila...

— Não estou!

— Você não é krinariana, é?

— É claro que não! Não sou nem um pouco religiosa!

— Então por que está saindo com ele?

Mia suspirou. — Olhe, Peter, isso realmente não é da sua conta. Ele é meu namorado, isso é tudo de que precisa saber. Eu lamento não ter lhe dito isso quando nos conhecemos. Eu só estava me divertindo saindo com a minha amiga. Não pretendia, de forma alguma, dar uma ideia errada a você...

— Isso é um monte de asneiras — disse Peter veementemente. — Um namorado é um humano, não um alienígena cruel que arrasta você para fora da boate daquele jeito. — Ele parou por um segundo e perguntou baixinho: — Mia, ele está forçando você a ficar ao lado dele?

— O quê? Por que você acharia isso? — Mia o encarou, tentando imaginar por que ele perguntaria algo como aquilo.

Ele olhou para ela com as sobrancelhas franzidas. — É só que você não parece o tipo que procuraria um desses monstros.

— E que tipo é esse? — perguntou Mia, realmente curiosa e querendo ouvir a resposta.

Ele mexeu na orelha frustrado. — Bem, muitas pessoas no setor de entretenimento, na verdade... modelos, atrizes, cantoras. Elas ficam entediadas e procuram algo para apimentar a vida... Elas são superficiais e muitas delas são burras. Tudo o que enxergam são rostos bonitos, e não o mal que há por trás deles...

— O mal? — perguntou ela, surpresa por ele ter sentimentos tão intensos sobre os krinars. Antes dos encontros próximos que tivera com Korum, ela não tivera exposição alguma aos invasores nem uma opinião real sobre eles. Talvez Peter fosse religioso e acreditasse na alegação de que os Ks eram demônios.

Ele deu um sorriso amarelo. — Eu vi pessoas desaparecerem, Mia, ao se envolverem com essas criaturas. Ou então realmente acabaram destruídas no final. Não é natural para nós estarmos com a raça deles. Nunca termina bem...

Mia respirou fundo e disse em tom firme: — Olhe, Peter, eu agradeço a preocupação, mas ela realmente não é necessária nesse caso. Eu sei o que estou fazendo. Não sou superficial nem burra...

— Eu não disse que você era — protestou Peter.

— E realmente não aprecio você insinuando coisas sobre o meu relacionamento. Estou com Korum porque quero e não há mais nada além disso.

Ela esperava sinceramente que aquilo fosse o suficiente para que Peter fosse embora. A última coisa de que ela precisava era um príncipe encantado cheio de conversa tentando salvá-la do monstro maligno. Um príncipe encantado que, com certeza, acabaria morto antes do fim. Talvez mais tarde, se ela sobrevivesse às duas semanas seguintes, pedisse desculpas a Peter por ser tão dura. Ela gostava dele e seria agradável ser amiga dele, particularmente se a vida dela algum dia voltasse ao normal.

Ele parecia um pouco magoado. — É claro, sinto muito, não pretendia insinuar nada. Obviamente, você pode ficar com quem quiser. Só queria ter certeza de que você estava bem, mais nada.

Mia assentiu e deu um sorriso fraco. — Eu entendo. Obrigada novamente por ter vindo aqui. — Colocando a mão dentro da mochila, ela retirou o *notebook* e alguns livros.

Peter imediatamente entendeu a indireta. — Claro. Vejo você por aí, ok? — disse ele e saiu do quarto. Mia o ouviu falando com Jessie e Edgar por um minuto e depois sair, fechando a porta com força atrás de si.

Mia deitou na cama aliviada. Como era possível que um garoto bonito, com que ela realmente tinha uma conexão decente, aparecera em um momento tão errado da vida dela? Se ela o tivesse conhecido dois meses antes, sem dúvida teria ficado extasiada por receber toda aquela atenção dele. Mas agora era tarde demais.

Como aquelas pessoas que ele conhecia, ela provavelmente acabaria destruída no final. Ou morta nas mãos do amante alienígena.

CAPÍTULO 19

Logo depois que Peter saiu, Edgar também foi embora. Mia ouviu beijos e risadas perto da porta e, depois, houve silêncio. Quase imediatamente depois, Jessie entrou no quarto.

— Então — disse Mia, sorrindo para a amiga —, suponho que as coisas estão indo bem com Edgar.

Jessie abriu um sorriso largo. — Estão indo *muito* bem. Ele é tão gentil, tão divertido, tão bonito...

Mia riu e disse: — Fico feliz por você. Merece um cara legal como esse.

— Isso é verdade — disse Jessie sem qualquer falsa modéstia, ainda sorrindo. Em seguida, a expressão dela ficou abruptamente séria. — E você também, Mia...

Hmmm, pensou Mia. Lá vinha o sermão.

— ... e, claramente, não foi o que conseguiu.

— Jessie, por favor, achei que esse assunto já estivesse morto...

— Morto? Eu gostaria de ver um certo K morto! — Jessie respirou fundo, claramente furiosa por Mia. — Peter é um cara tão legal e parece gostar muito de você. Ele veio até aqui desse jeito depois de tudo o que aconteceu... e você está presa àquele monstro!

Mia esfregou a nuca tentando liberar um pouco da tensão. — Jessie, por favor, pare de se preocupar com o meu relacionamento... tudo será resolvido no devido tempo.

— Falando em resolver as coisas, você falou com ele sobre as férias de verão?

Mia mordeu o lábio. Ela odiava mentir para Jessie e queria muito conversar com alguém sobre toda aquela confusão enlouquecedora. Se John estivesse certo sobre o tempo que os Kapas precisavam, a viagem dela à Flórida só seria adiada, e por poucos dias. É claro, supondo que ela ainda estivesse viva quando essa hora chegasse. Mia decidiu por uma versão ligeiramente editada da verdade.

— Sim, falei — disse ela lentamente.

— E?

— E concordamos que eu irei mais tarde e que farei um estágio aqui em Nova Iorque, não em Orlando.

Jessie olhou para ela em choque. — Que estágio?

— Não sei ainda. Korum prometeu encontrar alguma coisa na minha área.

— Ah, meu Deus, ele não quer deixar você ir, não é? — Jessie parecia completamente horrorizada.

— Não exatamente — admitiu Mia. — Mas ele disse que iremos juntos para a Flórida quando os negócios dele em Nova Iorque estiverem concluídos.

— Juntos? O quê, ele vai conhecer a sua família? — A expressão no rosto de Jessie era de incredulidade total.

— Eu não faço a menor ideia — disse Mia, e realmente não fazia. Não tivera a oportunidade de pensar no assunto, com tudo o que acontecera. Mas não conseguia imaginar a família dela, completamente normal, interagindo calmamente com o amante alienígena dela. — Não chegamos ao ponto de discutir os detalhes...

— Aquele imbecil! Não acredito que ele esteja fazendo isso com você! Não é de surpreender que esteja ajudando a Resistência, você provavelmente o odeia.

Mia não acreditou no que acabara de ouvir. — O quê? O que você acabou de dizer?

— Ora, vamos, Mia — disse Jessie calmamente. — Não sou nenhuma idiota. Consigo ligar as coisas. John estava aqui no apartamento esperando você antes mesmo que chegasse. Claramente, ele sabia que você viria. Está se comunicando com eles, não é?

Mas que droga. Mia se esquecera de como a amiga bonita e esfuziante podia ser astuta de vez em quando. Negar por mais tempo seria inútil, mas Jessie não podia saber da extensão do envolvimento de Mia. Seria perigoso demais para as duas.

Mia lhe lançou um olhar penetrante. — Jessie, escute bem, nunca mais diga algo parecido com isso. E nunca, nunca fale sobre isso com ninguém, nem mesmo com Edgar. Promete?

Jessie assentiu, estreitando os olhos. — Eu nunca diria nada. Quando Edgar me perguntou se você e John estavam saindo juntos, eu disse apenas que ele era um antigo amigo da sua família.

— Que bom — disse Mia com alívio. Em seguida, acrescentou: — Olhe, não estou fazendo nenhuma loucura, prometo. John só me pediu para ficar de olho nas atividades de Korum e informar a ele de vez em quando. Foi só isso que eu fiz hoje. Korum se encontrou com dois outros Ks recentemente e eu só queria contar isso a John. Mas ele já sabia, então não foi nada de importante. — Mia não fazia ideia de onde aprendera a mentir com tanta facilidade.

— Não foi nada de importante? Mia... você está lidando com um extraterrestre que não tem a menor consideração com a vida humana. Você viu o que ele fez com Peter e aquilo foi apenas por dançar com você! Se ele a pegar espionando, com certeza a matará! É claro que é uma coisa importante! — Jessie soltou um suspiro frustrado.

Não havia nada que Mia pudesse dizer para refutar aquilo e apenas deu de ombros.

— E é tudo culpa minha por ter falado sobre você para Jason! Não acredito que aqueles idiotas resolveram usá-la desse jeito.

Mia esfregou a nuca novamente. — Eles só viram uma oportunidade e decidiram usá-la. Não muda muito a minha situação. Ainda estou com Korum, espionando ou não. Então, não faz mal algum tentar ajudar, entende?

Jessie deu a ela um olhar frustrado. — Não acredito que essa merda toda esteja acontecendo com você. É a pessoa mais certinha que conheço... e acabou dormindo com um K e espionando-o.

Mia suspirou. — Eu sei. Estou tão fodida, Jessie, e não apenas no bom sentido.

Um sorriso de leve surgiu no rosto de Jessie e ela balançou a cabeça de forma reprovadora. — Mia...

Mia riu. — Eu sei, eu sei, isso foi ruim.

— Não é do calibre de James Bond, isso é certo. — E Jessie sorriu de volta.

* * *

Naquela noite, Korum chegou em casa por volta das oito horas. Mia já estava no apartamento dele e escrevia freneticamente o trabalho da faculdade.

Ele entrou no estúdio dela e aproximou-se para beijá-la. — Olá, parece que alguém está trabalhando duro — brincou ele, encostando os lábios de leve no rosto dela.

Mia franziu a testa ligeiramente. — Sim, preciso terminar esse trabalho hoje à noite. Tenho esse e o trabalho de psicologia infantil para quinta-feira e não terminei nenhum dos dois ainda.

— Parece horrível — disse Korum, com a ligeira curva dos lábios denunciando a diversão.

— E é! — disse Mia, franzindo a testa ainda mais. Será que ele não via que estava estressada? Ele não precisava rir apenas porque as preocupações dela pareciam pequenas.

— Quer alguma ajuda com o trabalho? — perguntou ele, fazendo com que Mia lhe lançasse um olhar incrédulo.

— Ajuda com os meus trabalhos? — perguntou ela. Será que ele estava falando sério?

— Não é com eles que você está se estressando? — Ele não parecia estar brincando.

— Ahm... — Mia ficou sem palavras. Finalmente encontrando a voz, ela balbuciou: — Não é preciso, obrigada... eu consigo fazer sozinha.

Engolindo um sorriso, ela se imaginou entregando um trabalho sobre os efeitos dos fatores ambientais no desenvolvimento infantil, escrito da perspectiva de um extraterrestre de dois mil anos de idade. O olhar no rosto do professor Dunkin seria impagável.

— Eu consigo redigir em inglês, sabia? — perguntou Korum, parecendo ofendido pela relutância dela.

Mia sorriu com uma certa condescendência. — É claro que consegue. — Aquela era a conversa mais estranha que já acontecera. — Mas é preciso mais do que apenas conhecer o idioma para escrever um trabalho acadêmico. Você precisa ler todos esses livros e assistir às aulas... — Ela fez um gesto na direção da pilha enorme de livros no canto da mesa.

— E daí? — perguntou Korum, dando de ombros. — Posso ler os livros agora mesmo.

Mia lhe lançou um olhar estupefato. — Há cerca de dez livros... — Ela engoliu em seco para se livrar do súbito nó na garganta. — Com que velocidade você consegue ler?

— Bem rápido — disse ele. — Também tenho o que você chamaria de memória fotográfica e não preciso ler o material uma segunda vez.

Mia olhou para ele em choque. — Então, você consegue ler todos esses livros em questão de horas?

Ele assentiu. — Eu provavelmente precisaria de cerca de duas horas para terminar todos eles.

Aquilo era inacreditável. — Isso é normal para a sua raça? — perguntou Mia, ainda digerindo aquela informação chocante.

— Alguns de nós têm essa habilidade naturalmente, enquanto outros preferem aprimorá-la com tecnologia. Eu nasci assim.

Mia sentiu o coração batendo mais depressa. Ela sabia que ele era muito inteligente, é claro, e John dissera a ela que Korum era um dos melhores projetistas dentre os Ks. Ela só não esperara que ele tivesse o que parecia ser uma inteligência super-humana.

— Então, provavelmente pareço extremamente burra para você — disse Mia baixinho —, considerando o tempo que preciso para fazer isso tudo...

Ele suspirou. — Não, Mia, claro que não. Só porque você não tem certas habilidades, não significa que não seja inteligente.

É, claro. — O que mais você consegue fazer? — perguntou Mia, percebendo como sabia pouco sobre o amante alienígena.

Ele deu de ombros. — Provavelmente consigo fazer contas de cabeça que exigiriam que você usasse uma calculadora.

Aquilo era fascinante e assustador ao mesmo tempo.
— Quanto é 10.456 vezes 6.345? — perguntou ela, estendendo a mão para pegar o telefone e verificar a resposta.

— 66.343.320.

Estava precisamente correto. E ele dera a resposta antes mesmo que ela tivesse tempo de digitar os números na calculadora do telefone. Ela engoliu em seco novamente.

— Então, quer minha ajuda com o trabalho ou não? — Korum estava começando a ficar impaciente.

Mia balançou a cabeça negativamente. — Ahm, não, está tudo bem, obrigada. Tenho certeza de que você conseguiria redigir um trabalho excelente, provavelmente melhor do que eu, mas ainda preciso fazer isso eu mesma.

— Ok, claro, como quiser — disse ele, sacudindo a cabeça frustrado com a teimosia dela. — Está com fome? Quer que eu prepare alguma coisa?

Mia fizera um lanche durante o dia e não estava com muita fome. — Não sei — disse ela incerta. — Não acho que eu tenha tempo para uma refeição completa hoje. — Ela olhou para ele, torcendo para que entendesse.

— É claro — disse ele. — Trarei alguma coisa para você comer. — Lançando-lhe um sorriso rápido, ele saiu da sala.

Mia olhou para a porta frustrada. Por que ele tinha que ser tão agradável com ela hoje? Seria muito mais fácil se ele a tratasse com crueldade ou indiferença. A culpa que a queimava por dentro não fazia sentido. Ela sabia que estava fazendo a coisa certa ajudando a Resistência.

Os Ks invadiram o planeta deles, não o contrário. Libertar a espécie dela não deveria fazer com que se sentisse daquela forma, como se estivesse traindo alguém de quem gostava muito.

Respirando fundo, ela tentou se concentrar novamente no trabalho. Era uma tarefa impossível. A mente continuava vagando, saltando de um tópico desagradável a outro. Ela iniciara alguma coisa que resultaria na perda de milhares de vidas? E Korum seria uma das vidas perdidas? O possível impacto das ações dela ainda não parecia inteiramente real.

Korum voltou alguns minutos depois. Ele fizera uns rolinhos parecidos com sushi, contendo alface e pimentões, e um prato com maçãs e nozes de sobremesa.

Mia agradeceu e comeu com prazer, descobrindo que, no fim das contas, estava com fome.

Ele sorriu e abaixou-se para beijá-la na testa. — Aproveite. Estarei na sala ao lado se precisar de mim.

Em seguida, ele saiu, deixando-a com os trabalhos que precisava terminar e para lutar contra os pensamentos sombrios.

CAPÍTULO 20

Naquela noite, ele foi incrivelmente gentil com ela.

Com precisão, os dedos dele encontraram cada nó e músculo tenso e ele massageou cada centímetro do corpo dela até que Mia se transformasse em uma poça de felicidade. Quando ele ficou convencido de que ela estava totalmente relaxada, virou-a de barriga para cima e começou a beijá-la, começando com a ponta dos dedos. Os lábios dele eram macios e quentes contra a pele da mão dela e, quando ele colocou o dedo indicador na boca e passou a língua em volta dele, Mia gemeu com a sensação inesperadamente erótica.

Deixando os dedos para trás, a boca dele subiu para a palma da mão, lambendo o ponto sensível na parte de dentro do pulso e continuou avançando pelo braço até chegar ao pescoço. Mia prendeu a respiração, aguardando a dor familiar da mordida, mas ele simplesmente a beijou de leve várias vezes, causando arrepios nos braços e nas pernas. Em seguida, mordeu ligeiramente o lóbulo da orelha. Mia gemeu novamente, deleitando-se com o prazer do toque dele, e enterrou os dedos nos cabelos de Korum, puxando-lhe o rosto para beijá-lo na boca.

Ele retribuiu o beijo, de forma apaixonada e intensa, e Mia sentiu a intensidade do desejo dele na ereção rígida que pressionava sua coxa. A mão dele encontrou os seios dela, apertando e massageando os pequenos globos, e o polegar roçou no mamilo esquerdo, fazendo com que ficasse ainda mais rígido.

Erguendo-se nos cotovelos, ele a encarou com um olhar dourado intenso. — Você é tão linda — murmurou ele, mergulhando o olhar no dela, e a expressão doce no rosto dele fez com que ela tivesse vontade de chorar. Por que ele fazia aquilo, logo naquele dia? Talvez fosse uma das últimas vezes em que faria sexo com ele e não queria se lembrar do sexo daquele jeito, como um amor que nunca poderia dar certo.

Korum a beijou novamente e Mia chupou a língua dele, torcendo para que ele perdesse o controle e ela pudesse esquecer de tudo no êxtase intenso até desligar totalmente o cérebro. Ele gemeu em resposta e ela sentiu o pênis saltando contra a coxa, mas o toque dele continuou extremamente gentil, em nada parecido com a luxúria primitiva da noite anterior.

Frustrada, Mia empurrou os ombros dele. — Quero ficar por cima — disse ela com voz rouca. Ele estava claramente punindo-se pela agressividade do dia anterior, mas não era o que Mia queria naquele momento.

Ele arregalou os olhos ligeiramente com surpresa, mas saiu de cima dela e deitou-se de costas. Mia subiu nele e agarrou a cabeça dele com as duas mãos, aproximando o rosto para um beijo profundo, simultaneamente esfregando o sexo no dele sem permitir a penetração. Ele passou os braços em torno dela em resposta, em um abraço tão apertado que Mia mal conseguia respirar, beijando-a de volta com a intensidade que ela queria. Mia notou uma fina camada de suor surgindo na testa de Korum enquanto o corpo dele lutava com o esforço para se conter. Mia moveu os quadris sugestivamente, esfregando-se contra o pênis dele, e ele ergueu os quadris, querendo mais. O abraço dele afrouxou um pouco e Mia colocou a mão direita entre os dois corpos, envolvendo o pênis com os dedos. Ele gemeu, ficando mais tenso, e ela cuidadosamente guiou o pênis para a abertura, começando a se abaixar sobre ele em um movimento enlouquecedoramente lento.

Ele soltou um gemido profundo e empurrou os quadris para cima, penetrando-a em uma investida poderosa. Mia gritou, sentindo os músculos estremecerem, ajustando-se ao volume que a invadira. Ele agarrou as coxas dela, com o polegar encontrando o clitóris escondido nas dobras fechadas e pressionou-o em um toque torturantemente leve, deixando-a mais perto do orgasmo, mas sem gozar. Mia gemeu, com o sexo contraindo-se em volta do pênis. Ela queria mais, mais da loucura, mais do êxtase que só ele a fazia sentir. — Morda-me — pediu ela, vendo os olhos dele ficarem ainda mais amarelos quando Korum sacudiu a cabeça em negação. — Você não sabe o que está me pedindo — murmurou ele com voz rouca, rolando para ficar sobre ela novamente, com os corpos ainda unidos.

Antes que ela pudesse dizer mais alguma coisa, ele girou os quadris ligeiramente e a cabeça do pênis encostou no ponto sensível bem no fundo. Mia gemeu, arqueando o corpo na direção dele, e Korum repetiu a ação várias vezes até que a tensão imensa que se acumulara dentro dela se tornou insuportável. Mia gritou, passando as unhas com força nas costas dele quando o esperado clímax finalmente percorreu-lhe o corpo, eliminando qualquer pensamento racional.

Mas ele ainda não acabara. Ele ainda não gozara, apesar do contrair rítmico dos músculos internos de Mia, e o pênis ainda estava dentro dela, mais grosso e duro do que nunca. Enterrando a mão nos cabelos de Mia, ele a beijou profundamente e começou a se mover, alternando uma investida curta e uma profunda, até que a tensão começou a se acumular novamente e cada célula do corpo dela implorava pela liberação. Ela tentou mover os quadris para forçá-lo ao ritmo constante de que precisava para gozar, mas ele não deixou, mantendo-a imóvel com o próprio corpo grande e musculoso. O beijo dele foi impiedoso, a língua explorava-lhe a boca e Mia sentiu como se fosse explodir por causa da intensidade das sensações. E, subitamente, ela gozou, com o corpo inteiro em convulsões nos braços dele. Korum também gozou, com os quadris pressionando os dela enquanto o pênis pulsava dentro de Mia, liberando o sêmen em jatos curtos e quentes.

Depois de alguns momentos, ele saiu de cima de Mia e puxou-a para perto, deixando-a parcialmente deitada por cima, com a cabeça no peito dele e a perna esquerda sobre os quadris. Os dois estavam escorregadios por causa do suor e Mia ouvia as batidas rápidas do coração dele gradualmente desacelerando à medida que a respiração voltava ao ritmo normal.

Ela não sabia realmente o que dizer e preferiu não dizer nada. O sexo fora incrível e ela odiava o fato de ele fazer com que se sentisse desse jeito, mesmo sem as substâncias químicas que alteravam os sentidos.

Por que tinha que ser ele, pensou ela amargamente, olhando para o abdômen bronzeado e musculoso movendo-se para cima e para baixo com cada respiração. Por que ela não pudera se apaixonar por um ser humano normal, em vez de um gênio alienígena cuja raça tomara o planeta?

Ela sentiu lágrimas ardentes e quentes surgindo por trás das pálpebras e apertou os olhos, sem deixar que elas corressem. Ela sentia o corpo lânguido e cansado depois da sessão de sexo, mas a mente continuava agitada, procurando uma solução onde não havia nenhuma. Mesmo que ele gostasse dela de um jeito próprio, aqueles sentimentos se transformariam em ódio quando Korum descobrisse a profundidade da traição dela. E as mãos que agora a seguravam tão gentilmente acabariam em volta do pescoço dela.

Ela devia ter retesado o corpo ao pensar nisso, pois ele se afastou para olhá-la nos olhos e perguntar em tom curioso: — O que foi?

Quando ela hesitou, um ar de preocupação surgiu no rosto dele. — Mia? O que foi? Eu não machuquei você, não é?

Mia balançou a cabeça negativamente, tentando não olhar diretamente nos olhos dele. — Não, claro que não — respondeu ela com voz rouca. — Foi maravilhoso... você sabe disso...

— Então qual é o problema? — insistiu ele, estendendo a mão para pegar no queixo dela e forçá-la a encontrar o olhar dele.

Mia tentou se controlar, mas as lágrimas idiotas não a deixaram em paz e encheram-lhe os olhos.

— Não é nada — mentiu Mia, xingando mentalmente o fato de a voz estar trêmula. — Eu só... f-fico assim quando estou estressada...

Ele franziu a testa. — E por que você está estressada? É por causa dos trabalhos da faculdade? — perguntou, estudando-a com um olhar perplexo.

Mia assentiu de leve, fechando os olhos e tentando se acalmar. Ele poderia ficar desconfiado se as lágrimas não tivessem uma boa explicação. A não ser...

Abrindo os olhos, ela olhou para ele, sem se importar mais se ele visse o brilho das lágrimas. — Eu estou com saudades da minha família — confessou ela, e era verdade. Naquele momento, ela queria desesperadamente ser criança novamente, em segurança na casa dos pais, com a mãe fazendo uma canja de galinha e o pai lendo o jornal no sofá. Ela queria voltar no tempo para a década anterior, para uma época antes de as pessoas saberem que havia vida em outros planetas e de que o próprio planeta não seria delas por muito mais tempo. Para uma época antes de conhecer o alienígena que a encarava naquele momento com os belos olhos cor de âmbar, o amante que ela, sem opção alguma, teria que trair.

Korum pareceu aceitar a explicação dela. — Mia — disse ele baixinho, largando o queixo dela —, você os verá em breve, prometo. Estou chegando perto de terminar meu negócio aqui e, depois, eu a levarei lá...

— Eu nem disse a eles ainda que não vou — disse Mia, com a voz embargada pelas lágrimas. — Eles esperam que eu chegue no próximo sábado e a companhia não devolve o dinheiro da passagem de avião...

Ele pareceu exasperado. — Agora você está preocupada com dinheiro? Eu pago a você o dinheiro da passagem...

— Foram meus pais que a compraram.

— Ok, então eu pagarei o custo da passagem aos seus pais. — Respirando fundo, ele acrescentou: — Mia, você não precisa se preocupar com esse tipo de coisa quando está comigo. Eu sempre cuidarei de você e da sua família. Você não precisa nunca mais se preocupar com dinheiro. Eu sei que as finanças dos seus pais são apertadas e eu ficaria muito feliz em poder ajudá-los financeiramente, ou de qualquer outra forma que eles precisarem.

Mia engoliu um soluço, sentindo como se um punho de aço estivesse apertando o coração. Apesar de aquela declaração parecer arrogante, ela não tinha dúvida de que fora sincero na oferta. — Obrigada — sussurrou ela com a voz trêmula. — Isso é muito... generoso da sua parte...

— Mia — disse ele em tom suave. — Eu me importo com você, ok? Quero que seja feliz comigo e farei tudo o que for preciso para que isso aconteça.

Cada palavra dele parecia cortá-la como uma faca e ela não conseguiu mais se segurar. Enterrando o rosto no travesseiro, ela ficou de costas para ele e começou a chorar, com o corpo inteiro sacudindo por causa dos soluços.

— Mia? — A voz dele soava incerta pela primeira vez desde que ela o conhecera. — O quê... Por que você está chorando?

Ela chorou ainda mais. Não podia contar a verdade a ele e a culpa era como ácido dentro do peito, devorando-a por dentro.

Ele encostou de leve nas costas dela e acariciou-a de forma reconfortante, murmurando palavras doces. Quando aquilo não pareceu ajudar, Korum a puxou para os braços, deixando que ela colocasse o rosto na curva do pescoço dele e chorasse enquanto acariciava os cabelos dela.

E Mia chorou. Chorou por si mesma e por ele. Chorou pelo relacionamento que nunca daria certo... nem mesmo se ele não fosse o inimigo que ela espionava.

Depois de alguns minutos, quando os soluços começaram a diminuir, ele estendeu a mão para o lado e entregou um lenço a ela, deixando que limpasse o rosto e assoasse o nariz antes de perguntar novamente em tom suave: — Por quê?

Mia olhou para ele, com a visão ainda borrada por causa das lágrimas. A verdade completa estava fora de questão, é claro, mas ela poderia dizer a ele algo que a atormentava havia algum tempo. — Isso não está certo — sussurrou ela com a voz ainda rouca por causa do choro. — Você, eu... não é certo, não é natural... E nunca poderia durar...

— Por que não? — perguntou ele suavemente. — Pode durar pelo tempo que quisermos.

— Você não é humano — disse ela, olhando para ele incrédula. — Como poderia dar certo entre nós?

Ele hesitou por um segundo e disse, tirando gentilmente os cabelos do rosto dela: — Pode dar certo. Só precisa confiar em mim, querida. Não posso dizer mais nada agora, mas conversaremos sobre isso mais tarde... quando chegar a hora.

Mia piscou surpresa, olhando para ele. Aquilo era algo que não esperava. Ele queria dizer que havia uma forma de ficarem juntos... como um casal de verdade? As implicações daquilo eram grandes demais para contemplar agora, com o coração batendo depressa e a mente mal funcionando depois da tempestade emocional.

Ele se afastou dela e saiu da cama. — Vou buscar algo que a fará se sentir melhor — disse, saindo do quarto.

Mia olhou para a porta, reprimindo uma risada histérica ao pensar que aquilo se tornava um fato comum todas as noites. Só esperava que ele não voltasse com o pequeno tubo.

Ele trouxe um copo cheio de um líquido leitoso e entregou-o a ela.

— O que é isso? — perguntou ela, cheirando o copo desconfiada. Não tinha cheiro algum.

Ele sorriu para ela, mostrando a covinha. — Não é veneno, prometo. É só algo para ajudá-la a dormir melhor e acabar com a dor de cabeça.

Como ele sabia que ela estava com dor de cabeça? Ela olhou para Korum e pestanejou novamente.

Como se tivesse lido a mente dela, ele disse: — Eu sei como os humanos se sentem depois de chorar. Essa bebida é mais adequada para ajudar em uma gripe ou um resfriado, mas não tem nenhum efeito colateral prejudicial. Então, você pode bebê-la. Logo se sentirá melhor.

Mia assentiu e provou o líquido. Ele também não tinha gosto algum. Se não fosse pela cor, ela acharia que estava bebendo água. Sentia-se desidratada e bebeu com prazer o copo inteiro. Quase que imediatamente, a pressão dolorosa nas têmporas diminuiu e a sensação de congestionamento no nariz desapareceu. Outro remédio milagroso dos Ks, pelo jeito.

— Por que você tem todos esses remédios para humanos? — perguntou ela, só então pensando no assunto. — Você também os usa para si mesmo?

Ele balançou a cabeça sorrindo. — Não, eles são específicos para os humanos. Temos outras formas de nos curarmos.

— Então por que você os têm? — insistiu Mia.

Ele deu de ombros. — Eu sabia que viveria entre os humanos e que iria interagir com eles. Fazia sentido ter alguns remédios básicos à mão em caso de uma emergência.

Interagir com humanos no apartamento dele? Mia subitamente sentiu uma pontada indesejada de ciúmes ao pensar em outras mulheres lá, naquela mesma cama. Não era uma surpresa, claro. Ele era um macho saudável e atraente com um forte desejo sexual. Era perfeitamente normal que tivesse outras parceiras de sexo antes dela, tanto humanas quanto Ks.

Pelo menos, foi o que disse a si mesma. O monstro de olhos verdes dentro dela se recusou a escutar.

Ela devia ter deixado transparecer alguma coisa, pois ele disse em tom suave: — E não, nenhuma dessas interações foi com mulheres humanas nos meses recentes. Com certeza não depois que conheci você.

— E mulheres Ks? — perguntou ela em tom ríspido, para no instante seguinte xingar a si mesma mentalmente. Ela não tinha o direito de ter ciúmes depois do que fizera. Ele era o inimigo e ela o tratara dessa forma. Era absurdo se sentir aliviada ao saber que era a única mulher da vida dele no momento. Os dias deles juntos estavam contados e não deveria importar se Korum fora fiel a ela ou se fodera uma centena de mulheres no mês anterior. Ainda assim, importava para ela... e importava muito.

— Nenhuma depois que nós nos conhecemos — disse ele com um sorriso nos lábios. Ele parecia feliz com o ciúmes dela e Mia quase começou a chorar novamente. Respirando fundo, ela se controlou com grande esforço. Uma segunda crise de choro seria ainda mais difícil de explicar.

— Então, vamos dormir? — sugeriu ele em tom suave. — Você ainda parece estressada e provavelmente se sentirá melhor amanhã de manhã.

Mia assentiu e deitou-se, cobrindo-se com a coberta. Korum fez o mesmo, puxando-a para perto até que estivessem deitados na posição favorita dele, em concha.

Contra todas as expectativas, Mia pegou no sono assim que fechou os olhos, sentindo-se protegida pelo calor do corpo dele encostado no seu.

CAPÍTULO 21

Mia acordou na manhã de quarta-feira com uma sensação de medo no estômago.

Naquele dia, ela teria que dizer aos pais que não iria para a Flórida no sábado. Ela ainda não conseguira inventar um bom motivo para explicar o atraso, especialmente porque deveria começar o estágio no acampamento na segunda-feira.

E, se Korum descobrisse o envolvimento dela no que estava prestes a acontecer nas colônias dos Ks, talvez fosse a última vez que falaria com a família. Aquilo tornava ainda mais imperativo que ela apresentasse uma imagem positiva e animada para não deixar os pais preocupados prematuramente. Seria melhor se deixasse apenas boas memórias para trás quando desaparecesse da vida deles.

Ao pensar naquilo, as lágrimas ameaçaram surgir novamente e Mia respirou fundo para se controlar. Ela não tinha tempo para isso agora; ainda tinha que redigir o último trabalho da faculdade. Apesar de não fazer sentido se importar com algo tão trivial na situação precária em que se encontrava, não redigir o trabalho seria como desistir. E uma pequena parte de Mia ainda tinha esperanças de que houvesse uma luz no fim daquele túnel, que alguma semelhança de vida normal fosse possível se conseguisse sobreviver às duas semanas seguintes.

Agarrando-se àquela ideia, Mia se arrastou para fora da cama e foi tomar um banho. Korum não estava à vista no apartamento e ela supôs que ele saíra para fazer o que normalmente fazia durante o dia. Provavelmente tinha alguma coisa a ver com rastrear os combatentes da Resistência, mas ela não tinha como saber com certeza. Tomando um café da manhã rápido, ela foi para a biblioteca na esperança de conseguir se concentrar melhor lá.

O dia estava bonito e ensolarado, um acompanhamento perfeito para o humor sombrio dela. Em circunstâncias normais, Mia teria dado uma boa caminhada até a biblioteca, mas o tempo era importante e ela resolveu pegar um táxi. Pelo fato de estar morando no apartamento de Korum e fazendo praticamente todas as refeições com ele, ela tinha dinheiro pela primeira vez na carreira universitária. A bolsa de estudos que ajudava a pagar a mensalidade e os livros também deixava uma margem mínima para alimentos e outras despesas normais, mas normalmente era apenas o suficiente para sobreviver. Comer em restaurantes ou pegar táxis eram luxos que Mia normalmente não podia pagar e era bom poder esbanjar um pouco, já que não precisava se preocupar tanto com o custo da alimentação.

A biblioteca estava um zoológico. Praticamente todos os alunos da universidade estavam lá, estudando freneticamente para as provas e redigindo trabalhos. É claro, Mia percebeu, era a semana de provas finais. Ela deveria ter ficado no estúdio confortável que Korum preparara para ela. Mas queria ficar em algum lugar onde nada a lembrasse da confusão em que sua vida se transformara.

Depois de andar pela biblioteca por cerca de quinze minutos, ela finalmente encontrou uma poltrona macia da qual um garoto ruivo cheio de sardas, que parecia ter doze anos, acabara de sair. Ocupando-a rapidamente antes que mais alguém visse o prêmio dela, Mia sorriu para si mesma. Não que ela fosse tão velha, mas alguns dos novatos pareciam ridiculamente jovens.

Cinco horas depois, Mia terminou triunfalmente a última frase e salvou o trabalho. Ainda precisava revisar a maldita coisa, mas a maior parte estava pronta. Juntando as coisas, ela saiu da biblioteca e foi para o apartamento dela, esperando encontrar Jessie e ter a oportunidade de falar com os pais.

Jessie não estava em casa quando ela chegou lá, o que deixava apenas a conversa com os pais. Respirando fundo, Mia ligou o computador e preparou-se para parecer tão animada quanto qualquer aluno da universidade que estava quase no fim da semana de provas.

— Mia! Querida, como você está? — A mãe parecia muito bem naquele dia, com os olhos azuis brilhando de empolgação e um sorriso enorme no rosto.

Mia sorriu de volta. — Estou quase no fim! Só preciso revisar o último trabalho e, depois, o semestre estará oficialmente acabado para mim — disse Mia, mantendo a voz deliberadamente animada.

— Ah, que ótimo! — exclamou a mãe. — Mal posso esperar para vê-la nesse fim de semana! Marisa e Connor virão aqui no domingo e teremos um belo jantar. Farei todas as suas comidas favoritas. Já comprei alguns ovos e até mesmo um pouco de queijo de cabra...

— Mamãe — interrompeu Mia, sentindo-se como se morresse um pouco por dentro. — Há algo que preciso dizer a você...

A mãe parou por um segundo com um ar confuso. — O que foi, querida?

Mia respirou fundo. Aquilo não seria fácil. — Um dos meus professores me pediu um grande favor essa semana — disse ela lentamente, tendo inventado uma história um pouco plausível nos últimos minutos. — Há um programa aqui na universidade do qual os alunos de psicologia participam e passam algum tempo com alunos carentes do segundo grau de alguns dos bairros mais pobres...

— Uh-oh — disse a mãe, franzindo ligeiramente a testa.

— É um programa excelente — mentiu Mia. — Esses garotos não têm ninguém que possa ajudá-los a descobrir o que fazer a seguir, se devem ir para a faculdade ou não, como devem se inscrever, se decidirem ir... E você sabe, é exatamente o que eu quero fazer, dar esse tipo de aconselhamento...

O franzido na testa da mãe ficou mais profundo.

Mia apressou a explicação. — Bem, eu não sabia desse programa antes, mas conversei com o professor essa semana e mencionei a ele meu interesse em aconselhamento. E foi então que ele falou sobre esse programa e que, na verdade, estava desesperadamente procurando um voluntário para ajudar durante o verão, por uma ou duas semanas...

— Mas você virá para casa no sábado — disse a mãe, parecendo cada vez mais infeliz. — Quando você poderá fazer isso?

— Então, esse é o problema — disse Mia, odiando a si mesma por mentir daquele jeito. — Não acho que eu possa ir para casa nesse fim de semana. Não se eu quiser participar do programa...

— O quê? O que quer dizer com não pode vir para casa nesse fim de semana? — A mãe agora parecia lívida. — Você já tem a passagem e tudo o mais! E o estágio no acampamento? Não deveria começar na segunda-feira?

— Eu já falei com o diretor do acampamento — mentiu Mia novamente. — Ele disse que não tem problema adiar a data de início duas semanas. Expliquei a situação toda e ele foi muito compreensivo. E meu professor disse que me reembolsará o dinheiro da passagem e até mesmo comprará outra para compensar...

— Bem, é o mínimo que ele poderia fazer! E o dinheiro que você receberia durante estas duas semanas do estágio? — perguntou a mãe furiosa. — E o fato de que nós não a vemos desde março? Como ele pode pedir algo assim a você, tão de última hora?

— Mamãe — disse Mia, meio implorando. — É uma excelente oportunidade para mim. É exatamente o que eu quero fazer na minha carreira e aumentará muito as chances de eu conseguir uma boa escola. Além do mais, o professor disse que escreverá uma carta de recomendação brilhante se eu fizer isso. E você sabe como isso é importante...

A mãe piscava rapidamente e havia um brilho suspeito nos olhos dela. — É claro — disse ela com um desapontamento infinito na voz. — Eu sei que essas coisas são importantes... Mas estávamos tão ansiosos para vê-la neste sábado, e agora isso...

Cada palavra que a mãe dizia parecia uma faca rasgando as entranhas de Mia. — Eu sei, mamãe, e realmente sinto muito sobre isso — disse ela, piscando para afastar as próprias lágrimas. — Verei vocês daqui a umas duas semanas, está bem? Não vai ser tão ruim, você verá...

A mãe fungou um pouco. — Então, nada de jantar em família neste domingo, acho.

Mia balançou a cabeça com tristeza. — Não... mas teremos esse jantar daqui a duas semanas, ok? Eu ajudarei na cozinha e tudo o mais...

— Ora, por favor, Mia, você não sabe cozinhar nem para se manter viva! — disse a mãe em tom irado, mas com um pequeno sorriso aparecendo no rosto. — Nunca conheci ninguém que não sabia sequer ferver água...

— Eu já sei ferver água — disse Mia na defensiva. — Estou morando sozinha há três anos, sabia, e sei até mesmo fazer arroz...

O sorriso no rosto da mãe ficou imenso. — Uau, arroz? *Isso* sim é progresso — disse a mãe, mal contendo uma risada. — Honestamente, não sei o que você fará quando conhecer alguém...

— Ah, mamãe, de novo não — resmungou Mia.

— Você sabe que é verdade. Os homens ainda gostam de mulheres que conseguem fazer uma boa comida e cuidar da casa...

— E lavar roupa, ser uma escrava doméstica em geral, e blá blá blá — terminou Mia, revirando os olhos. Algumas vezes, a mãe era extremamente antiquada.

— Exatamente. Marque minhas palavras, a não ser que você encontre um rapaz que goste de cozinhar, terá que comer quentinhas para o resto da vida — disse a mãe em tom ameaçador.

Mia deu de ombros, mordendo a parte de dentro da bochecha para evitar cair em uma gargalhada meio histérica. A ironia era que ela, na verdade, encontrara tal rapaz, só que ele não era humano. Ela ficou imaginando o que a mãe diria se contasse sobre Korum. *Ele é demais, adora cozinhar e até mesmo lava as nossas roupas. Só tem um pequeno problema, ele é um alienígena que bebe sangue.* Não, aquilo provavelmente não seria nada bom.

— Mamãe, não se preocupe comigo, ok? Tudo ficará bem. — Pelo menos, Mia esperava sinceramente que aquilo acontecesse. — Nós nos veremos em breve e talvez eu realmente tente aprender a cozinhar neste verão. O que você acha? — Mia abriu um sorriso largo, tentando evitar mais sermões.

A mãe sacudiu a cabeça em reprovação e suspirou. — Claro. Contarei ao seu pai o que aconteceu. Ele ficará tão desapontado...

Mia se sentiu horrível novamente. — Onde ele está? — perguntou ela, querendo falar também com o pai.

— Ele saiu para consertar o carro. Aquela porcaria estragou de novo. Realmente deveríamos comprar um novo... mas talvez no ano que vem.

Mia assentiu compreensiva. Ela sabia que a situação financeira dos pais não era a melhor. A mãe saíra do emprego e não conseguira um novo ainda. Como professora primária, normalmente não lhe faltava emprego. Mas a escola particular em que ensinara nos oito anos anteriores fechara recentemente, resultando em vários professores perdendo o emprego e todos eles candidatando-se para as mesmas vagas escassas nas escolas públicas locais. O pai, professor de ciência política na faculdade comunitária local, sustentava agora a família e precisavam ter cuidado com despesas maiores, como um carro novo. De forma geral, a família dela, como muitas outras famílias norte-americanas de classe média com planos de aposentadoria, sofreram com a Depressão K, a queda imensa da bolsa que acontecera quando os krinars chegaram. Em algum momento, a bolsa de valores Dow perdera quase noventa por cento do valor e fazia apenas um ano que os mercados tinham finalmente se recuperado.

— Está bem — disse Mia. — Tentarei acessar novamente mais tarde para tentar falar com o papai.

— Ligue para Marisa também — disse a mãe. — Eu sei que ela estava ansiosa para ver você no domingo.

Mia assentiu. — Vou ligar para ela, sim.

A mãe suspirou novamente. — Bem, então acho que falaremos com você em breve.

— Amo você, mamãe — disse Mia, sentindo como se o peito estivesse sendo espremido em um torno. — Espero que saiba disso. Você e o papai são os melhores pais do mundo.

— É claro — disse a mãe, parecendo um pouco confusa. — Também amamos você. Venha logo para casa, está bem?

— Sim, irei — disse Mia, soprando um beijo na direção da tela do computador, e encerrou a conversa.

A irmã foi a próxima. Para variar, Mia conseguiu encontrá-la no Skype.

— Ei, irmãzinha! Mamãe acabou de me mandar uma mensagem. Que história é essa de você não vir para casa?

Mia não vira a irmã desde que ela ficara grávida e ficou surpresa ao notar que Marisa estava pálida e magra, em vez de ter aquele brilho da gravidez de que sempre ouvira falar.

— Marisa! — exclamou ela. — O que está acontecendo com você? Não parece nada bem. Está doente?

A irmã fez uma careta. — Se ter um filho é doença, então sim. Vomito o tempo todo — reclamou ela. — Não consigo segurar nada no estômago. Já perdi uns três quilos desde que engravidei...

Mia soltou uma exclamação chocada. Três quilos era muito para alguém do tamanho da irmã. Apesar de ser um pouco mais alta e pesar um pouco mais que Mia, Marisa tinha os ossos pequenos e o peso normal dela era entre 49 e 52 quilos. Agora ela parecia muito magra, com os ossos do rosto pronunciados no rosto normalmente bonito.

— ... e meu médico não está muito feliz com isso.

— É claro que não está feliz! O que ele disse que você deveria fazer?

Marisa suspirou. — Disse que devo descansar mais e tentar não me estressar. Portanto, hoje estou trabalhando em casa, preparando as aulas da semana que vem e conseguiram alguém para me substituir por alguns dias.

— Ah, meu Deus, coitadinha — disse Mia com pena da irmã. — Isso é péssimo. Você pode comer qualquer coisa, talvez alguns biscoitos de água e sal ou um caldo?

— É disso que estou vivendo hoje em dia. Bem, isso e picles. — Marisa abriu um sorriso amarelo. — Por algum motivo, não consigo parar de comer picles, você sabe, aqueles pequenos bem crocantes.

Mia assentiu, reprimindo um sorriso. A irmã sempre fora fã de picles e não era surpresa alguma que os devorasse furiosamente durante a gravidez.

— Então, chega de falar dos problemas do meu estômago... O que está acontecendo com você? Por que não vem neste domingo? Estávamos prontos e ansiosos para ver você, papai e mamãe...

Mia respirou fundo e repetiu a história inteira para Marisa. Ela estava ficando tão boa nas mentiras que quase estava acreditando em si mesma. Talvez devesse pensar em começar aquele programa na universidade no ano seguinte. Se ainda estivesse viva e frequentando a universidade, é claro.

A irmã ouviu tudo com uma expressão vagamente incrédula. E em seguida, sendo Marisa, perguntou: — O professor é bonito?

Para sua mortificação, Mia sentiu o rosto ficando vermelho. — O quê? Não! Ele é velho, tem filhos e essas coisas!

— Ahã — disse Marisa. — Então, quer que eu acredite que você está disposta a fazer isso porque um professor feio lhe pediu? Só para melhorar um pouco o currículo? — Ela sacudiu a cabeça ligeiramente. — Não, não acredito nisso. — Com um sorriso malicioso surgindo no rosto, ela perguntou: — Que idade é "velho"?

Mia xingou mentalmente a péssima atriz que era. Agora, Marisa provavelmente falaria para os pais que Mia estava apaixonada pelo professor. Ela tentou imaginar como seria gostar do professor Dunkin daquela forma e estremeceu. Entre a linha recuada do cabelo e a baba amarelada que aparecia com frequência nos cantos da boca quando falava, ele era provavelmente uma das pessoas menos atraentes que ela já conhecera.

— Velho — disse ela firmemente. — E nada atraente.

Marisa sorriu sem estar convencida. — Ok, então, quem é ele? — insistiu ela. — Eu conheço você, maninha... e está escondendo alguma coisa. Se não é por causa do professor velho e nada atraente que está ficando em Nova Iorque, então quem é?

— Ninguém — disse Mia. — Não há homem algum na minha vida... você sabe disso. — E ela não estava mentindo. Não havia um homem humano, apenas um extraterrestre da variedade masculina. Que também era velho... muito mais velho que a irmã poderia imaginar.

— Ora, vamos, então por que está agindo de forma tão estranha? Você tem estado estranha no último mês, na verdade — disse Marisa, olhando para ela de forma intensa. — Mia... há alguma coisa errada?

Mia sacudiu a cabeça negativamente e xingou mentalmente a intuição fraternal da irmã. Fora tão mais fácil enganar a mãe. — Não, está tudo bem. Só estou meio estressada, sabe, com as provas finais e tudo o mais...

— Ahá — disse Marisa. — Você teve provas finais nos últimos três anos e nunca ficou assim. Consigo ver que você não é mais a mesma, Mia. Agora, confesse... o que está acontecendo?

Mia sacudiu a cabeça novamente e tentou abrir um sorriso animado. — Nada! Não sei do que está falando. Não há absolutamente nada de errado. Só consegui uma excelente oportunidade de obter um pouco de experiência prática valiosa e vou aproveitá-la. Verei você em breve, são só duas semanas. Não há nada com que se preocupar...

— Você já comprou a passagem? — interrompeu Marisa. — Já tem uma data definida para viajar para cá?

— Ainda não — admitiu Mia. — Farei isso em breve. O professor disse que comprará a passagem para mim, portanto, não há nada com que se preocupar...

— Nada com que se preocupar? Mia, eu sei quando está mentindo — disse Marisa, lançando-lhe um olhar severo. — Você não consegue mentir direito. Foi uma garota tão boazinha a vida inteira e não teve prática nenhuma em enganar o papai e a mamãe... nem a mim. Você nunca nem mesmo fugiu para ir a uma festa na época do colégio...

Mia mordeu o lábio. Como Marisa se tornara tão observadora? Aquilo era um problema grande. Talvez se contasse uma verdade parcial...

— Ok — disse Mia, escolhendo as palavras com cuidado. — Digamos que há alguma verdade no que você está dizendo... Se eu contar a você, promete não contar ao papai e à mamãe? Eles ficarão preocupados e isso realmente não é necessário...

Marisa olhou para ela, com os olhos azuis estreitando-se em consideração. — Está bem — disse ela lentamente. — Você pode conversar comigo sempre que quiser, maninha, sabe disso. Eu guardarei o seu segredo... mas somente se não houver nada perigoso sobre o qual eles precisem saber.

Na verdade *era* algo perigoso, mas decididamente os pais não precisavam saber. Mia suspirou. Como decidira por esse caminho, era melhor contar alguma coisa à irmã, caso contrário, a família inteira estaria telefonando em pânico meia hora depois.

Respirando fundo, Mia disse: — Você tem razão. Eu conheci alguém, sim...

— Eu sabia! — gritou Marisa triunfalmente.

— ... e ele não é exatamente alguém com quem você ficaria feliz de me ver.

Marisa olhou para ela surpresa. — Por quê? Quem é ele? Outro aluno?

Mia balançou a cabeça negativamente. — Não, esse é o problema. Ele é mais velho e não é exatamente o tipo certo para ser primeiro namorado.

— Estamos falando do professor agora? — perguntou Marisa confusa.

— Não, o professor é só o professor. É uma outra pessoa. Ele é, na verdade, executivo sênior de uma empresa de tecnologia — explicou Mia, tentando ficar o mais perto possível da verdade. — Eu o conheci no parque um dia desses e estamos dormindo juntos...

— O quê? — A irmã a olhava de boca aberta, incrédula. — Ele é casado? Tem filhos?

— Não e não. Mas sei que é só um caso temporário para ele e eu realmente não queria entrar em detalhes com o papai e a mamãe nem com você.

Enquanto Mia falava, um sorriso largo lentamente surgiu no rosto de Marisa. — Um caso? Uau! Quando a minha irmãzinha finalmente decide perder a virgindade, faz isso com estilo! E com um executivo sênior...

Mia deu de ombros, tentando parecer despreocupada com a situação toda.

— Qual é o nome dele?

— Ahm, prefiro não dizer — resmungou Mia. — Ele partirá daqui a algumas semanas e não adianta nada discutir a situação toda...

— Partirá para onde?

— Ahm... Dubai. — Mia não fazia ideia de por que escolhera aquele lugar em particular, mas ele parecia se encaixar na história.

— Dubai? Ele é de lá? — A curiosidade da irmã não tinha limites.

Mia suspirou. — Marisa, escute bem, não adianta nada discutir o assunto. Ele vai embora e ponto final.

A irmã inclinou a cabeça para o lado, estudando o rosto de Mia. — E você não se importa com isso, mana? — perguntou ela baixinho. — Seu primeiro amante indo embora assim?

Mia virou o rosto para o lado, tentando esconder as lágrimas nos olhos. — Ele precisa ir embora, Marisa. Não há outra opção. Não importa a forma como eu me sinto a respeito disso.

— É claro que importa — disse Marisa. — Você acha que ele gosta de você? Ou é apenas uma universitária bonita com quem ele dorme enquanto está em Nova Iorque?

Mia deu de ombros. — Eu não sei. Acho que ele gosta de mim um pouco.

— Mas não o suficiente para ficar?

— Não, ele não pode ficar — respondeu Mia. — E não importa. De qualquer forma, não somos certos um para o outro. O relacionamento esteve condenado desde o início.

— Então por que você começou? — perguntou Marisa, encarando-a com espanto. — Ele é realmente bonito? Ele a fez perder a cabeça ou algo assim?

Mia assentiu. — Ele é maravilhoso, é muito inteligente e sabe muito sobre tudo... — Aquelas eram todas coisas verdadeiras. — E ele me levou a todo tipo de restaurante chique e a shows da Broadway...

— Uau, Mia — disse Marisa, parecendo estar com inveja pela primeira vez na vida de Mia —, soa como um cara dos sonhos de qualquer garota.

Mia sorriu. — E ele também é um cozinheiro excelente, lava as nossas roupas...

— Ah, meu Deus, onde você encontrou essa maravilha?

— Eu sei, não é? Mamãe teria um ataque se ouvisse isso.

E as duas irmãs sorriram uma para a outra em perfeito entendimento.

Em seguida, Marisa ficou séria novamente. — Então, por que não pode dar certo para vocês dois? Ele parece perfeito. Ele tem alguma falha grave de personalidade que você não suporta?

— Bem, ele é muito mandão e autocrático — admitiu Mia. — E eu decididamente tenho problemas com isso. E no lugar de onde ele vem, as pessoas não necessariamente veem, ahm, as mulheres... como iguais, se é que me entende. — Aquilo era o mais próximo da verdade que ela poderia chegar.

Os olhos de Marisa se arregalaram ao compreender. — Ahhhh, ele é um daqueles tipos do Oriente Médio? Com um harém e tudo o mais... que exigem que as mulheres andem cobertas da cabeça aos pés?

Mia deu de ombros. — Algo parecido com isso. Então, realmente não tem como dar certo. Viemos de mundos muito diferentes. — Mia disse aquilo no sentido literal, mas Marisa não precisava saber disso.

— Uau, mana. — Marisa olhava para ela com um respeito totalmente novo. — Devo dizer que você me surpreendeu. Nada de universitários entediantes para você... ah, não, você foi direto para um peixe grande. Um xeique de Dubai, hein?

Mia corou. — Ele não é um xeique, apenas um executivo.

— Uau. — A irmã ainda parecia impressionada. — E ele lhe deu algum presente sofisticado ou alguma joia?

Mia sorriu. De vez em quando, a irmã era tão previsível. Apesar de, na grande maioria, ela ter uma vida simples, Marisa certamente apreciava as coisas mais finas da vida. Bons hotéis, roupas de grife, belos acessórios.

— Ele comprou para mim um guarda-roupa completo na Saks Fifth Avenue — admitiu Mia. — Não gostava nem um pouco das minhas roupas velhas...

— AH, MEU DEUS, NA SAKS? — O grito de Marisa foi ensurdecedor. — Está falando sério? Você tem que me emprestar alguma coisa quando vier!

Mia riu. — É claro! Empresto o que quiser, é seu.

— Ah, droga, deixe para lá — disse Marisa. — Acabei de lembrar que logo não poderei pegar nada emprestado de ninguém, especialmente da minha irmãzinha minúscula. Em dois ou três meses, estarei do tamanho de uma baleia.

— Ora, vamos — disse Mia, rindo da imagem da irmã esbelta parecendo mesmo remotamente com uma baleia. — Você parecerá uma dessas atrizes de Hollywood, completamente normal, com apenas uma barriguinha bonita.

Marisa estremeceu. — Eu realmente espero que sim. Mas devo dizer que, até agora, a gravidez não é nada parecida com o que imaginei.

Mia lhe lançou um olhar de compreensão. — É uma droga. Aguente firme, ok? São só alguns meses e, depois, terá um belo filho nos braços...

Marisa abriu um sorriso largo. — Isso é verdade. E você também, mana, aguente firme, ok? Ligue para mim se quiser conversar sobre o sr. Maravilhoso novamente. Prometo que não vou contar nada ao papai e à mamãe. Você tem razão, eles se preocupariam desnecessariamente. Esse tipo de coisa é melhor deixar para conversar com a sua irmã.

Mia sorriu e disse: — Foi o que pensei. Eu amo você. Diga olá a Connor por mim, ok?

— Direi, sim — respondeu Mia e desconectou com um aceno final.

Aliviada, Mia olhou para a tela vazia do computador. Ela mentira para a família, mas, pelo menos, conseguira impedir que ficassem totalmente histéricos. De certa forma, a conversa com Marisa fora uma terapia. Apesar de não poder contar toda a verdade à irmã, pudera contar detalhes o suficiente para que se sentisse muito melhor sobre a situação. O ouvido imparcial e compreensivo da irmã era exatamente do que precisava naquele momento.

Agora, precisava terminar de editar o trabalho da faculdade e teria concluído tudo o que tinha a fazer naquele dia.

CAPÍTULO 22

Agora que o semestre acabara e ela não precisava estudar, Mia não sabia o que fazer consigo mesma. Ela acordara na manhã de quinta-feira, enviara os trabalhos *on-line* e decidira dar um passeio no Central Park. Korum saíra cedo novamente, antes que Mia acordasse, e estava por conta própria para o restante do dia. Enviara uma mensagem de texto para Jessie, mas a amiga tinha prova final de cálculo à tarde e estava estudando freneticamente. Mia desejou que houvesse mais alguém com quem pudesse passar algum tempo, apenas para evitar ficar sozinha com os próprios pensamentos, mas a maioria dos outros alunos estava ocupada demais fazendo as malas para o verão ou ainda no meio das provas finais.

O clima do meio de maio era normalmente imprevisível em Nova Iorque. Dessa vez, parecia que o verão começara cedo e a temperatura naquele dia estava por volta de 24 °C. Mia colocou uma das novas roupas de primavera, um vestido simples de algodão azul, e sandálias cor de creme que eram confortáveis e elegantes. Em seguida, saiu para se juntar às hordas de nova-iorquinos e turistas que passeavam no Central Park.

Era difícil acreditar que, apenas um mês antes, Mia passeara sozinha lá, sem conhecimento real algum sobre os Ks, pensando em nada mais do que no trabalho de sociologia. Não conhecera Korum ainda e não tinha ideia da virada drástica que aconteceria em sua vida nos minutos seguintes. O que teria acontecido se não tivesse sentado no banco do parque naquele dia? Será que agora estaria fazendo as malas para ir para casa no sábado?

Como se os pés tivessem mente própria, Mia se viu andando em direção à ponte Bow, o lugar onde tivera o primeiro contato próximo. Diferentemente da última vez, a pequena ponte estava cheia de pessoas tirando fotografias da vista pitoresca. Mia encontrou um lugar em um banco perto de um casal jovem e sentou-se para ler o *best-seller* de suspense mais recente, algo para o qual só tinha tempo quando não precisava assistir às aulas.

Depois de meia hora, o casal foi embora e Mia ficou com o banco inteiro para si. Mas, antes que pudesse aproveitá-lo por muito tempo, ouviu alguém chamando o seu nome. Surpresa, ela olhou para cima e viu uma jovem vestida com calças *jeans* e camiseta branca sem mangas aproximando-se do banco. Os cabelos castanhos curtos estavam desgrenhados, como os de um garoto, e os braços eram levemente musculosos. Era Leslie, a garota que ela conhecera em um dos encontros com John, uma das combatentes da Resistência.

— Olá, Mia — disse ela. — Você se importa se eu sentar ao seu lado por um minuto? — Sem esperar uma resposta, ela se sentou no banco de Mia.

— Claro que não, fique à vontade — disse Mia de forma um pouco rude. Ela não gostava muito de Leslie e realmente não estava com vontade de receber alguma outra tarefa no momento. No que lhe dizia respeito, Mia tinha cumprido a missão que lhe deram e tudo o que queria era ser deixada em paz.

— Olhe — disse Leslie com o tom muito mais amigável do que antes. — Sei que começamos com o pé errado. Eu só queria dizer obrigada pelo que fez e dar a você algo que John mandou. — Ela estendeu a mão que continha um objeto oval pequeno, parecendo vagamente com o controle remoto de uma garagem ou de um carro.

— O que é isso? — perguntou Mia desconfiada, sem querer pegar o objeto.

— É uma arma — disse Leslie. — Uma arma que você pode usar para se proteger caso Korum descubra o que aconteça antes que tenhamos a oportunidade de neutralizá-lo.

— Neutralizá-lo?

Leslie suspirou. — Como você pediu, tentaremos capturá-lo vivo para que possa ser deportado de volta para Krina. Não será fácil, mas faremos o melhor possível.

Mia engoliu em seco. — O quê... ahm, quando vocês pretendem fazer isso?

— Não podemos fazer nada enquanto os escudos não forem desativados e o ataque nos Centros dos Ks não começar. Ele poderá avisá-los ou conseguir reforços se tentarmos pegá-lo agora, portanto, não podemos correr o risco. Terá que ser praticamente simultâneo. Ele não é o único. Há outros Ks fora dos Centros no momento. Asim que souberem do ataque nas colônias, e saberão quase que imediatamente, também participarão da luta. Mas eles não estão em áreas remotas. Estão nas nossas cidades, perto dos nossos centros governamentais. Se perceberem que violamos o tratado, eles nos atacarão e muitas vidas civis serão perdidas antes que possamos impedi-los. Portanto, precisamos planejar tudo com muito cuidado para que isso não se transforme em um banho de sangue.

Aquilo não parecia bom, pensou Mia. Nada bom. Ela não pensara naquele aspecto, outros Ks que, como Korum, viviam entre os humanos por algum motivo. Forte, rápido e armado com tecnologia dos Ks, até mesmo um indivíduo poderia infligir uma quantidade de dano tremenda na população humana. Ela tentou imaginar Korum lutando para proteger a própria raça e estremeceu com a ideia. Apenas aquele breve relance da fúria dele no clube já fora assustador. Ela não tinha dúvidas de que ele poderia ser brutal se a situação o exigisse.

Voltando a atenção para o pequeno objeto, Mia pergunto: — E o que essa arma faz?

— Ela dissolve ligações moleculares, destruindo tudo no caminho — disse Leslie. — Essencialmente, ela transformará o que você quiser em poeira. É uma versão simples em miniatura da arma grande que pretendemos usar para fazer com que os Ks se rendam.

Horrorizada, Mia olhou para o pequeno objeto de aparência inofensiva na palma da mão de Leslie. — Então, ela pode transformar uma pessoa em pó?

Leslie assentiu. — Ela funcionará no que estiver no caminho. As nanomáquinas que ela libera funcionam por um período de apenas trinta segundos antes de ficarem inativas, mas esse tempo normalmente é suficiente para dissolver completamente uma pessoa. Você nem precisa se preocupar em mirar no peito ou outro local essencial. Se as nanomáquinas encostarem em qualquer parte do corpo dele, será o fim.

Mia quase engasgou com a ideia. — O quê? Não! Eu nunca conseguiria fazer uma coisa dessas! — exclamou ela horrorizada. — Não posso usá-la nele...

— Pode, sim, e usará — disse Leslie — se sua vida estiver em perigo. Não tenho ideia se ele fará a conexão entre o que está acontecendo nos Centros dos Ks e você, mas, teoricamente, ele é alguma espécie de gênio e eu não ficaria surpresa se isso acontecesse. — Passando a mão pelos cabelos curtos em uma demonstração de frustração, Leslie acrescentou: — E é melhor que faça isso depressa antes que ele tenha a oportunidade de reagir. Basta apontar e atirar, sem nem precisar pensar. Você entendeu? Eles são rápidos, Mia. Muito rápidos.

Mia balançou a cabeça negativamente. — Não vou fazer isso. Não posso...

Leslie deu de ombros. — A decisão é sua. Se prefere morrer, então que seja, não é da minha conta. John me pediu que a entregasse a você e aqui está ela. Você pode levá-la e não usá-la, se é o que quer. Mas, pelo menos, não estará completamente desprotegida quando a merda toda acontecer. — Ela colocou o dispositivo no colo de Mia. — Se quiser usar a arma, basta procurar o pequeno ressalto na lateral. Se pressioná-la com firmeza, ela disparará. Mas lembre-se de apontar a extremidade arredondada na direção dele...

Mia balançou a cabeça novamente. — Não vou usá-la — disse ela com convicção inabalável.

Leslie olhou para ela com uma expressão que parecia de pena. — Sua idiota — disse ela com voz suave. — Você se apaixonou pelo monstro, não foi?

Mia afastou o olhar. — Isso não é da sua conta — disse ela baixinho, examinando as unhas. — Eu fiz o que precisava ser feito. Ele irá embora e ponto final.

— Você é muito burra — disse Leslie em tom de desprezo. — Você não é nada para ele. É menos que nada. Ele a esmagará como um inseto se estiver por perto quando atacarmos. Só porque ele gosta de foder você não quer dizer que terá misericórdia se descobrir o que fez. Ele dormiu com centenas de mulheres iguais a você, provavelmente milhares. E você não é nada de especial para ele...

— Você não sabe de nada! — interrompeu Mia, sentindo cada palavra como uma apunhalada no coração. — Você nem o conhece...

Leslie estreitou os olhos. — Não preciso conhecê-lo para saber exatamente como ele é, como todos eles são, Mia. Eles não têm a menor consideração por nós, pela vida humana. Somos apenas um experimento para eles, algo que criaram. No que diz respeito a eles, somos criaturas deles, para fazerem conosco o que quiserem. E, se quiserem, eles se livrarão de nós e tomarão o nosso planeta para uso próprio. E você é uma idiota se acha que é diferente de alguma forma. Ele é tão ruim quanto todos eles. Foi ele que os trouxe até aqui...

Leslie tinha razão. Mia sabia daquilo tudo com a parte racional da mente, mas o coração idiota se recusava a aceitar. Saber que ele estaria fora da vida dela em alguns dias era estranhamente doloroso e a ideia de que ele poderia ser ferido no processo fez com que as entranhas dela se contorcessem de medo. Ainda assim, Leslie tinha razão, ele provavelmente não hesitaria em matá-la se descobrisse que as ações dela ameaçaram a estadia dos Ks na Terra.

Ela não queria morrer, mas não achava que conseguiria matá-lo, nem mesmo em defesa própria.

Respirando fundo, Mia perguntou: — Quando isso acontecerá? Quanto tempo levará para que ocorra o ataque?

Leslie hesitou, aparentemente ponderando se Mia ainda era confiável.

— Leslie — disse Mia em tom cansado —, eu sei o que aconteceria se ele descobrisse que estou ajudando vocês. Não vou avisá-lo. Não posso avisá-lo sem perder a minha própria vida. Não me arrependo do que fiz. Só porque não posso matar uma pessoa de quem fui íntima pelo último mês, isso não significa que eu trairia a sua causa. Só quero saber quanto tempo mais eu tenho...

— Até amanhã — disse Leslie. — Você tem até amanhã. Meu conselho é que desapareça pela manhã, vá para o mais longe que puder. Não faça as malas, não faça nada que levante suspeitas. Simplesmente vá embora. De uma forma ou de outra, tudo acabará neste fim de semana.

* * *

Naquela noite, Korum voltou para casa tarde, perto de nove horas.

Mia começou a andar de um lado para o outro na sala de estar às cinco horas da tarde, incapaz de ficar sentada nem de relaxar por causa do que aconteceria. Se Leslie tivesse dito a verdade, aquela seria a última noite com Korum... e talvez a última noite em que ela estaria viva. Para maximizar as chances de sobrevivência, ela decidiu seguir o conselho de Leslie e partir assim que acordasse na manhã seguinte. Korum provavelmente já teria saído do apartamento e ela teria uma chance de escapar. Talvez pegasse o metrô para uma das cidades próximas. O dissolvedor, como decidira chamar a arma, estava dentro da bolsa em segurança. Ela não tinha a menor intenção de usá-lo em Korum, mas, mesmo assim, era bom saber que tinha algo com o que se defender caso o caos se instalasse na sexta-feira.

Para se manter ocupada, ela foi até o armário e experimentou alguns dos vestidos novos. O guarda-roupa dela agora era tão extenso que muitas das roupas ainda estavam com as etiquetas e ela não fazia ideia do que realmente tinha. Tudo cabia nela perfeitamente, é claro. Os atendentes da Saks tinham feito um excelente trabalho. Depois de uma hora experimentando uma roupa atrás da outra, Mia decidiu usar um vestido cinza simples, sem mangas, feito de uma mistura de algodão e seda, que abraçava a parte de cima do corpo e caía suavemente da cintura até os joelhos. Apesar da cor e do corte conservadores, parecia elegante e sensual, como a maioria das coisas que ela vestia agora. Para combinar com o vestido, Mia decidiu se maquiar de leve, colocando uma camada de base e um pouco de pó de arroz. Ela não sabia ao certo por que era subitamente tão importante estar com uma boa aparência naquela noite, pois normalmente não ligava para esse tipo de coisa. Mas queria estar particularmente atraente para Korum. Encerrando o traje com sandálias de salto pretas, Mia retomou o andar impaciente.

Ele lhe dera um número de telefone para que pudesse encontrá-lo caso precisasse dele, mas Mia nunca o usara antes. Mas, quando o relógio marcou oito horas, ela considerou seriamente telefonar para saber onde ele estava. Mas aquilo seria tão fora do que ela normalmente fazia que talvez ele estranhasse. E ela não queria arriscar deixá-lo desconfiado.

Finalmente, quando faltavam quinze minutos para as nove horas, a porta se abriu. Ele entrou, vestindo calças *jeans* azuis simples e uma camiseta preta. Não importava o que ele vestisse, é claro, teria parecido deslumbrante mesmo que usasse trapos. Ao vê-la parada no meio da sala, um sorriso largo se abriu, com a covinha, iluminando o rosto dele e fazendo com que os olhos cor de âmbar se enrugassem nos cantos. Em seguida, um brilho dourado familiar surgiu no olhar dele.

Antes que ela tivesse a oportunidade de dizer alguma coisa, ele se aproximou e ergueu-a do chão sem o menor esforço, beijando-a profundamente. A língua de Korum entrou na boca de Mia e ela passou os braços em volta do pescoço dele, retribuindo o beijo de forma apaixonada e um pouco desesperada. As pernas dela envolveram a cintura dele e eles permaneceram lá, presos nos braços um do outro, até que Mia ficou sem fôlego, esfregando-se contra ele, os seios no peito e o sexo na pélvis. Ele soltou um gemido profundo e rouco e ela sentiu a ereção dele aumentando cada vez mais, pressionando-lhe a região baixa do corpo por sobre o material que os separava. Segurando-a com um braço, ele encontrou a faixa rendada de material que cobria a vagina de Mia e rasgou-a, com os dedos acariciando e explorando as dobras úmidas. Mia gemeu, quase enlouquecida de desejo, e ouviu o som de um zíper sendo aberto. Uma fração de segundo depois, ele estava dentro de Mia, com o pênis investindo dentro dela enquanto a segurava naquela posição, erguida contra o corpo de Korum, que estava de pé no meio da sala de estar.

Chocada com o movimento súbito da penetração, Mia gritou, com os tecidos internos lutando para acomodar a intrusão. Ele pausou por um segundo, deixando-a se acostumar com a sensação do pênis na posição nada familiar. Em seguida, ele começou a se mover, movendo-a para cima e para baixo com uma das mãos e com a outra enterrada nos cabelos dela, puxando a boca de Mia para mais perto. Não houve um progresso lento e gentil dessa vez, pois tudo dentro de Mia ficou tenso ao mesmo tempo no momento em que ela gozou, com os músculos internos contraindo-se em torno do pênis dele. E ele também gozou, tão profundamente dentro dela que Mia sentiu as contrações dele no ventre.

Respirando pesadamente, Mia desabou contra ele, incapaz de acreditar que aquilo acabara de acontecer, em um período de dois minutos. Ele também respirava depressa e ela sentiu o peito musculoso subindo e descendo enquanto estava apoiada nele, com o pênis ainda dentro dela. Quando as pulsações do orgasmo dele terminaram, ele a ergueu e colocou-a com cuidado no chão, com as mãos ainda em volta da cintura dela. As pernas de Mia tremiam e ela se agarrou nele, grata pelo apoio.

Olhando para ele, Mia notou que os olhos de Korum voltavam lentamente à cor âmbar normal. Com os lábios curvando-se em um sorriso leve, ele disse com voz rouca: — Acho que preciso pedir desculpas novamente. Claramente não tenho o menor controle quando se trata de você. Eu realmente não pretendia saltar sobre você assim. E provavelmente você também está com fome...

Mia estava com fome, mas isso não importava. Corando um pouco ao sentir o sêmen dele escorrendo-lhe pelas pernas, ela murmurou: — Não, você não precisa se desculpar... sabe que eu gostei muito também...

O sorriso dele era puramente satisfação masculina. — Fico feliz — disse ele baixinho. — E, agora, que tal comermos alguma coisa?

Mia assentiu e corou ainda mais quando ele desapareceu por um segundo e voltou com uma toalha de papel que entregou a ela. Constrangida, Mia desviou o olhar ao limpar os traços da paixão deles.

Ele riu baixinho. — Você ainda é tão puritana — brincou ele gentilmente. — Teremos que curar isso em algum momento. É tudo muito natural, sabia?

Mia deu de ombros, sem olhar nos olhos dele. Por algum motivo, ela ainda tinha esses arroubos de timidez perto dele, apesar de todo o sexo intenso e selvagem que fizeram no mês anterior.

Korum riu mais um pouco e perguntou: — Como você está tão bonita, que tal sairmos para comer em um restaurante francês?

Mia adorou a ideia e disse isso a ele.

— Ótimo. Então vou tomar um banho rápido e trocar de roupa para podermos sair — disse ele, tirando a camiseta a caminho do banheiro. A visão das costas musculosas dele fez com que as entranhas de Mia se contorcessem de desejo novamente. Por que ele, perguntou-se ela novamente em desespero, por que ele tinha que ser a pessoa que a fazia se sentir daquele jeito? E como ela aguentaria quando ele se fosse para sempre?

O jantar foi em um pequeno restaurante francês do qual Mia nunca ouvira falar. Mesmo assim, a refeição foi incrível, do *ratatouille* que Mia escolhera como prato principal ao doce muito leve que dividiram como sobremesa.

— Então, você oficialmente terminou a faculdade esse ano? — perguntou Korum, bebendo um gole do vinho tinto. Ele parecia gostar de vinho e champanhe, percebera Mia, apesar de nunca ter notado que tivessem qualquer efeito nele. Por outro lado, ela nunca o vira tomar mais do que dois copos.

— Isso mesmo — respondeu ela, espetando um pedaço de abobrinha com o garfo. — O semestre acabou oficialmente para mim. Entreguei todos os trabalhos hoje e agora posso ficar completamente à toa.

Ele sorriu. — Por algum motivo, não consigo imaginá-la à toa o dia inteiro. Desde que a conheci, você esteve ocupada estudando ou fazendo alguma outra coisa para a faculdade. — Estendendo a mão, ele acariciou o rosto dela de leve, com a expressão ficando mais séria. — Será bom para você relaxar um pouco. Você se esforçou demais nas últimas duas semanas. Não acho que esse estresse todo seja bom para a sua saúde.

Mia olhou para ele com surpresa. — Estou bem — protestou ela. — Sinto-me ótima, não é realmente um problema.

Korum a estudou intensamente, com uma expressão preocupada no rosto. — Não sei — disse ele, balançando a cabeça. — Seu sistema imunológico é tão delicado, tão frágil. Realmente não é bom se sobrecarregar desse jeito.

Mia deu de ombros, tentando entender por que ele entrara naquele assunto. — Meu sistema imunológico está muito bem — disse ela. — Ele é tão forte quanto o de qualquer outro ser humano. Você realmente não precisa se preocupar comigo. Não fico doente com frequência nem nada disso.

— Tão forte quanto o de qualquer outro ser humano não é tão forte assim — disse ele, com um franzir ligeiro entre as sobrancelhas escuras. Ele a observou especulativamente e Mia não sabia no que estava pensando. De qualquer forma, ele pareceu chegar a uma conclusão, pois a testa ficou lisa novamente. Mudando de assunto, ele perguntou sobre o dia dela e a conversa fluiu novamente de forma casual e agradável.

No decorrer do jantar, Mia não se conteve e encarou-o, absorvendo a imagem do rosto dele, os gestos animados que usava ao falar sobre algo que achava empolgante, a forma como o corpo alto e musculoso se movia na cadeira, até mesmo o menor dos movimentos repleto daquela graça atlética e inumana. O corpo dela desejava o dele sexualmente, mas agora ia muito além disso. Cada célula no corpo de Mia queria ficar com ele e a ideia do amanhã a enchia de um terror gelado e doentio. Ela não podia contar nada a ele, não podia avisá-lo do que estava prestes a acontecer. Mas podia tentar se lembrar de cada momento daquela noite, imprimir na memória a curva da boca de Korum, os cílios compridos, a forma como ele ria quando ela dizia algo divertido.

Uma percepção agonizante a rasgou por dentro: ela o amava. Apesar de tudo o que sabia sobre ele, apesar de tudo o que fizera a ela, apesar do fato de ser o inimigo e de que ela o traíra... Apesar disso tudo, ela o amava com cada fibra do corpo.

E, amanhã, ela o perderia para sempre.

CAPÍTULO 23

Um som de chuva leve e constante acordou Mia na manhã seguinte. Ainda meio dormindo, ela se espreguiçou, relutante de enfrentar o dia por algum motivo. Alguns segundos depois, o cérebro ligou os pontos e ela se sentou aterrorizada ao se lembrar do que deveria acontecer naquela manhã.

Saltando da cama, ela se forçou a andar calmamente até o banheiro e escovar os dentes, seguindo a rotina matinal normal caso Korum ainda estivesse em casa. Ao terminar, ela vestiu calças *jeans* e uma camisa confortável de mangas compridas. Em seguida, aventurou-se até a sala de estar para verificar a situação.

A sala de estar e a cozinha estavam vazias e Mia quase estremeceu de alívio. Korum devia ter seguido a rotina comum, saindo de casa para fazer o que tinha a fazer durante o dia. E, depois da onda de alívio, veio o desapontamento. Racionalmente, ela sabia que deveria estar feliz por ter a oportunidade de ir embora, que o destino estava sendo gentil ao permitir que ela evitasse um último, e possivelmente mortal, encontro com o amante alienígena. Mas aquilo não ajudava a curar a ferida no coração que se abrira ao perceber que nunca mais o veria.

A noite anterior fora incrível, o sexo entre eles mais perto de fazer amor do que Mia já tivera. Ele a tratara como uma princesa, adorando-a com o corpo dele, e Mia chorara novamente depois, incapaz de conter as lágrimas ao saber o que o amanhã traria. Ele tentara consolá-la, descobrir o que a estava deixando triste daquela vez, mas Mia fora incoerente. Finalmente, ele simplesmente a possuíra de novo, com o corpo investindo contra o dela em um ritmo selvagem e incansável até que ela não conseguira pensar em mais nada, com todas as preocupações queimadas pelo fogo da paixão, até que gritou em êxtase quando ele a levou ao clímax várias vezes. Depois disso, ela simplesmente desmaiara, exausta demais para se lembrar do motivo pelo qual estivera chorando.

Mas ela não podia pensar sobre aquilo agora. Não se quisesse sair viva daquela história toda.

Pegando a bolsa, Mia amarrou o cadarço dos tênis e se preparou para deixar o apartamento de Korum. Com um último olhar para a mobília cor de creme e as plantas vistosas, ela andou na direção da porta, com cada passo mais pesado que o anterior.

Ela não soube ao certo o que a fez dar a volta e entrar no escritório dele, deixando a bolsa sobre o sofá na sala de estar. Seria o subconsciente ainda agarrando-se à esperança de que ele estivesse lá? De que ela pudesse vê-lo uma última vez? Ela achava que não, mas os pés pareciam ter vontade própria, levando-a em direção às portas deslizantes que se abriram quando se aproximou.

Não havia ninguém no aposento, mas um mapa tridimensional gigante brilhava diante dela, diferente de tudo o que já vira antes.

Com o coração batendo depressa no peito, Mia entrou na sala, como se puxada por uma corda invisível.

Não era Nova Iorque que estava diante dela. Ela teria reconhecido em um relance. Na verdade, não era uma cidade. Havia vegetação por toda parte. Plantas de um verde brilhante pareciam dominar a paisagem, indo de variedades familiares a exóticas. Estruturas oblongas de cor pálida eram vistas surgindo por entre as árvores, parecendo um pouco como cogumelos. Se não fosse pelas estruturas, Mia teria achado que olhava para um parque ou uma floresta em algum país tropical. O lugar era lindo... e alienígena. Cada fio de cabelo da nuca se arrepiou quando Mia percebeu exatamente o que via.

Devia ser um Centro dos Ks... talvez até mesmo o principal deles na Costa Rica. Lenkarda, fora como Korum o chamara uma vez.

Com o coração batendo com força, Mia avaliou a situação. Ela precisava ir embora e o mais depressa possível. Por que Korum estaria olhando um mapa de um dos Centros dos Ks? Ele suspeitava de alguma coisa? E por que teria sido tão descuidado, deixando-o visível daquela forma? Será que, afinal de contas, suspeitava dela? Era uma armadilha?

Com o último pensamento, Mia sentiu uma onda fria de terror passando pelas veias. Ela precisava ir embora imediatamente.

Ainda assim, ela não conseguia afastar os olhos da imagem inacreditável à sua frente. Quantos humanos tinham visto algo tão espetacular? Os Centro dos Ks eram bem protegidos, com uma zona de proibição de tráfego aéreo sobre eles. Nem mesmo os satélites humanos podiam observá-los. Os escudos dos krinars os tinham deixado completamente invisíveis aos equipamentos eletrônicos dos humanos. E agora ela tinha a chance de observar uma colônia alienígena, de ver onde Korum vivera.

Uma curiosidade incontrolável tomou conta de Mia. Ignorando toda a razão e o bom senso, ela avançou pela sala, circulando a mesa lentamente e estudando o holograma à sua frente.

Os prédios, se é que eram prédios, eram amplamente afastados uns dos outros e misturavam-se harmoniosamente com os arredores. Não havia ruas pavimentadas nem calçadas que Mia conseguisse ver. Em vez disso, cada estrutura era isolada, bem no meio da vegetação. E Mia percebeu que não havia janelas nem portas, pelo menos, não visíveis aos olhos dela. Os prédios tinham cores claras, com as mais comuns sendo marfim, creme e bege, mas também havia alguns tons de cinza claro e pêssego claro.

Em direção ao centro do mapa, havia várias estruturas maiores, incluindo uma cúpula circular grande. Todas elas eram totalmente brancas. Mia supôs que provavelmente fossem as áreas comuns. Também não havia ruas nem calçadas que levavam a elas, nem entradas ou saídas visíveis.

Nas beiradas externas do assentamento, havia alguns prédios circulares menores espaçados uniformemente, circundando o perímetro inteiro. Eles eram verdes e marrons e se misturavam tão perfeitamente na paisagem que Mia teve que olhar com atenção para discernir a presença deles. Ela percebeu que eram camuflados. Se não fosse por um leve brilho que os prédios pareciam emitir, ela não teria notado que estavam lá. Ela ficou imaginando se seriam algum tipo de posto de guarda. Afinal de contas, os Ks estavam em território hostil e os nativos eram muito mais numerosos. Fazia sentido que a segurança nas colônias deles fosse reforçada.

Além dos prédios verdes e marrons, havia mais vegetação, e as plantas dominavam tudo que estava à vista. A oeste, Mia viu um grande corpo d'água, talvez um oceano. Se aquilo fosse na Costa Rica, então provavelmente era o Pacífico. Apesar de o país ter duas costas, a região de Guanacaste que Korum mencionara ficava localizada o lado do Pacífico.

Enquanto Mia olhava maravilhada para as imagens tridimensionais, notou um brilho familiar rodeando uma das áreas perto do oceano. Olhando mais de perto, viu uma pequena estrutura de madeira que parecia ser humana, uma espécie de cabana. Mal ousando respirar,

Mia estendeu a mão na direção dela e rapidamente recuou, lembrando-se do que acontecera na última vez em que entrara naquele mundo de realidade virtual sem uma forma de voltar. Lançando um olhar desesperado pela sala, ela viu o suéter de Korum pendurado nas costas de uma das cadeiras. Ahá!

Vestindo rapidamente o suéter, Mia tocou na imagem brilhante com a mão, preparando-se para a mudança de realidade que sentira antes.

E lá estava ela, parada na praia, respirando a brisa com cheiro de sal, sentindo o sol quente no rosto e ouvindo o rugir do oceano. Uma mariposa passou por ela, seguida de uma abelha. Mia viu uma pequena criatura parecida com um caranguejo rastejando pela areia a poucos metros de distância. Tudo parecia muito real, mas ela sabia que provavelmente estava dentro de algum tipo de gravação.

Estreitando os olhos por causa da claridade, Mia olhou em volta. Havia um caminho estreito que saía da praia em direção à cabana que vira aninhada entre as árvores. Sentindo-se um pouco como Alice no País das Maravilhas, ela avançou na direção dela, muito curiosa para ver o que havia lá dentro.

A cabana parecia velha e decrépita, mais ainda ao ser vista de perto. Devia ter sido construída pelos humanos. A julgar pela condição da madeira, decididamente era anterior à chegada dos Ks. Ela também tinha uma porta, o que significava que Mia poderia entrar e explorar. Ansiosa e prendendo a respiração, ela abriu a porta, encolhendo-se ao ouvir o rangido das dobradiças enferrujadas.

O interior da cabana estava imaculadamente limpo, sem teias de areia nem outras coisas desagradáveis que se esperaria encontrar em uma construção abandonada. A mobília era antiga e simples, mas ainda funcional, com uma pequena mesa e algumas cadeiras espalhadas. Havia também um estrado no chão, que parecia ser uma cama. E o local estava totalmente vazio. Desapontada, Mia olhou em volta. Por que Korum tinha aquela gravação? Claramente, não havia nada acontecendo ali.

Foi então que a porta se abriu e um K entrou. Ele parecia muito típico da raça, alto e bonito, com cabelos pretos e pele bronzeada. Usava uma bermuda cinza feita de um material incomum, uma camiseta sem mangas larga e algum tipo de sandálias finas nos pés. Mal ousando respirar, Mia o encarou, mas, obviamente, ele não estava ciente da presença dela. Mas parecia nervoso. Lançando um olhar breve e furtivo em volta, ele andou na direção da mesa. Como precaução, Mia saiu do caminho dele, subindo no estrado, sem saber ao certo o que aconteceria se encostasse fisicamente em alguém naquele estranho mundo virtual.

O K moveu a mesa para o lado e abaixou-se, olhando para alguma coisa no chão. Em seguida, pressionou uma das tábuas, que pareceu ceder sob os dedos dele. Afrouxando-a ainda mais, ele puxou alguma coisa e a seção inteira do chão se abriu. Sem hesitação, ele saltou para baixo e a abertura lentamente começou a se fechar atrás dele.

O coração de Mia disparou ao observar as ações dele. Ali estava a chance dela, mas teria coragem de segui-lo? A que distância ficava o destino dele e o que aconteceria se ela saltasse atrás dele? Havia alguma chance de se ferir? Aquilo não era real, ela estava apenas assistindo a um filme muito realista. Mas certas sensações ainda estavam lá: calor, cheiros, tato. Por outro lado, cair na calçada na última vez não causara qualquer dor. E a abertura no chão se fechava cada vez mais. Dane-se, decidiu Mia. Ela já estava arriscando a vida só de estar lá, o que era um possível ferimento em um mundo virtual?

Respirando fundo, ela pulou.

No início, houve apenas escuridão e a sensação de frio no estômago por causa da queda, mas logo o chão duro estava sob os pés dela e Mia caiu sobre ele com facilidade, como um gato. Esforçando-se para respirar, mal acreditando que conseguira, Mia sentiu as pernas e os joelhos com as mãos. Tudo parecia inteiro e a respiração de Mia começou a voltar ao normal. Ela sobrevivera ao salto e agora só precisava descobrir onde estava.

A sala em que caíra era pequena e sem características marcantes, mas havia uma porta. O K devia ter passado por ela. Abrindo-a cuidadosamente, Mia espiou.

Além da porta, havia uma sala grande, ocupada por vários Ks, incluindo aquele que Mia seguira. O coração dela deu um salto. Ela nunca vira tantos alienígenas reunidos em um só lugar e era uma visão impressionante.

Havia cinco machos e duas fêmeas, todos altos e lindos. As roupas eram claramente adequadas ao clima quente, com os machos usando bermuda e vários estilos de camisetas sem mangas e as fêmeas usando vestidos leves e diáfanos que só cobriam os seios e os quadris, deixando a maior parte da pele dourada exposta. Apesar dos trajes, Mia duvidava que estivessem lá para apreciar a brisa do oceano. Eles pareciam tensos e preocupados, com gestos abruptos e quase violentos ao discutirem sobre algo no idioma dos krinars. Em geral, lembravam a Mia do orgulho dos leões, andando pela sala com a graça animal peculiar da espécie deles.

Finalmente, um deles olhou para o pulso, onde um pequeno dispositivo parecia estar preso. Ele disse algo que soou como um comando, pressionou um botão e uma imagem holográfica surgiu no meio da sala. O restante dos Ks se reuniu em volta dela e Mia se aproximou, tentando ver para o que eles olhavam. Para surpresa dela, era um humano, possivelmente um militar, a julgar pelo uniforme que usava.

— Estamos todos seguros — disse o K de cabelos pretos em um inglês norte-americano de sotaque perfeito. — Todos nós saímos do Centro em vários momentos essa manhã e na noite passada. Você está pronto no seu lado, general?

General? Mia sentiu um terror gelado espalhando-se pelas veias. Esses deviam ser os Kapas e estavam trabalhando com as forças humanas que John mencionara. E, como ela os observava daquela forma, a identidade deles não era mais segredo. Korum sabia exatamente quem eles eram e o que estavam fazendo. Quase hiperventilando por causa do pânico, Mia olhou horrorizada para a cena que sabia que não poderia terminar bem.

O general assentiu. — Estamos prontos. Nosso povo está estacionado nos pontos acordados do lado de fora dos Centros. A operação começará quando vocês derem o sinal.

Uma das fêmeas Ks, uma beleza de olhos cor de amêndoa e cabelos castanhos, aproximou-se da imagem. — E os que estão do lado de fora? Vocês têm alguém pronto para neutralizá-los?

— Sim, temos — disse o general lentamente. — Mas há um pequeno problema. Um deles está desaparecido.

A fêmea estreitou os olhos. — O que quer dizer com desaparecido? Quem?

— Korum. Não conseguimos localizá-lo essa manhã.

Os Ks sibilaram de raiva, iniciando uma conversa furiosa no próprio idioma. A fêmea que falou gesticulava selvagemente, tentando convencer o macho de cabelos pretos de alguma coisa, mas ele simplesmente balançava a cabeça, repetindo a mesma frase sem parar. Mia desejou desesperadamente entender o que diziam, mas a única coisa que captou foi o nome de Korum dito algumas vezes.

Parecendo ter tomado uma decisão, o K de cabelos pretos se virou novamente para a imagem. — General, esse é um problema sério. Por que não fomos notificados disso mais cedo? — A voz dele estava rouca por causa da raiva.

— Tínhamos a situação sob controle até trinta minutos atrás. Nossos dois melhores homens estavam atrás dele, seguindo-o quando ele saiu do apartamento. Depois, ele entrou em um Starbucks e simplesmente desapareceu. Não o vimos sair e fizemos uma busca no lugar, de cima abaixo. Eu mesmo só fui notificado há alguns minutos.

— Seus idiotas — a fêmea praticamente cuspiu as palavras. — Quantas vezes nós lhe dissemos como ele é perigoso? Por que ele desaparecia desse jeito? Ele notou os seus homens?

O general a encarou com um olhar impassível. — Quer nos retirar da operação?

Os Ks se entreolharam, discutindo mais um pouco no idioma deles. Depois de cerca de um minuto, pareceram chegar a uma conclusão. — Não — disse a fêmea em inglês, balançando a cabeça negativamente. — É tarde demais para isso. Se alguma coisa o deixou desconfiado, a pior coisa seria recuar a essas alturas. Teremos que lidar com ele mais tarde e torcer para não perdermos vidas demais ao fazer isso.

— Temos a sua aprovação para prosseguir então?

— Sim, têm — disse o macho de cabelos pretos e a fêmea assentiu.

— Muito bem — disse o general. — A Operação Liberdade começará às nove horas da manhã, horário do leste dos Estados Unidos.

Mia olhou freneticamente em volta, tentando descobrir que horas eram. Um relógio velho e enferrujado estava pendurado em uma das paredes, mostrando 6h55. Se estivesse correto e ela estivesse mesmo na Costa Rica, o ataque aconteceria em menos de cinco minutos, pois o país da América Central ficava duas horas atrás de Nova Iorque.

A imagem do general desapareceu e outra imagem tomou o lugar dela. Essa era de uma floresta, com as estruturas circulares familiares verdes e marrons ao fundo. Era a beira da colônia, percebeu Mia. Os Kapas observariam o ataque daquele lugar subterrâneo, onde achavam que estavam seguros.

Mia sentiu as mãos começarem a tremer. Ah, meu Deus, se ela pelo menos pudesse avisá-los... Mas era tarde demais agora. Quando Mia entrara no escritório de Korum, já era bem mais de dez horas da manhã em Nova Iorque. Se o ataque tivesse acontecido, Mia teria ficado sabendo, teria recebido mensagens de texto preocupadas de Jessie ou um alerta urgente de alguma agência de notícias pelo telefone.

Não, a Resistência devia ter fracassado. Só o que podia fazer agora era assistir impotentemente enquanto o desastre se desenrolava bem em frente aos seus olhos.

Os Kapas andaram em volta da sala, trocando comentários breves de vez em quando, mas, na maior parte do tempo, ficando em silêncio. O holograma mostrava uma fronteira calma e pacífica, com apenas um ou outro inseto oferecendo alguma distração. O tempo parecia andar devagar, com cada segundo demorando mais do que o anterior. Mia se viu roendo as unhas, algo que não fazia desde a época da escola, e observando enquanto os Ks ficavam cada vez mais ansiosos.

O relógio marcou sete horas e o caos começou.

Alguma coisa brilhou na beira da floresta e houve um *flash* de luz azul. Os Kapas gritaram em triunfo e Mia percebeu que acontecera alguma coisa favorável a eles, talvez um escudo tivesse sido desativado.

Em seguida, surgiu uma luz que quase a cegou e a estrutura circular desapareceu, dissolvendo-se diante dos olhos dela. Com outro brilho, mais uma estrutura foi destruída. Ah, meu Deus, percebeu Mia, o ataque era real, estava realmente acontecendo. Estavam destruindo os postos de guarda, acabando com as defesas do Centro.

Subitamente, as forças humanas apareceram, correndo em direção à borda. Vestidos com uniforme do exército, todos pareciam ser soldados treinados e havia muitos deles. Dezenas, não, centenas... Eles se aproximaram da borda, com tudo no caminho desaparecendo naqueles *flashes* de luz brilhante.

A imagem holográfica mudou e afastou o *zoom*, e Mia pôde ver a magnitude do que estava acontecendo.

Milhares de tropas humanas estavam reunidas na borda, a maioria delas armada com armas humanas. Quando os postos de guarda desapareceram, parecendo servir como um sinal, o ataque começou em toda a plenitude, com a onda imensa de soldados humanos avançando em direção ao Centro e espalhando-se para envolver o perímetro.

Ela ouviu a Resistência transmitindo a exigência de rendição dos Ks, anunciando que tinham a arma de nanotecnologia pronta para ser usada.

E, em um piscar de olhos, tudo mudou.

Quando a primeira onda de soldados se aproximou da beira, houve outro *flash* de luz azul e o brilho voltou. Os Kapas gritaram algo e Mia observou horrorizada quando as pessoas no fronte foram jogadas para trás por alguma força invisível, com os corpos sendo totalmente queimados.

A boca de Mia se abriu em um grito silencioso de terror e, subitamente, tudo acabou. Uma onda imensa de luz vermelha explodiu no campo de batalha, fazendo com que as tropas humanas remanescentes caíssem no chão simultaneamente, sem que se movessem novamente. Milhares de soldados humanos agora não eram mais que corpos deitados no gramado. Era como se uma bomba tivesse sido detonada, mas, em vez de explodi-los em pedaços, simplesmente os matara com aquela luz vermelha brilhante.

Mia não conseguia respirar nem tirar os olhos da destruição que acabara de acontecer. O peito parecia prestes a explodir com a força com que o coração batia e uma onda de bile quente subiu-lhe pela garganta. Era tudo culpa dela. Se não tivesse feito o que fez, nada disso teria acontecido. O ataque não teria acontecido e todas aquelas pessoas estariam em casa com a família, cuidando da vida em vez de morrer diante dos olhos dela. Milhares de mortes humanas estavam agora na consciência dela.

Os Kapas entraram em pânico e a sala ficou tomada pelos gritos e discussões deles. Estavam decidindo se fugiriam ou se permaneceriam lá, percebeu Mia com uma sensação de enjoo. Eles tinham arriscado tudo e perdido. E, agora, haveria consequências pelas ações deles. Naquele momento, o teto sobre a cabeça deles se despedaçou e os Kapas gritaram aterrorizados quando a luz brilhante da manhã entrou na sala, pois a cabana acima fora destruída.

Mia também gritou, abaixando-se para se proteger, apesar de o cérebro dizer que aquilo não era real, que não era ela quem estava em perigo. Petrificada, ela se encolheu em um canto, abraçando os joelhos contra o peito e assistindo impotente quando outros Ks saltaram para dentro da sala, vestidos com a roupa cinza-escura simples que ela reconheceu como sendo o uniforme militar deles.

O macho de cabelos pretos pulou sobre um dos soldados em um ataque rápido e súbito, com os movimentos sendo quase um borrão para Mia, e foi jogado para trás com a mesma velocidade, com o corpo contorcendo-se incontrolavelmente no chão. Outro soldado, que Mia supôs ser o líder deles, gritou uma ordem e os movimentos de contração pararam. O Kapa de cabelos pretos estava agora inconsciente. Os outros Kapas ficaram parados, sem querer sofrer o mesmo destino, com expressões variando da fúria à derrota amarga. As armas invisíveis que os soldados carregavam claramente eram suficientes para dissuadir os Kapas de lutar por mais tempo.

Era o fim, pensou Mia. As lágrimas corriam-lhe pelo rosto enquanto ela via os soldados colocando círculos prateados em volta do pescoço dos Kapas. A versão K de algemas, talvez... Os círculos foram presos no lugar com um clique leve e, com aquele som, houve uma sensação de fim — o som da derrota. A Resistência perdera, as forças deles foram totalmente dizimadas e os aliados alienígenas capturados. A Operação Liberdade falhara e milhares de vidas humanas foram perdidas. Não haveria libertação para a Terra, não hoje... e provavelmente nunca.

Naquele instante, outro K saltou para dentro da sala, com os movimentos graciosamente controlados. Diferentemente dos outros, ele usava roupas humanas, calças *jeans* azuis e uma camiseta bege. E Mia reconheceu as sobrancelhas familiares sobre os olhos dourados penetrantes, a boca sensual que, agora, parecia cruel, apertada em uma linha inflexível no rosto incrivelmente belo.

Era Korum. O inimigo dela, o amante dela... cuja espécie acabara de matar milhares de pessoas bem diante dos olhos de Mia.

CAPÍTULO 24

Mia não conseguia pensar e o corpo todo tremia em choque e medo enquanto observava Korum andar lentamente em direção aos Kapas. A expressão no rosto dele era completamente diferente de tudo o que ela já vira, uma mistura de fúria gelada e desprezo extremo. Ele falou com a fêmea de cabelos castanhos em krinar, com a voz baixa e fria, e ela se encolheu como se tivesse recebido um tapa. A outra fêmea interrompeu em tom suplicante e Korum voltou a atenção para ela, dizendo algo que a silenciou imediatamente. Os Kapas machos apenas observavam, com os olhares variando de medo a desafio. Em seguida, Korum se virou para o líder dos soldados e perguntou algo a ele. A resposta que recebeu fez com que assentisse, aparentemente satisfeito.

— Perguntei a ele se todos os outros Centros também estavam seguros... caso esteja curiosa sobre a tradução.

Mia ficou imóvel e o sangue se transformou em gelo. Virando lentamente a cabeça para o lado, ela olhou diretamente para dentro dos olhos com manchas douradas do alienígena que estivera observando no outro lado da sala.

Esse Korum usava as mesmas roupas que o *alter ego* virtual, mas o meio sorriso zombeteiro no rosto dele era diferente. Da mesma forma que o fato de estar olhando diretamente para ela e falando em inglês. Pelo canto do olho, ela via o drama ainda desenrolando-se na sala, mas ele não importava mais. Em vez disso, tudo o que conseguia fazer era encarar a versão real do amante... que, sem dúvida, sabia sobre a traição dela.

— Felizmente, eles estavam — continuou ele, com a voz enganadoramente calma. — Com a exceção dos traidores que vê à sua frente, nenhum krinar foi ferido. Apenas alguns de nossos postos de escudos foram destruídos e eles serão facilmente substituídos na próxima hora.

Mia mal conseguia ouvi-lo acima do rugir do próprio coração e as palavras dele não penetraram o redemoinho dos pensamentos em pânico. *Ele sabia.* Ele sabia o que ela fizera e nada do que dissesse ou fizesse mudaria o resultado. A única esperança agora era adiar o inevitável.

— C-como? — sussurrou ela, com os lábios exangues mal movendo-se. A garganta estava estranhamente seca e ela sentia o gosto salgado das próprias lágrimas acumulando-se nos cantos da boca.

— Como eu sabia? — perguntou Korum, aproximando-se do canto onde ela estava e abaixando-se.

Erguendo a mão, ele gentilmente prendeu um cacho de cabelos atrás da orelha dela e acariciou-lhe o rosto com as costas da mão, o toque queimando a pele gelada.

Mia assentiu, tremendo com a proximidade dele.

— Como eu poderia não saber, Mia? — perguntou ele suavemente. — Você achou honestamente que eu não perceberia o que estava acontecendo debaixo do teto da minha casa? Que eu não saberia que a mulher com quem dormia todas as noites trabalhava para os meus inimigos?

— O... o que está dizendo? — sussurrou ela, com o cérebro trabalhando agonizantemente devagar. — V-você sabia o tempo todo?

Ele abriu um sorriso amargo. — É claro. Desde o momento em que eles a abordaram e você concordou em espionar para eles, eu sabia.

— Eu não... eu não entendo. Você sabia e deixou que eu fizesse tudo aquilo mesmo assim?

— Era uma opção sua, Mia. Você poderia ter dito não. Poderia ter se recusado a ajudá-los. E, mesmo depois de concordar, em qualquer momento poderia ter me contado a verdade, podia ter me avisado. Mesmo na noite passada, você ainda poderia ter me avisado. Mas escolheu mentir para mim até o último minuto. — A voz dele estava estranhamente calma e remota, e aquela expressão amarga ainda torcia-lhe os lábios.

— Mas... mas você sabia... — Mia ainda não conseguira processar aquela parte, não conseguia entender o que ele estava lhe dizendo.

— Eu sabia — disse ele, estendendo a mão e pegando um cacho dos cabelos dela. — Eu sabia e deixei que as coisas se desenrolassem. Não era parte do meu plano original. Não era por isso que eu estava em Nova Iorque. Eu queria encontrar e capturar um dos líderes deles, extrair a identidade dos traidores que você viu hoje. Mas, quando decidiu me trair, eu sabia que uma oportunidade rara se apresentara. Que poderíamos desferir um golpe na Resistência do qual nunca poderiam se recuperar... e que, assim, eu poderia pegar os traidores.

Ele fez uma pausa, brincando com os cabelos dela, girando o cacho em volta dos dedos. Mia olhava para ele, hipnotizada, sentindo-se como um coelho pego por uma cobra.

— E eu fiz o seu jogo. Dei a você todas as chances de ser bem-sucedida na sua missão traidora. E deu certo. Você acabou sendo muito esperta, com uma capacidade de invenção admirável. — Os olhos dele assumiram um brilho dourado familiar. — Aquela noite em que você roubou os meus projetos foi... memorável, para dizer o mínimo. Gostei muito dela.

Mia engoliu em seco, começando a perceber onde ele queria chegar. — V-você plantou projetos falsos — sussurrou ela, com uma agonia imensa espalhando-se pelo peito.

Ele assentiu e um pequeno sorriso triunfante curvou-lhe os lábios. — Sim, fiz isso. Dei a eles corda suficiente para que se enforcassem. Eles aprenderam a desativar os escudos, mas não a mantê-los desativados. A arma com que contavam não teria funcionado direito. Eu a projetei para funcionar sob condições de teste, mas não quando estivesse totalmente desenvolvida. E eu deixei que tivessem algumas armas menos importantes para que pudessem causar algum dano e serem pegos tentando fugir... como os covardes que realmente são. Eu sabia que confiaram em você quando entregou os projetos a eles, pois já tinha dado informações reais suficientes àquela altura.

— Então você me usou — disse Mia baixinho, sentindo como se fosse sufocar. A dor era indescritível, apesar de, logicamente, saber que não tinha o direito de se sentir daquela forma.

— Dói, não é? — perguntou ele de forma astuta, com um sorriso selvagem no rosto. — Dói ser a pessoa usada, a pessoa traída... não é?

— Aquilo tudo foi real? — perguntou Mia amargamente. — Ou foi tudo uma grande mentira? Você planejou tudo, incluindo o nosso encontro no parque?

— Ah, sim, foi real — disse ele suavemente, agora acariciando a orelha dela. — Desde o momento em que a vi, eu soube que a queria, mais do que qualquer pessoa que eu quis em um longo tempo. E comecei a gostar de você, apesar de saber que estava sendo tolo. Com o tempo, eu esperava que você sentisse o mesmo por mim. Que, se eu lhe mostrasse como as coisas podiam ser boas entre nós, você perceberia o que estava fazendo, o erro que estava cometendo. E você chegou perto disso, eu sei... Mesmo assim, você me traiu no final, sem se importar com o que poderia acontecer, se eu viveria ou morreria...

— Não! — interrompeu Mia, com os olhos ardendo pelas lágrimas. — Isso não é verdade! Eles me prometeram... prometeram que você não sofreria nada, que eles lhe dariam passagem segura de volta para casa...

— De volta para Krina? — perguntou ele em tom perigosamente baixo. — Onde eu estaria fora da sua vida para sempre? E como eles teriam garantido que eu ficaria lá?

Mia só conseguiu ficar olhando para ele. Por algum motivo, aquilo nunca lhe ocorrera. Ao fundo, o Korum virtual saiu da sala, juntamente com os soldados que escoltavam os prisioneiros.

Ele deu uma risada curta e ríspida. — Já entendi. Você nem pensou nisso, não é? Aquela deportação era uma solução temporária, na melhor das hipóteses? Não, os traidores nunca teriam me deportado. Aos olhos deles, sou perigoso demais porque tenho o desejo e os meios de voltar à Terra com reforços. E isso é a última coisa que desejariam.

Mia sentiu como se tivesse levado um soco no estômago. Ela não percebera... Eles mentiram para ela. Mia não teria prosseguido, não teria feito nada daquilo se soubesse que ele seria morto. Precisava convencê-lo disso.

— Korum — disse ela em tom desesperado —, eu não sabia, eu juro...

Ele balançou a cabeça. — Não importa — disse ele. — Mesmo que você não quisesse que eu fosse morto, ainda assim tinha a intenção de me afastar da sua vida para sempre, ainda assim me traiu... E isso não é algo que eu possa perdoar facilmente.

— E agora? — perguntou Mia em tom cansado. Ela estava começando a se sentir amortecida e ficou grata pela sensação, pois apagou o terror e a dor. — Você vai não matar?

Ele a encarou com o olhar assumindo um tom amarelo mais frio. — Matar você? Por acaso você ouviu alguma coisa do que eu disse nos últimos dez minutos?

Ele não ia matá-la? A dormência se espalhou e ela só conseguia olhar para ele, incapaz de sentir alguma coisa além de uma vaga sensação de alívio.

Quando ela não respondeu, ele disse lentamente: — Não, Mia. Não vou matar você. Eu já lhe disse isso antes. Não sou o monstro insensível que você insiste em achar que sou.

Levantando-se em um movimento rápido, Korum acenou com a mão e Mia fechou os olhos ao ver o mundo virtual se dissolver em volta deles. Quando ela os abriu novamente, estava sentada no chão do escritório de Korum, encostada na parede, ainda abraçando os joelhos contra o peito.

Inclinando-se para baixo, ele ofereceu a mão a ela. Com os dedos trêmulos, Mia colocou a mão na dele, deixando que ele a ajudasse a levantar. Para seu constrangimento, as pernas tremiam e ela cambaleou ligeiramente. Soltando um suspiro, ele a segurou, levantando-a nos braços e carregando-a para fora do escritório.

— Para onde está me levando? — perguntou Mia confusa, desorientada depois da mudança recente de realidade. Ah, meu Deus, com certeza ele não estava pensando em fazer sexo naquele momento. Ela não achava que conseguiria aguentar aquele tipo de intimidade depois de tudo o que acontecera.

— Para a cozinha — respondeu Korum, andando rapidamente. Antes que ela pudesse perguntar o motivo, chegaram na cozinha e ele a colocou em uma das cadeiras. Mia piscou várias vezes e olhou para ele, esgotada demais para tentar entender o comportamento inexplicável dele.

— Quando foi a última vez em que você comeu alguma coisa? — perguntou ele, olhando para ela com a testa ligeiramente franzida.

— Ahm... na noite passada. — Mia não conseguia imaginar onde ele pretendia chegar com aquilo.

Ele assentiu, como se ela tivesse acabado de confirmar algo de que suspeitava. — Não é de surpreender que esteja tão trêmula — disse ele reprovadoramente. — Você não tomou café e o nível de açúcar no seu sangue está baixo. — Andando até o refrigerador, ele encheu um copo com um líquido transparente e entregou-o a ela. — Beba isso enquanto preparo algo para você comer — comandou ele, ignorando o olhar incrédulo no rosto de Mia.

Ele queria alimentá-la naquele momento? Estava falando sério? Cheirando o copo desconfiada, Mia detectou um leve cheiro de coco doce. Mas que diabos, decidiu ela, se ele a quisesse morta, duvidava sinceramente que usaria veneno para isso. Bebendo um gole, ela percebeu que o nariz não mentira. Korum realmente lhe dera água de coco fresca para beber. Era exatamente do que o corpo precisava naquele momento, uma mistura perfeita de carboidratos e eletrólitos. A dormência gelada que a envolvia como uma armadura começou a ceder e as lágrimas se acumularam nos olhos de Mia novamente. Por que ele estava agindo daquela forma depois de tudo o que ela fizera?

Terminando a bebida, ela o observou movendo-se pela cozinha e fazendo um sanduíche de abacate e tomate. Agora que a onda de adrenalina maior passara, ela começava a pensar novamente e o cérebro voltou a funcionar em alguma fração da capacidade normal. A verdade sobre o relacionamento deles fora revelada. Durante todo aquele tempo, ela achara que estava espionando Korum para benefício de toda a humanidade. Mas, na realidade, ele a usara para acabar com a Resistência de uma vez por todas. Todas aquelas vidas tinham sido perdidas por causa dela... Não, não podia se concentrar nisso agora ou acabaria se desmanchando em um milhão de pedaços.

Em vez disso, ela se concentrou no enigma das intenções de Korum. Ele não ia matá-la, dissera ele. Mas iria puni-la de alguma outra forma? Ela não conseguia imaginar que ele a quisesse por perto depois da forma como o traíra. A farsa do relacionamento deles acabara. Ele vencera e a Terra permaneceria firmemente sob o controle dos krinars. E Mia não tinha mais utilidade. Ele não precisava mais de uma agente dupla por perto...

— Tome, coma isso — disse o objeto dos pensamentos dela, colocando o sanduíche em frente a ela e sentando-se do outro lado da mesa. — E depois conversaremos.

— Obrigada — disse Mia polidamente e, de forma obediente, mordeu o sanduíche. O estômago dela roncou e, subitamente, ela sentiu uma fome imensa, com o apetite de lenhador manifestando-se apesar do trauma dos eventos daquela manhã. Em menos de um minuto, ela devorou o sanduíche e olhou para cima, ligeiramente envergonhada da gula. O sorriso no rosto dele, dessa vez, era genuíno e ela se lembrou de que Korum gostava daquilo nela, do apetite saudável que tinha, apesar do tamanho pequeno.

— E agora? — Mia repetiu a pergunta anterior e o sorriso de Korum desapareceu. Ele a estudou com um olhar inescrutável e Mia se mexeu na cadeira, sentindo-se cada vez mais nervosa.

— Agora — disse Korum baixinho —, você virá comigo enquanto ajudo a limpar essa confusão.

Mia sentiu o sangue desaparecer do rosto. — Ir com você para onde? — É claro que ele não queria dizer...

Um pequeno sorriso surgiu nos lábios dele. — Para o mesmo lugar que foi ao bisbilhotar essa manhã. Para Lenkarda, nosso assentamento na Costa Rica.

Subitamente, parecia não haver ar suficiente no aposento para que Mia conseguisse respirar direito e o sanduíche se transformou em uma pedra dentro do estômago. O que ele estava dizendo? Ele não podia querê-la, não depois de tudo...

— Por quê? — ela conseguiu perguntar, olhando-o com descrença horrorizada.

— Porque, Mia, eu quero você comigo e não posso mais ficar em Nova Iorque — disse ele calmamente, com uma expressão inescrutável no rosto. — Fiquei longe por tempo demais. Há coisas que precisam da minha atenção e pelo menos uma delas é o que fazer com os traidores.

Mia sacudiu a cabeça, tentando se livrar da nuvem que parecia deixar os pensamentos lentos. — M-mas por que você me quer ao seu lado? — gaguejou ela. — Você só estava me usando...

— Eu estava usando *você* porque você decidiu *me* trair, nunca se esqueça disso, querida — disse ele em um tom perigosamente macio. — Eu quis você desde o início e nada do que fez mudou esse fato. Você é minha e ficará comigo pelo tempo em que eu a quiser. Entendeu bem isso?

Havia um ruído surdo nos ouvidos dela. — Não — sussurrou ela, com as palavras mal sendo ouvidas. — Não. Não vou a lugar algum. Não serei uma escrava... Eu me recuso, está me ouvindo? — A voz dela aumentou de volume com cada palavra até que estivesse quase gritando com ele. A nuvem vermelha de fúria descera sobre a visão e acabara com qualquer resquício de cuidado.

— Uma escrava? — perguntou ele com um ar confuso no rosto. Em seguida, a testa ficou lisa novamente quando ele pareceu entender sobre o que ela estava falando. — Ah, sim, quase esqueci que você esteve trabalhando com um conceito totalmente errado o tempo todo. Está se referindo a ser minha *caerle*, não é?

— Não serei sua *caerle*! — gritou ela, com as mãos cerradas em punhos sob a mesa.

— Você será qualquer coisa que eu quiser que seja, minha querida — disse ele suavemente com um sorriso zombeteiro curvando-lhe os lábios. — No entanto, seus amigos da Resistência lhe deram informações erradas, não sei se inadvertidamente ou de propósito, sobre o verdadeiro significado de *caerle*.

Acalmando-se um pouco, Mia o encarou. — O que quer dizer? Está me dizendo que vocês *não* mantêm humanos nos seus Centros como... escravos do prazer? — Ela cuspiu as últimas palavras com desgosto.

Ele sacudiu a cabeça negativamente, com o mesmo olhar zombeteiro no rosto. — Não, Mia. *Caerle* é uma companhia humana, um parceiro ou uma parceira humana, se preferir. É um termo exclusivo que usamos para descrever a ligação especial entre um humano e um krinar. Ser uma *caerle* é um privilégio, uma honra, e não seja lá o que for que esteja imaginando.

— É um privilégio estar com você contra a minha vontade? — perguntou Mia amargamente. — Ser forçada a ir aonde não quero ir, impedida de ver a minha família, meus amigos?

— Não minta para mim, Mia — disse ele. — Nem para você mesma. Estar comigo não é exatamente um castigo para você. Acha que não sei o motivo pelo qual esteve chorando essa semana? Você precisa de mim... tanto quanto preciso de você. O que temos juntos é raro e especial, mesmo que você tenha feito o possível para nos separar. Se eu fosse jovem e tolo, deixaria a minha dor e a minha raiva levarem a melhor... e abandonaria você, cheio de amargura por causa da sua traição. Mas tenho experiência de vida suficiente para entender que, quando encontra uma coisa boa, você a mantém, não a joga fora por um capricho.

— É mesmo? Você a mantém, mesmo que a outra pessoa não queira você? — perguntou Mia sarcasticamente, furiosa pela suposição arrogante dele de que sabia tudo sobre os sentimentos dela. Talvez ela *tivesse* gostado dele. Talvez tivesse até mesmo pensado que o amava. Mas aquilo fora antes de descobrir como Korum a usara, antes que testemunhasse a morte de milhares de soldados humanos como resultado do que ele fizera. Talvez ele conseguisse superar a dor e a raiva, mas Mia não conseguiria ser tão magnânima naquele momento.

— Ah, você me quer — disse Korum em tom suave. — Isso eu sei que é verdade. Quer que eu prove?

E, antes que Mia conseguisse pensar em uma resposta, ele estava do lado dela, erguendo-a nos braços e puxando-a para perto para beijá-la, com a língua entrando nos recessos da boca. Furiosa, Mia tentou permanecer impassiva, tentou não responder de forma alguma. Mas o corpo não sabia e não se importava com o fato de que ele estava prestes a arruinar a vida dela. O corpo só conhecia o prazer do toque dele e Mia se viu derretendo contra ele, as mãos agarrando-lhe os ombros em vez de empurrá-lo para longe. Uma onda de calor familiar a percorreu e ela sentiu a umidade entre as pernas quando o corpo se preparou ansioso para o sexo.

Ainda segurando-a nos braços, ele andou em direção a algum lugar e Mia estava enfeitiçada demais para se importar para onde iam. Eles acabaram na sala de estar e ele a colocou sobre o sofá, ainda com um beijo profundo e penetrante que sempre a deixava louca. Ela ouviu o zíper das calças *jeans* sendo aberto e, em seguida, ele as puxou pelas pernas de Mia, tirando-as juntamente com os tênis e deixando a parte de baixo do corpo apenas com a calcinha branca de renda. O polegar dele encontrou o ponto sensível entre as pernas dela e ele o pressionou sobre a calcinha, fazendo círculos de uma forma que a fez se contrair por dentro. Mia gemeu impotente, arqueando o corpo na direção dele, querendo mais da mágica que só conhecera nos braços de Korum.

Ele se afastou dela, dando um passo atrás para tirar as próprias roupas, removendo a camiseta com um movimento suave e, em seguida, retirando rapidamente as calças e a cueca, ficando totalmente nu. Mia o estudou com desejo inconfundível, absorvendo os músculos poderosos cobertos por aquela pele bronzeada maravilhosa, os pelos escuros no peito e o caminho peludo na parte de baixo do abdômen que levava ao pênis grande e totalmente ereto com os testículos pesados balançando sob ele.

Ele não a deixou aproveitar a vista por muito tempo, agarrando a camisa dela para puxá-la pela cabeça e abrir o sutiã. Um segundo depois, a calcinha foi puxada pelas pernas de Mia e juntou-se à pilha de roupas jogadas no chão. Ele parou por um segundo, estudando o corpo nu de Mia com um olhar ardente. Em seguida, inclinou-se sobre ela, com a boca quente fechando-se sobre o seio esquerdo e chupando-o. Mia gemeu, sentindo o sugar da boca de Korum bem fundo no ventre. Ele chupou o outro seio, com a língua passando sobre o mamilo de tal forma que a fez desejar desesperadamente que a cabeça dele estivesse vários centímetros mais abaixo. Como se tivesse lido a mente de Mia, ele tocou as dobras úmidas com a mão, empurrando um dedo para dentro dela, pressionando o ponto ultrassensível dentro da vagina e ela arquejou com a intensidade da sensação, sentindo o corpo latejando à beira do orgasmo. Sem retirar o dedo, ele levou a boca na direção do sexo dela, com a língua passando por dentro das dobras, explorando a área diretamente em volta do clitóris. Ao mesmo tempo, o dedo se mexeu ligeiramente dentro dela, começando a encontrar o ritmo, e o corpo inteiro de Mia ficou tenso quando o formigar da sensação anterior ao orgasmo começou a se espalhar da região inferior. Korum colocou a língua sobre o clitóris, primeiro de leve e depois com pressão crescente, e Mia gritou sob a onda quase cruel de prazer, com os músculos internos apertando o dedo dele e pulsando selvagemente quando ela gozou.

Retirando o dedo, ele a virou, puxando-a na direção da beira do sofá. Levantando-a um pouco, colocou-a de forma que ela ficou deitada sobre o braço macio do sofá, com o rosto para baixo e os pés no chão. Cobrindo-a com o corpo, ele começou a empurrar o pênis para dentro dela, penetrando-a lentamente, centímetro a centímetro. Mia estava macia e molhada por causa do orgasmo, e o corpo aceitou a entrada gradual dele, com os tecidos macios internos estendendo-se e expandindo-se para acomodar o pênis. Ao avançar, ele beijou o lado do pescoço dela e ela estremeceu, com a tensão começando a se acumular novamente. O sexo dela se contraiu em torno do pênis e ele gemeu em resposta, entrando inteiramente nela. Mia respirou fundo ao sentir o pênis totalmente enterrado dentro de si. Ele era impossivelmente duro e grosso e ela sentia como se estivesse queimando com o calor dele dentro dela, sobre ela, em volta dela.

Em seguida, ele começou a se mover, as investidas pressionando-a mais fundo no braço do sofá. Cada músculo do corpo de Mia ficou tenso e ela gritou, com cada investida intensificando o prazer agoniante, até que o mundo passou a girar em volta do pênis que se movia para a frente e para trás dentro dela. Ela existia puramente para as sensações, dissolvida nas partes elementais da natureza animal. Ela ouvia os gritos ritmados à distância e percebeu que eram dela mesma. Logo depois, o clímax intenso a invadiu e os músculos internos ondularam em volta dele, deixando o corpo inteiro trêmulo com o choque da onda do orgasmo. E, com um grito rouco, ele também gozou, empurrando os quadris enquanto o pênis pulsava dentro dela com as próprias contrações.

Quando tudo terminou, ele se afastou dela, deixando-a deitada nua, ainda sobre o braço do sofá. Sem o corpo largo cobrindo o seu, Mia sentiu subitamente uma onda de frio. E a compreensão do que acabara de acontecer aumentou o nó gelado que crescia dentro dela. Levantando-se sobre as pernas trêmulas, Mia se abaixou para pegar as roupas, recusando-se a olhar para ele e tentando ignorar o líquido que escorria pelas pernas. Com o fim do calor da paixão, a raiva dela voltou, aumentada pela vergonha da resposta indesejada a ele.

— Mia — disse ele suavemente. Com o canto do olho, ela o viu parado lá, completamente despreocupado com a própria nudez. Ela virou de costas, vestiu o sutiã e usou a camiseta para limpar os rastros da sessão de sexo antes de vestir a calcinha. Depois de colocar as calças, ela se sentiu ligeiramente melhor, mas a fúria gelada permaneceu. Sem nem mesmo pensar no assunto, ela caminhou até a pequena bolsa que deixara sobre o sofá mais cedo. Colocando a mão dentro dela, Mia retirou o pequeno dispositivo que Leslie lhe dera e apontou-o na direção dele.

— Eu vou embora — disse ela com uma calma gelada. Uma pessoa estranha parecia ter tomado o corpo dela e a Mia normal ficaria atônita com a ousadia, mesmo sabendo que as chances de sucesso eram nulas.

Ao ver a arma, o brilho dourado nos olhos de Korum desapareceu.

— Esse brinquedo que você tem é bem perigoso — disse ele baixinho, olhando para ela com uma expressão indecifrável no rosto.

Mia assentiu friamente. — Não me force a usá-lo.

— Você sai andando daqui, e depois? — perguntou ele com uma curiosidade leve. — Eu a encontrarei, não importa para onde vá.

Mia não pensara tão longe. Na verdade, não havia pensamento algum envolvido nas ações dela. Mas era tarde demais e ela apenas deu de ombros e disse corajosamente: — Pensarei no assunto quando chegar a hora.

— Você pretende continuar em movimento? Mudar de identidade? — prosseguiu ele com a voz ligeiramente divertida. — Nada disso funcionará, você sabe disso.

— Por causa do dispositivo de rastreamento que colocou em mim, sem o meu conhecimento nem o meu consentimento? — perguntou ela amargamente.

Korum apenas a encarou, sem admitir nem negar a acusação. — Só há uma forma de você se livrar de mim — disse ele lentamente.

Mia olhou para ele frustrada, sem entender onde Korum queria chegar. Agora que a onda inicial de fúria passara, ela percebeu a burrice do que estava fazendo. Ele tinha razão. Mesmo se ela conseguisse sair do apartamento dele, e era um "se" muito grande, considerando os reflexos inacreditavelmente rápidos dele, ele a pegaria antes que pudesse percorrer alguns quarteirões. Ao apontar a arma para ele, ela só conseguira deixá-lo furioso. Mia sentiu uma ponta de medo ao pensar nisso.

— E que forma é essa? — perguntou ela, decidindo ganhar tempo.

— Você pode atirar em mim — disse ele com voz séria. — Isso resolveria todos os seus problemas.

Horrorizada, Mia o encarou. A ideia de pressionar de fato o botão e vê-lo se dissolver diante de seus olhos, como os postos de escudos na colônia, era impensável. Ela nunca tivera a intenção de realmente usar a arma. Só o que queria era retomar um pouco de controle, sentir novamente que era responsável pela própria vida. Ela queria ameaçá-lo, fazê-lo se curvar à vontade dela, fazer com que se sentisse da mesma forma como ela se sentira quando ele a privara da liberdade de escolha. Ela nunca pretendera feri-lo, muito menos matá-lo.

— Vá em frente, Mia — disse ele baixinho. O corpo nu poderoso estava relaxado, como se estivessem em meio a uma conversa normal. Como se não houvesse uma arma mortal apontada para ele. — Vá em frente e atire.

Os dedos dela tremeram, as palmas das mãos estavam escorregadias com suor e ela sentiu os olhos queimando com lágrimas indesejadas. — Por favor — disse ela, sem se importar mais se soasse como se estivesse implorando. — Por favor, não me force a fazer isso. Eu só quero ir embora... ir para casa. Por favor, deixe-me sair daqui...

— Basta apertar o botão, Mia. E depois poderá ir para onde quiser.

Mia sentia calor e frio, o estômago contraindo-se com náusea. O pequeno dispositivo que tinha na mão subitamente ficou pesado e o braço tremeu com o esforço de segurá-lo apontando para Korum. As lágrimas se derramaram, escorrendo pelo rosto, e ela abaixou a arma, caindo no chão quando as pernas trêmulas não conseguiram mais mantê-la de pé. Enterrando o rosto nas mãos, ela chorou, amarga por causa da própria covardia e idiotice. Ela não podia feri-lo, não podia matá-lo. Preferia cortar o próprio braço antes de fazer isso. Como conseguia sentir aquilo por ele mesmo agora? O que havia de errado com ela, que se apaixonara por alguém que nem mesmo era humano... um alienígena cuja espécie acabara de assassinar milhares de pessoas?

Das profundezas do desespero, ela sentiu quando ele colocou os braços em volta dela, levantando-a do chão e colocando-a sobre o colo. — Shhh, querida — sussurrou ele. — Tudo vai ficar bem, eu prometo. Eu também não teria conseguido apertar aquele botão e fico feliz por você não ter apertado. — Ele acariciou gentilmente os cabelos dela enquanto Mia chorava no ombro nu dele. Depois de alguns minutos, os soluços começaram a diminuir. Sentindo-se envergonhada por causa da crise de choro, Mia tentou se afastar, mas ele não deixou. Em vez disso, ergueu o queixo dela e olhou-a nos olhos.

— Mia — disse ele suavemente. — Não vou levar você comigo para ser cruel. Depois de tudo o que aconteceu, a Resistência, ou o que sobrou dela, estará atrás de você. Eles não conhecem a história inteira e acharão que você os traiu. Não pouparão esforços para matá-la e, se descobrirem o quanto você significa para mim, tentarão capturá-la viva para usá-la contra mim. Lamento, mas não tenho outra opção. No momento, simplesmente não há lugar seguro para você além de Lenkarda.

Mia olhou para ele com a visão ainda borrada pelas lágrimas. Ela não pensara sobre aquilo, mas era verdade. No que dizia respeito à Resistência, ela era uma traidora da humanidade. Eles com certeza a culpariam pelas vidas perdidas que acabara de testemunhar. Um pensamento aterrorizador passou pela cabeça dela. — E a minha família? — perguntou ela, com as entranhas transformando-se em gelo ao pensar na possibilidade de que os combatentes da liberdade tentassem ferir os entes queridos.

— Sua família não teve nada a ver com isso e duvido que os combatentes sejam vingativos o suficiente para ferir desnecessariamente outros humanos. Mas a sua espécie pode ser muito imprevisível, portanto, garantirei que vários de nossos melhores guardiães estejam perto da sua família para ficar de olho neles.

Mia abriu a boca para perguntar, mas ele se antecipou.

— E não, isso não seria o suficiente para garantir a *sua* segurança. Ainda há alguns líderes principais da Resistência que estão desaparecidos. E eles estão armados com algumas armas dos krinars. Espero que fiquem escondidos e deixem a sua família em paz, mas talvez estejam dispostos a arriscar tudo para pegar *você*. Portanto, até que eles sejam capturados, você está mais segura em Lenkarda. E, se precisar sair de lá, será comigo ao seu lado.

Que conveniente para ele, pensou Mia amargamente. Ele agora poderia mantê-la prisioneira com um bom motivo. É claro, a Resistência desejaria matá-la e estariam certos ao fazer isso. Ela fora responsável por todas aquelas mortes...

— Quantas pessoas foram mortas hoje de manhã? — perguntou Mia, sentindo vontade de morrer também.

Korum deu de ombros. — Não sei se os médicos chegaram aos que foram queimados depressa o suficiente para salvá-los. Alguns deles podem ter morrido por causa do contato com o escudo.

— E todos os outros, aqueles que foram atingidos pela luz vermelha? — perguntou ela, com o coração começando a bater mais forte de esperança.

— Eles ficaram inconscientes, bem como os que atacaram os outros Centros. Eles mereciam morrer, é claro, mas decidimos deixar que os seus governos lidem com eles. Será interessante ver qual será a punição deles por violar o Tratado de Coexistência e colocar toda a sua espécie em perigo por isso.

O alívio que Mia sentiu foi indescritível. A dor que sentia no peito pareceu diminuir, deixando-a respirar livremente pela primeira vez desde que testemunhara o ataque.

Em seguida, Korum acrescentou: — É claro, não vamos deixar isso ao acaso. Todos aqueles combatentes agora têm dispositivos de vigilância embutidos no corpo e saberemos tudo o que fizerem e onde forem. Eles foram efetivamente neutralizados como ameaça para nós e podemos usá-los agora para capturar o restante, aqueles que não estavam perto dos nossos Centros hoje.

Então, ele fora bem-sucedido na missão de acabar com o movimento da Resistência. Considerando o número de combatentes deitados no campo, os Ks agora teriam milhares de mecanismos de vigilância andando e conversando no mundo inteiro. Era algo realmente inteligente. Por que se dar ao trabalho de matar um humano quando era possível usá-lo? Pura esperteza de Korum na prática.

Ela devia parecer chateada, pois ele disse: — Mia, pare de se preocupar com isso. A Resistência acabou. Foi um movimento tolo desde o início. Pense um pouquinho. Eles não gostam do fato de estarmos aqui e querem mudar algumas coisas. Esse é realmente um bom motivo para arriscar tantas vidas? Você tem que admitir, não somos nada parecidos com os invasores alienígenas dos filmes de vocês. Não temos desejo algum de escravizar os humanos nem de tomar o seu planeta. Se essa fosse a nossa intenção, isso já teria acontecido. Nós viemos para cá o mais pacificamente possível e vivemos em nossos Centros com interferência mínima nas questões humanas. Isso é muito melhor do que os seus europeus fizeram com os nativos americanos.

Ainda sentada no colo dele, Mia afastou o olhar. Se Korum estava dizendo a verdade e John mentira sobre o significado de *caerle*, então o movimento inteiro da Resistência estava, na melhor das hipóteses, enganado. E criminalmente responsável, na pior delas.

— E você acha honestamente que teria sido uma boa coisa para você ter aqueles sete traidores como governantes? Porque, acredite, é isso que eles teriam sido. Eles queriam poder e não se importavam com quem se ferisse como resultado das ações deles. Acha mesmo que eles ficariam satisfeitos em viver silenciosamente entre os humanos, obedecendo a todas as suas leis e compartilhando de forma abnegada o conhecimento dos krinars?

Depois que Korum colocou as coisas daquela forma, Mia viu a implausibilidade do que John originalmente lhe dissera. Talvez os líderes da Resistência achassem que poderiam controlar os Kapas de alguma forma quando os outros Ks partissem. Mas aquela suposição poderia facilmente ser algo perigoso. Mia xingou a si mesma mentalmente. Por que não sondara mais a fundo as motivações dos Kapas? Mas não, ela aceitara cegamente o que John lhe dissera, preocupada demais com o próprio drama pessoal para pensar em qualquer outra coisa.

Korum suspirou e ela sentiu o movimento do peito dele. — Olhe, não será tão ruim ficar em Lenkarda, acredite. Você não está nem um pouco curiosa para ver como vivemos?

Mia olhou para ele novamente, sentindo-se completamente esgotada. — Korum, eu não posso... não posso simplesmente deixar tudo e todos para trás...

— E se eu levar você para ver a sua família daqui a umas duas semanas, como tínhamos conversado originalmente? — perguntou ele em tom suave. — Isso a faria se sentir melhor?

— Nós iríamos para a Flórida? — perguntou Mia surpresa.

Ele assentiu. — Você poderia passar alguns dias com ele antes de termos que voltar.

Ela sorriu, com a pressão no peito diminuindo ainda mais. — Isso seria maravilhoso — disse ela baixinho.

Ele sorriu de volta e gentilmente moveu um cacho de cabelos que estava sobre o rosto dela. — E espero que, até o fim do verão, nós consigamos capturar o restante dos combatentes da Resistência. Se ainda quiser voltar para Nova Iorque depois disso, viremos para cá e você poderá terminar o último ano da faculdade.

Mia piscou várias vezes e olhou para ele, mal ousando acreditar no que ouvira. — Você me trará de volta para cá?

— Trarei... se ainda quiser voltar. — Levantando-se, ele colocou-a gentilmente de pé. — Agora, vista uma camiseta e calce os sapatos enquanto eu me visto. Está na hora de irmos.

* * *

Korum deixou que ela levasse a bolsa com tudo o que havia dentro, exceto a arma, e mais nada. Quando ela protestou que precisava levar o computador e algumas roupas, ele riu. — Eu prometo a você, há de tudo no lugar para onde vamos — explicou ele com um sorriso.

— E o meu passaporte? — perguntou ela, percebendo logo depois que era uma pergunta idiota. Ela podia estar indo para outro país, mas duvidava sinceramente que fosse passar pela segurança de algum aeroporto. De alguma forma, Korum conseguira ir para a Costa Rica naquela manhã e voltar a Nova Iorque, tudo em questão de poucas horas. Não, pensou Mia, eles provavelmente não viajariam de avião.

As suposições dela acabaram sendo corretas.

Ele a levou para o escritório, segurando-a pela mão como se tivesse receio de que fosse fugir. Caminhando na direção do fundo da sala, ele ergueu a outra mão na frente da parede, que deslizou para o lado e abriu, revelando uma escada que provavelmente levava ao telhado do prédio.

— Venha — disse Korum e ela o seguiu com hesitação, com o coração batendo depressa ao pensar no lugar para onde iria. Era tarde demais para mudar de ideia, não que ele fosse deixá-la fazer isso, e Mia sentiu uma mistura de empolgação e medo passando pelas veias ao subir a escada.

Eles saíram no telhado e Mia olhou em volta. Ela não tinha certeza do que esperava ver, talvez alguma nave alienígena estacionada. Mas não havia nada. O telhado estava vazio, com a exceção de alguns arbustos que cresciam em fileiras organizadas em volta do perímetro. A chuva parara de cair, mas o clima ainda estava úmido e Mia praticamente sentiu os cachos ficando crespos por causa da umidade no ar.

— O que estamos fazendo aqui? — perguntou ela surpresa. — Alguém virá nos buscar?

Korum balançou a cabeça negativamente e sorriu. — Não, vamos por conta própria.

— Como? — perguntou Mia, queimando de curiosidade.

— Você verá em um segundo. Não tenha medo, está bem? — Ele apertou a mão dela de forma reconfortante.

Mia assentiu e Korum soltou a mão dela, dando um passo à frente. Estendendo o braço, ele fez um gesto como se estivesse apontando para o espaço vazio à frente. Subitamente, Mia ouviu um zumbido baixo. O som era diferente de tudo o que Mia já ouvira, baixo e uniforme demais para ser o zumbido de insetos.

— O que é isso? — perguntou ela desconfiada, imaginando se Korum pretendia teletransportá-los para outro lugar. Mia não tinha ideia de quais eram as limitações da tecnologia dos Ks, mas sabia que a física dos krinars ia muito além das teorias de Einstein. Caso contrário, os Ks não teriam conseguido viajar com velocidade superior à da luz. Quem sabia o que mais conseguiam fazer?

Korum se virou para ela com os olhos brilhando com uma emoção desconhecida. — É o som das nanomáquinas que acabei de liberar. Elas estão construindo o nosso veículo. — E Mia percebeu que ele estava animado, feliz de ir para casa.

Algo começou a brilhar em frente a eles. Os braços de Mia se arrepiaram enquanto ela observava fascinada a luz estranha. O brilho se intensificou, como se um balde de contas brilhantes tivesse sido jogado à frente deles. E, em seguida, as paredes da aeronave começaram a se formar diante dos olhos dela.

Soltando uma exclamação, Mia assistiu enquanto a estrutura era montada, parecendo sair do nada. As paredes lentamente se solidificaram, ficando cada vez mais espessas, camada por camada. Em alguns momentos, uma pequena aeronave, parecendo uma cápsula, estava diante deles. Ela parecia ser feita de um material incomum, semelhante a marfim, sem janelas nem portas visíveis, e era menor que um helicóptero.

Mia soltou a respiração que prendera pelos últimos trinta segundos.

— Isso se chama tecnologia avançada de fabricação rápida — disse Korum, sorrindo ao ver o olhar atônito no rosto dela. — É uma de nossas invenções mais úteis.

Venha comigo. — E, pegando a mão dela novamente, ele a levou na direção da estrutura recém-montada.

Ao se aproximarem, a parede da cápsula simplesmente se desintegrou, criando uma entrada. Mia piscou em choque, mas seguiu Korum para dentro da nave. Depois que entraram, a parede se solidificou novamente e a entrada desapareceu.

A parte de dentro da cápsula não se parecia com nenhuma nave que ela pudesse ter imaginado. As paredes, o chão e o teto eram transparentes. Ela conseguia ver a cor marfim dos arredores, mas também conseguia ver o mundo do lado de fora. Era como se estivessem dentro de uma bolha de vidro gigante, apesar de Mia saber que a estrutura não era transparente pelo lado de fora. Não havia botões nem controles de nenhum tipo, nada que sugerisse que a cápsula tinha algum componente eletrônico complexo. E, em vez de bancos, havia duas placas ovais flutuando no ar.

— Sente-se — disse Korum, gesticulando em direção a uma das placas.

— Naquilo? — Mia sabia que a tecnologia dos krinars era muito mais avançada, claro, e esperara encontrar algumas coisas inacreditáveis. Mas isso... era como entrar em um reino de conto de fadas, em que as leis normais da física não pareciam se aplicar. E ela nem saíra de Nova Iorque ainda.

Ele riu, parecendo se divertir com a desconfiança dela. — Naquilo. Você não cairá, eu prometo.

Desconfiada, ainda segurando a mão dele, Mia se sentou alegremente na placa. Ela se moveu ligeiramente e

Mia soltou uma exclamação quando a placa adquiriu o formato do traseiro dela, transformando-se subitamente na cadeira mais confortável que já ocupara. Agora ela também tinha encosto e Mia se recostou contra ele, relaxando os músculos tensos, sentindo-se bem com a sensação estranhamente confortável.

Sorrindo, Korum se sentou na placa similar ao lado dela e Mia viu maravilhada quando o material branco se moveu em volta do corpo dele, acomodando-se ao formato. Ela ainda segurava a mão dele com força, percebeu Mia com certo constrangimento. Ela a soltou, tentando agir o mais naturalmente possível ao ser confrontada com uma tecnologia que parecia exatamente como mágica.

Korum assentiu aprovadoramente e acenou com a mão de leve.

Suavemente, sem fazer nenhum som, a cápsula decolou, subindo rapidamente no ar. Com uma sensação de vazio no estômago, Mia olhou para baixo pelo chão meio transparente, vendo a cidade de Nova Iorque encolhendo rapidamente sob eles ao ganharem altitude. Surpreendentemente, ela não se sentiu nauseada nem foi puxada contra o banco, como seria de se esperar em uma subida tão rápida. Era como se estivesse sentada em uma cadeira em casa, em vez de subindo pelo céu.

— Por que não sinto como se estivéssemos voando? — perguntou ela curiosamente, erguendo o olhar do chão da nave, onde agora só via nuvens.

— A nave é equipada com um campo antigravitacional leve — explicou Korum. — Ele foi projetado para que possamos nos sentir confortáveis mantendo a força gravitacional no mesmo nível que você sentiria normalmente no planeta. Caso contrário, acelerar desse jeito seria muito desconfortável para mim e provavelmente mortal para você.

Ela viu as nuvens passando sob eles enquanto a cápsula viajava a uma velocidade inacreditável, levando-a a um lugar que poucos humanos poderiam imaginar, muito menos visitar pessoalmente. Nunca em um milhão de anos Mia teria achado que um simples passeio no parque levaria a isso, que ela estaria sentada em uma nave alienígena encaminhando-se para a colônia principal dos krinars... que ela se sentiria daquele jeito pelo belo extraterrestre sentado a seu lado.

Alguns minutos depois, chegaram ao destino e a nave começou a descer.

— Seja bem-vinda ao lar, querida — disse Korum em tom suave quando a paisagem verde de Lenkarda apareceu sob os pés deles e a nave pousou tão silenciosamente quanto ao decolar.

A nova vida de Mia começara.

DA AUTORA

Obrigada por ler *Encontros Íntimos*, o primeiro livro da série Crônicas dos Krinars! Espero que tenha gostado. Se gostou, peço que o mencione aos amigos e conexões de mídias sociais. Eu também ficaria muito agradecida se você ajudasse outros leitores a descobrir o livro deixando uma avaliação na Amazon, no Goodreads ou em outros *sites*.

A história de Mia e Korum continua em Obsessão Íntima e termina em Lembranças Íntimas. Acesse meu site em http://annazaires.com/series/portugues/ e registre-se para receber meu boletim informativo e notificações quando novos livros estiverem disponíveis.

SOBRE A AUTORA

Anna Zaires se apaixonou por livros aos cinco anos de idade, quando a avó a ensinou a ler. Ela escreveu o primeiro conto logo depois. Desde então, sempre viveu parcialmente em um mundo de fantasia, onde os únicos limites são os impostos pela imaginação. Ela mora na Flórida e é casada com Dima Zales, que a ajuda de perto a escrever as Crônicas dos Krinars.

Para saber mais, acesse
http://annazaires.com/series/portugues.

www.ingramcontent.com/pod-product-compliance
Lightning Source LLC
Chambersburg PA
CBHW072009110726
47910CB00005B/1698